Der Oboist

WILHELM LUTZ

Der Oboist

Bibliografische Information der Deutschen Nationalbibliothek
Die Deutsche Nationalbibliothek verzeichnet diese Publikation
in der Deutschen Nationalbibliografie; detaillierte bibliografische
Daten sind im Internet über http://dnb.d-nb.de abrufbar.

© 2015 Wilhelm Lutz
Umschlaggestaltung: Birgit Himmelstoss, München
Satz, Herstellung und Verlag:
BoD – Books on Demand
ISBN 978-3-7392-7070-8

1

Das Portal der Aussegnungshalle öffnete sich, die noch tief stehende Sonne zwängte ihre Strahlen durch die Öffnung in das Innere dieses zum Abschiednehmen imposanten und ehrwürdigen Bauwerkes. Der Trauerzug setzte sich behäbig in Bewegung, hinausbegleitet von den letzten Klängen des Liedes »So nimm mich bei den Händen und führe mich«, gespielt von einer jungen Violinistin. Die hinter dem Sarg hergehenden Trauernden wischten sich die nicht versiegen wollenden Tränen von ihren Gesichtern. Der Ehemann der Verstorbenen wurde von seinem Freund, Hauptkommissar Dallmair, im Rollstuhl chauffiert, begleitet von seinen drei kleinen Kindern, starrte er unentwegt auf den vor ihm fahrenden Sarg, geschmückt mit einem Bukett unzähliger roter Rosen. Eltern, Schwiegereltern und nächste Verwandte konnten ihren tiefen Trauerschmerz nicht verbergen. Am hinteren Ende des Trauerzuges folgten Menschen, die ihre Anteilnahme dadurch bekundeten, dass sie sich über den plötzlichen Tod der Verstorbenen unterhielten und sich auch nicht von den gesprochenen Gebeten davon abhalten ließen. So ein jäher Tod, hast du gesehen, ihr Mann vergoss keine Tränen, die haben sich doch manchmal gestritten, so eine junge Frau, ob da alles mit rechten Dingen zugegangen ist, ich sah ihn einmal mit einer anderen, sie war doch so gesund.

Ja, Christina Kleber war gesund, sprühte vor Lebensfreude und verbreitete stets gute Laune, wo immer sie anwesend war. Inmitten ihrer Familie fühlte sie sich besonders geborgen. Ihr Ehemann David, Oboist im Impressionismus Symphonieorchester, ihre Kinder, Maria, 6 Jahre, Daniel, 5 Jahre, und die Jüngste, Julia, mit 3 Jahren liebten und verehrten ihre Mutter beziehungsweise Ehefrau. Jeder, der diese Familie näher erlebte, war fasziniert von dieser Herzlichkeit und Harmonie, die Christina, David und ihre drei Kinder ausstrahlten. Sie bewohnten ein schmuckes Haus auf einer kleinen Anhöhe bei Dietramszell mit Panoramablick zu den Bayrischen Bergen. Dann kam der Tag, der das traute Leben dieser

Familie veränderte. Bereits am Morgen des 12. Februars besuchte die Mutter von David Kleber ihre Schwiegertochter, um zwei ihrer Kinder abzuholen, denn sie hatten vor, am Nachmittag einen kleinen Zirkus auf der grünen Wiese aufzusuchen. David, ihr Mann, fuhr wie fast jeden Tag zur Orchesterprobe nach München. Die sechsjährige Maria besuchte zu dieser Zeit bereits die erste Klasse. Schon seit Wochen hatte sich Christina Kleber vorgenommen, die Fenster zu reinigen, diese Arbeit konnte sie nun in Ruhe, ohne auf die Kinder achten zu müssen, ausführen. Die sechs Erdgeschossfenster hatte sie, flink, wie sie war, bald gesäubert, nun folgten noch die im ersten Stock. Hier wurde ihr die Arbeit erleichtert, da das Haus einen umlaufenden Balkon besaß und alle Fenster dadurch zugänglich waren. Ein kurzer Augenblick der Unaufmerksamkeit, in dem sie sich rückwärts bewegte, über den Putzeimer stolperte, sich nicht mehr aufrecht halten konnte und rücklings auf den Stein des Sonnenschirmständers fiel, war der Beginn ihrer Leidensgeschichte. Der Versuch, sich zu erheben, misslang, bewegungslos harrte sie einige Minuten aus, bemühte sich abermals, wälzte sich von dem Stein und erhob sich mühsam. Wahnsinnige Schmerzen an der Stelle des Aufpralls der Wirbelsäule verhinderten, dass sie sich ins Haus bewegen konnte. Abgestützt am Geländer des Balkons, wartete sie auf Linderung ihrer Schmerzen und auf nachbarschaftlichen Beistand, indem Christina Kleber Hilferufe in Richtung der umliegenden Anwesen schrie. Ihre Nachbarin traf als Erste ein, bestellte sofort den Notarzt, der Christina Kleber wegen Verdachts auf Wirbelbruch in die Orthopädische Klinik nach Bad Tölz fuhr. Eiligst wurde eine Kernspintomographie erstellt, deren Auswertung zum Glück nur eine mittelschwere Wirbelprellung ergab. Der behandelnde Arzt verabreichte Frau Kleber eine schmerzstillende Spritze, gab ihr ein entzündungshemmendes Medikament und empfahl, nach einem zehntägigen Klinikaufenthalt eine Orthopädie-Praxis aufzusuchen, um den Heilungsverlauf zu gewährleisten. Die Prellung und die damit verbundenen Schmerzen würden sicherlich drei bis sechs Wochen anhalten, vermutete der Arzt. Nach vier Wochen empfand Frau Kleber kaum noch Schmerzen, konnte auch wieder ihren Haushalt selbstständig versorgen, jedoch verspürte sie in immer kürzeren Abständen den Zustand der Erschöpfung und der Ermüdung. Bei wiederholten Untersuchungen bei ihrem Hausarzt, Internisten und Krankenhausaufenthalten wurde ihr stets mitgeteilt, es seien keine Anzeichen einer organischen Erkrankung festzustellen. Beim letzten Klinikbesuch empfahl der Arzt, einen Psychiater aufzusuchen, was Frau und Herrn Kleber derartig erzürnte, dass sie sich an einen von Freunden empfohlenen Heilpraktiker mit Praxis im Allgäu in einer Ortschaft nahe Lindenberg wandten. Bereits beim ersten Besuch bekam sie die schockierende Diagnose, dass sie an einer Blutkrankheit leide. Dieser Heilpraktiker untersuchte das Blut von Frau Kleber mittels einer Dunkelblutdiagnostik. Schon 15 Minuten nach Blutabnahme ist das Resultat, dank dieser Anwendung, auf einem Bildschirm in mehr als tausendfacher Vergrößerung sichtbar und dadurch diagnostizierbar. Da der Heilpraktiker keine durch Viren oder Bakterien ausgelöste Ursache erkannte, vertrat er die Meinung, eine zu hohe radioaktive Bestrahlungsdosis könnte auf Frau Klebers Körper eingewirkt haben. Mit dem Hinweis, sich an eine ärztliche Gutachterkommission zu wenden, um sicherzugehen, dass ein Behandlungsfehler vorliegt, machten sich Frau und Herr Kleber wieder auf den Weg nach Dietramszell. Unterwegs besprach das Ehepaar das weitere Vorgehen, wurde jedoch immer wieder von plötzlichen Weinkrämpfen und traurigen Zukunftsgedanken eingeholt. Als seine Frau übermüdet einschlief, dachte Herr Kleber intensiv darüber nach, welche Maßnahmen er als Nächstes ergreifen sollte, dabei kam ihm sein Freund Peter in den Sinn, der in Bad Tölz als Hauptkommissar bei der Kripo tätig ist. Sie besuchten beide zusammen das Gymnasium, musizierten im Schulorchester, später gründeten sie eine Jazz-Band, Peter spielte auf der Klarinette, David Trompete. Die Berufswahl war ausschlaggebend, dass sie sich aus den Augen verloren. Peter trat in den Polizeidienst ein, David besuchte das Musikkonservatorium.

»Hier Kriminalpolizei Bad Tölz, Kommissarin Eva Melzer am Apparat.« »Mein Name ist David Kleber, bitte verbinden Sie mich mit Herrn Dallmair.« »Herr Hauptkommissar Dallmair befindet sich außer Haus, kann er Sie zurückrufen, oder versuchen Sie es später noch einmal?« »Seien Sie doch so freundlich und richten Sie ihm aus, David Kleber möchte ihn sehr dringend sprechen, meine Telefonnummer sehen Sie ja auf Ihrem Display.« Als Herr Kleber das Gespräch beendete, kamen ihm Zweifel über sein Handeln, jedoch im Nachhinein war er doch überzeugt, das Richtige unternommen zu haben. Wenn nicht sein langjähriger Freund Peter, wer sonst würde ihm zuhören und ihn über seine weitere Vorgehensweise beraten? Nach drei Stunden überlegte sich Herr Kleber, nochmals anzurufen, musste er doch in einer halben Stunde zu einer Konzertaufführung nach München und seine Frau Christina sollte noch nicht erfahren, dass er ihretwegen Beistand bei seinem Freund suchte. Fünfzehn Minuten vor der Abfahrt traf der ersehnte Anruf ein. »Hallo, David, verzeih mir, dass ich mich verspätet melde, komme soeben von einem Einsatz zurück und fand deine Telefonnummer auf meinem Schreibtisch. Es muss ja etwas sehr Wichtiges sein, dass du mit mir sprechen möchtest.« »Mensch, Peter, meiner Frau ist etwas Schreckliches zugestoßen, brauche dringend deine Hilfe, stehe jetzt aber kurz vor der Abfahrt nach München. Können wir uns morgen irgendwo treffen?« »Selbstverständlich, bei dir zu Hause oder in einem Café?« »Café ist gut, um 15 Uhr im Café Kaiserkrone, wenn's dir recht ist.«

Kurz vor 15 Uhr betrat Hauptkommissar Dallmair die Konditorei Kaiserkrone, die mit ihren erlesenen Erzeugnissen und exquisiter Kuchenauswahl eine führende Rolle im oberbayrischen Voralpenland einnimmt. Dallmair blickte suchend durch das Lokal und erspähte David im hinteren Bereich, der ihm auffordernd zuwinkte. Sie begrüßten sich mit einer stürmischen Umarmung und Freudenschlägen auf die Schultern. Kurz tauschten die Freunde Erinnerungen aus, erzählten von ihrem beruflichen Werdegang, um dann den Anlass ihres Treffens zu besprechen. Ausführlich vertraute David Peter seine Befürchtung an, Christina könnte mutwillig oder fahrlässig mit einer hohen Dosis radioaktiven Strahlen in Berührung gekommen sein. Hier ging Peter dazwischen, um Davids wahre Absicht zu erfahren, weswegen er gerade ihm damit vertraute.

»Als dein Freund unterstütze ich dich natürlich beratend und bin dir auch bei Nachforschungen behilflich, jedoch solltest du die Absicht haben, dass ich als Kripobeamter ermitteln sollte, so muss ich dir das ausreden. Ohne jeden Verdacht nur über spekulative Vermutungen darf ich nicht recherchieren. Haben du und deine Frau schon darüber nachgedacht, einen Privatdetektiv heranzuziehen? Könnte euch eine sehr erfolgreiche Kanzlei vermitteln, die ein ehemaliger Kripokollege betreibt.« Dallmair bemerkte, wie der zuvor so hoffnungsvolle Ausdruck aus Davids Gesicht wich und stattdessen bei ihm Resignation, ja sogar Enttäuschung einkehrte. David hätte sicher eine größere Portion Rückhalt von ihm erwartet, überlegte sich Dallmair. Natürlich wollte er David seine Hilfe nicht verweigern, konnte er sich doch in ihn hineinversetzen, was für eine Dramatik in David vorging. Peter versuchte auf ein anderes Thema überzuwechseln und gab sich wieder einen Ruck, das Gespräch fortzusetzen.

»Viel wichtiger, als wer die Verstrahlung verursachte, wäre doch die sofortige medizinische Behandlung von Christina. In meinem Bekanntenkreis befindet sich eine Professorin für Radiologie, die seit Jahrzehnten auf diesem Gebiet Hervorragendes leistet. Sie wird als Kapazität und Expertin zu nationalen und auch internationalen Kongressen eingeladen. Sie leitet die radiologische Abteilung in der Klinik Großhadern, ihr Name ist Marika Köster. Wenn du einverstanden bist, so spreche ich mit ihr.«

David starrte auf sein Tortenstück, stocherte mit der Kuchengabel durch die Marzipandecke, auch seine Kaffeetasse ließ erkennen, dass noch kein Schluck entnommen wurde. Plötzlich sprang er auf, schlüpfte in sein Jackett und verließ das Café mit den Worten: »Auf deine Ratschläge pfeif ich, solche bekomme ich von jedermann auf der Straße, ich hatte so fest damit gerechnet, dass du als mein Freund auf meinen Hilferuf eingehst. Freundschaft stirbt wohl nach ein paar Jahren.«

2

Konsterniert blieb Dallmair wie ein begossener Pudel am Tisch sitzen, verschlang den Rest des Kuchens, schlürfte an seinem inzwischen erkalteten Cappuccino, zog sich die Torte von David herüber und verputzte sie bis zum letzten Krümel. Auf dem Weg zum Kommissariat ließ er seine Gedanken nochmals um das fehlgeschlagene Gespräch mit seinem Freund David kreisen. Jetzt da er etwas Abstand von dem schroffen und beleidigenden Verhalten ihm gegenüber gewann, verspürte er sogar ein wenig Bedauern über seine Vorgehensweise. Aber wieso, er hatte seinem Freund doch nichts angetan, da bittet dieser ihn nach über 15 Jahren um eine Unterredung, steht auf und rennt davon wie ein erschrecktes Rhinozeros und blamiert ihn vor allen Gästen. »Nein, das muss ich mir nicht gefallen lassen«, ging es ihm durch sein Gehirn, sogar sein Herz nickte ihm zu, um im nächsten Augenblick eine Brise Mitgefühl durch die Adern zu pumpen. »Na gut«, dachte sich Dallmair, »ein bisschen ermitteln könnte ja nicht schaden.« Er betrat das Kommissariat, eilte zum Dienstzimmer, aus dem soeben Kommissar von Hautzenberg, in Begleitung von Kommissarin Eva Melzer, den Heimweg antreten wollte.

»Oh, schon 17 Uhr«, sagte Dallmair mit naivem Unterton. »Wenn ich euch heute noch für eine halbe Stunde zum Hierbleiben überreden könnte, so fahren wir morgen zusammen zum Lengrieser Hof, selbstverständlich dürft ihr das als Einladung sehen.« Die Mimik der beiden zeigte überdeutlich, dass sein Verführungsangebot nicht überzeugte, und er besserte nach.

»Also gut, ihr zwei Halsabschneider, ich lege noch einen Besuch im Café Kaiserkrone dazu. Sollte euch mein Angebot nicht zusagen, so wünsche ich einen angenehmen Feierabend.« Die sechs zuletzt gesprochenen Worte kratzten wohl am Ehrgefühl von Eva und Detlev, denn sie schlichen wieder ins Dienstzimmer zurück und warteten gespannt, was Peter in der Rückhand verbarg.

Er berichtete von dem Treffen mit David und versuchte dabei, Eva und Detlev zu bewegen, mit ihm außerdienstliche Nachforschungen zu betreiben, um möglicherweise auf bereits vorhandene Fälle wie von Davids Ehefrau zu stoßen. Er wandte sich zu Eva: »Du durchkämmst die Kliniken in unserem Bezirk nach radioaktiven Verstrahlungen von Patienten. Detlev sieht in medizinischen Webseiten nach, ob vielleicht in Foren darüber gesprochen wird, und ich gehe die Strafanzeigen der vergangenen Jahre durch, die ärztliche Behandlungsfehler beinhalten. Nach einer halben Stunde brechen wir ab und gehen nach Hause.«

Eineinhalb Stunden später wühlten sie sich immer noch durchs Internet, vergaßen Zeit und Hunger, ja sogar das Umfeld ging ihnen dabei verloren. Als Erster schreckte, durch den Blick auf die Uhr, Peter von der besessenen Suche nach Erfolg empor und befahl unverzüglich die Laptops zu schließen. Er verabschiedete die beiden und bedauerte, ihnen mit dem ergebnislosen Suchen den Abend verdorben zu haben. Daraufhin Detlev zu Peter: »Lass gut sein, dann stöbern wir eben morgen weiter, und wenn es sich hier wirklich um eine Straftat handeln sollte, dann ermitteln wir dienstlich und weiten unsere Nachforschungen aus.«

Auf dem Nachhauseweg setzte sich wieder das unbeherrschte Verhalten von David in Dallmaiers Gedanken fest. Er hinterfragte sich: »Hätte ich mich geschickter ausdrücken sollen, oder wäre ich als sein Freund verpflichtet gewesen, ihm Hoffnung zu vermitteln?« Er entschloss sich, zu Hause David anzurufen und sich bei ihm zu entschuldigen, obwohl er eigentlich keinen Anlass sah. Zu seiner Überraschung hatte bereits David auf seinem Anrufbeantworter eine Nachricht hinterlassen. »Peter, mir war es furchtbar peinlich, dass ich dich so grob abblitzen ließ. Verzeih mir mein schlechtes Benehmen, und es läge mir sehr viel daran, wenn du meine unüberlegten Worte vergessen könntest. Melde mich wieder.« »Na, ist mein Freund der Musik doch kein solcher Rüpel«, murmelte Peter, griff zum Telefon und wählte Davids Nummer.

»Hier bei Kleber«, meldete sich eine matte Frauenstimme. »Peter Dallmair, spreche ich mit Frau Kleber?« Nach einer kurzen Denkpause kam die Antwort. »Ach ja, Sie sind Peter, der Freund meines Mannes. David hat mir den schrecklichen Vorfall heute im Café gebeichtet, er befindet sich zurzeit in einer schwierigen Verfassung. Bitte entschuldigen Sie sein ungebührliches Auftreten, er schämte sich dermaßen, deshalb versuchte er Sie zu erreichen.« Durch das Telefon vernahm Dallmair den schweren Atem und die geschwächte Stimme von Davids Frau. Im Hintergrund verschiedene Kinderstimmen, die andauernd nach Mama verlangten, sowie eine von einem größeren Kind, das die anderen mit »Pst, Mama ist doch krank, Mama muss telefonieren« zu beruhigen versuchte. Dallmair tat sich schwer, das Gespräch fortzusetzen, wollte er Frau Kleber doch nicht allzu sehr mit seinem Reden strapazieren. Deshalb versuchte er sich zu verabschieden und wollte sich ein anderes Mal melden, was wiederum Frau Kleber ablehnte und sich äußerte. »Herr Dallmair, unterhalten wir uns noch weiter, es wäre ein Geschenk für mich, mich endlich wieder mit Menschen zu unterhalten, die nicht immer denken, ich würde bereits bald im Jenseits sein. Diese Rücksicht und rührende Anteilnahme bringt mich noch schneller ins Grab.« »Gut, dass sie so offen über sich spricht, hätte mich ebenfalls beinahe zu dieser Mitleidsphrase hinreißen lassen«, wurde Dallmair bewusst und er überließ seinem zweiten Ich, dem Hauptkommissar, das Wort. »So wie ich Sie in den drei Minuten erleben durfte, steckt in Ihnen eine sehr tapfere und mutige Person, die mir bestimmt auf direkte Fragen die Antwort nicht verweigert. Wir begannen heute trotz meiner Bedenken mit Nachforschungen über eventuelle parallel verlaufende Erkrankungen in Kliniken. Konnten jedoch noch keine betreffenden Fälle ausfindig machen, was aber nicht heißen soll, dass wir unsere Ermittlung einstellen. Sind Sie davon überzeugt, dass Sie im Krankenhaus mit überdosierter radioaktiver Substanz geschädigt wurden, oder besteht Verdacht, dass Sie in Arztpraxen oder arztähnlichen Instituten damit in Berührung gekommen sind?« Nach längerem Schweigen antwortete Frau Kleber: »Je länger ich nachdenke, desto eindeutiger ist meine Überzeugung, dass ich an der hiesigen orthopädischen Klinik durch eine Infusion vor der Kernspinuntersuchung mit diesem Zeug abgefüllt wurde. Eine andere Möglichkeit ziehe ich nach meinem Dafürhalten nicht in Betracht.« Dallmair zögerte, weiter Fragen an Frau Kleber zu stellen, ihre Stimme wurde hörbar schwächer, doch eines wollte er noch in Erfahrung bringen. »Sind Sie dazu bereit, eine Strafanzeige gegen Unbekannt zu unterschreiben, so hätten wir eine sehr viel größere Handhabe, Vernehmungen durchzuführen. Dazu benötigen Sie allerdings ein ärztliches Attest mit genauen Werten und auch die bereits geschädigten Körperregionen. Ich rate Ihnen dringendst, dafür das Klinikum Großhadern aufzusuchen. David empfahl ich die dort leitende Professorin Dr. Marika Köster. Ich bemerke, dass Sie das Gespräch sehr erschöpft, deswegen verabschiede ich mich und wünsche Ihnen, soweit es geht, eine ruhige Nacht. Wenn David vom Konzert nach Hause kommt, soll er sich nicht scheuen mich heute noch anzurufen.« Anschließend veränderten Frau Klebers dankende Worte Dallmairs Gefühlsempfinden. »Herr Dallmair, jetzt verstehe ich auch, dass ihr beide Freunde wart und sicher wieder dahin zurückfindet. Herzlichen Dank, jetzt geht es mir sehr viel besser. Darf ich zu Ihnen Peter sagen?« Zum ersten Mal seit dem tragischen Tod seiner Frau verspürte er wieder Tränen über sein Gesicht kullern. Schon am Morgen beim Frühstücken meldete sich David, versuchte sich zu entschuldigen, was Peter sofort mit einer Frage abwürgte. »Seid ihr zu dem Entschluss gekommen, Strafanzeige zu stellen und Christina bei Frau Prof. Köster untersuchen zu lassen?« Die Antwort erfolgte schneller, als Peter dachte. »Ja, Peter, heute noch kommen wir zu dir aufs Kommissariat und nachher fahren wir zu dieser Radiologin nach München. Wie hast du das eigentlich angestellt, dass Christina so euphorisch von dir sprach, sie ist total verändert?«

Wieder machte sich diese nie mehr da gewesene Rührung in Dallmair bemerkbar und er konnte nur eines darauf antworten. »Ich gratuliere dir zu dieser tapferen und einzigartigen Frau und wünsche euch von Herzen, dass ihr noch sehr lange, so Gott es will, miteinander leben dürft.«

Am nächsten Morgen, Dallmair näherte sich soeben dem Kommissariat, als Polizeikräfte hastig aus dem Gebäude stürmten, zu ihren Einsatzfahrzeugen eilten und mit Blaulicht davonrasten. Am Eingang teilte ihm ein Polizeibeamter mit, dass ein Notruf eingegangen sei, in dem ein Überfall auf eine männliche Person gemeldet wurde. In seinem Dienstzimmer angekommen, wurde er bereits von Eva und Detlev mit der Nachricht erwartet, in einer Wohnung in der Herzogstandstraße 38 befinde sich eine männliche Leiche. Dallmaier schüttelte den Kopf und ließ seinem Unmut darüber freien Lauf.

»Stets zum falschen Zeitpunkt, nachmittags wär's passender gewesen. So müsst ihr dort ermitteln, mein Freund und seine Frau erscheinen in Kürze, um Strafanzeige gegen Unbekannt aufzugeben. Also los, worauf wartet ihr noch?« Dallmair bewegte sich zu seinem Schreibtisch, legte das Strafanzeigeformular zurecht und hoffte darauf, dass das Ehepaar frühzeitig erscheinen würde. Mürrisch blickte er zu Eva und Detlev, die sich immer noch im Büro aufhielten, und wiederholte seine Aufforderung.

»Soll ich euch etwa einen schriftlichen Auftrag aushändigen, die Spurenermittler sind bestimmt schon vor Ort.« Beim Verlassen des Dienstzimmers drehte sich Detlev nochmals zu Peter um und rief ihm ironisch zu: »Bis jetzt haben sich die Leichen stets Zeit genommen und auf unser Eintreffen gewartet.«

Dallmair vertrieb sich das Warten, um im Internet nach ähnlichen Hergängen wie bei Christina zu suchen, diesmal nahm er Kliniken in Großstädten von Oberbayern unter die Lupe. Zwischendurch kam ihm die Idee, seine Nachforschungen auf abhandengekommenes radioaktives Material auszudehnen. Mit einem geraunten »Wahnsinn!« äußerte sich Dallmair, als er die Berichte durchforstete, die dieses Thema behandelten. Die Mehrzahl der nachweislich entwendeten Problemabfälle melden Krankenhäuser und dies auf dem Weg per LKW zur Wiederaufbereitung. Er lehnte sich in seinen Bürostuhl zurück, ließ diese Meldungen von seinem Gehirn bearbeiten und kam zu der Überlegung, hier könnte das Geheimnis verborgen liegen. Die Zeitanzeige des Bildschirms rüttelte Dallmair aus dem zeitaufreibenden Forschen im Netz. »11 Uhr und die Hex ist noch nicht da«, mit diesem etwas abwegigen Vergleich dachte er an seinen Freund und seine Frau. Er hatte es ihm doch so überzeugend versprochen, sofort am frühen Vormittag die Sache mit der Strafanzeige zu erledigen. Er wählte die Nummer von David, belegt, wiederholte, belegt. Versuchte es nach 15 Minuten, immer noch belegt. Bei einem Kriminalbeamten verdichten sich da sofort detektivische Gedanken, jedoch gab es tausenderlei Gründe, verhindert zu sein, wäre da nicht das blockierte Telefon. »Wenn nicht dieser aufgefundene Tote wäre, würde ich nach Dietramszell zu seiner Wohnung fahren«, besann sich Dallmair. Ein Anruf Evas vom Fundort der Leiche ließ ihn wieder auf andere Gedanken kommen.

»Hallo, Peter, bei dem Toten handelt es sich um einen Ludwig Löw, Alter 42, Beruf Physiotherapeut in der orthopädischen Klinik. Todeszeitpunkt etwa 23 bis 24 Uhr, vermutliche Todesursache Sturz mit Schädel auf Glastisch. Die Spurenermittler sind noch in der Wohnung, bis zum jetzigen Zeitpunkt negativ. Wir sind hier fertig und fahren zurück.«

Sollte der Tote in Zusammenhang mit Christina Kleber stehen, folgerte Dallmair, sie wurde mehrmals in der orthopädischen Klinik behandelt und er arbeitete zufällig dort. »Zufall oder Verknüpfung, Dussel oder Verbindung, das kannst du dir nun aussuchen, Hauptkommissar Dallmair, dieses Rätsel musst du lösen«, sprach er zu sich. Doch bevor er damit begann, wählte er zum wiederholten Mal den Anschluss von David. Weiterhin ertönte das Belegtzeichen. Er sprang auf, eilte die Treppe hinab, rannte zum Dienstwagen, setzte das Blaulicht aufs Dach und raste in Richtung Dietramszell. Mit waghalsigen Überholmanövern preschte er auf der kurvenreichen durch Wälder führenden Staatsstraße 2368 seinem Ziel entgegen. In der Ortsmitte vor dem Salesianer Kloster, einem von den Fernstraßen abgelegenen Barockjuwel, hielt er an, bat einen Einheimischen um Auskunft, um die Adresse der Familie Kleber zu erfahren. »Ja mei, des is ja unsa Musika, dea spuit a im Klosterorchesta. Do miassns no a Stickal weida fahn, bis zum Oatsende, dann sengs des geibe Haus rechts am Hang om, do wohnan de Klebers.« Mit quietschenden Reifen bog Dallmair von der Straße ab, raste den steilen Hang hinauf, hielt am Garagenvorplatz an und rannte zum Haus. Auch nach viermaligem Betätigen der Hausklingel blieb es ruhig hinter der verschlossenen Eingangstür. Er hetzte rüber zur Garage, blickte durchs Fenster und entdeckte zwei PKWs. Er jagte abermals zum Haus, lief um das Gebäude, rüttelte an Fenstern und Verandatüren, versuchte in das Innere zu sehen, alles ruhig und nichts Außergewöhnliches. Plötzlich schrie eine Kinderstimme:

»Was suchen Sie auf unserem Grundstück?« In einiger Entfernung stand ein Mädchen mit einem Schulranzen auf dem Rücken und sah Dallmair fragend an. Erst als er der Kleinen ausführlich erklärte, wer er sei und weswegen er komme, näherte sie sich ihm, prüfte seinen Dienstausweis, forderte ihn auf, zur Haustür mitzukommen. Mit gemischten Gefühlen beobachtete Dallmair, wie das Mädchen die Hausschlüssel aus der Jackentasche zog, den passenden Schlüssel ins Schloss steckte und aufzusperren versuchte. Dallmairs Gedanken hetzten umher, wie er das Kind davon abbringen konnte, das Haus zu betreten. Er lenkte die Kleine ab, indem er sie fragte, ob die Eltern keine Warnung ausgesprochen hätten, Fremde in die Wohnung zu lassen, und versuchte Folgendes in Erfahrung zu bringen, um eine Spur Misstrauen aufkeimen zu lassen.

»Also, wie ich so alt war wie du, verboten mir meine Eltern, Unbekannte in die Wohnung zu lassen. Hast du keine Bedenken, du kennst mich überhaupt nicht?« Offenbar kam ihr die Mahnung wieder in den Sinn, sie zog den Schlüssel aus dem Schloss, steckte den Bund blitzschnell in die Jackentasche und entfernte sich einige Schritte von Dallmair. Hilfesuchend blickte sie zu den Nachbarhäusern, entdeckte Frau Wagner auf ihrem Balkon, die das Geschehen bereits einige Zeit beobachtete. Diese winkte ihr zu und rief vom Balkon: »Maria, brauchst du Hilfe? Ich komme sofort hinüber, geh schon mal zum Gartentor.« Erleichtert wartete Dallmair auf das Eintreffen von Frau Wagner, die ihn sofort mit Fragen bombardierte. Erst als Dallmair sich auswies, sie zur Seite zog und sein Dasein begründete, zeigte sie Vertrauen. Er bat die kleine Maria um die Hausschlüssel und Frau Wagner, mit dem Mädchen im Garten zu warten, bis er seine Einwilligung gäbe, das Wohnhaus zu betreten. Noch ehe Hauptkommissar Dallmair den Schlüssel umdrehte, überlegte er die Spurensicherung zu verständigen, jedoch sah er es nicht als erforderlich, da nur eine Vermutung vorlag, was sich hinter der Tür verbarg. Vorsichtig trat er in die Wohnung, durchschritt den Eingangsbereich, öffnete die Schiebetür zur Besuchertoilette, die Tür zur Küche stand offen, peinlichste Sauberkeit strahlte ihm entgegen. Der nächste Raum, das Speisezimmer, ausgestattet mit feinsten Möbeln, so als wäre es für Aufnahmen eines hochpreisigen

Einrichtungskatalogs inszeniert. In das riesige, geschmackvoll möblierte Wohnzimmer durchschreitet man eine zweiflügelige aus Sprossenfenstern bestehende Schwingtür. Diese Ordnung und faszinierende Reinlichkeit trotz eines Fünfpersonenhaushaltes versetzten Dallmair dermaßen in Erstaunen, dass er für einen Moment den Grund seiner Anwesenheit vergaß. Vom Wohnzimmer schlängelte sich eine ausladende weiße Marmortreppe in den oberen Bereich. Zwei Kinderzimmer, wie die anderen Räume wertvoll möbliert, zwei Badezimmer, prächtig ausstaffiert. Dallmair näherte sich jetzt dem Elternschlafzimmer, drückte die Klinke, öffnete die weiß lackierte, mit erhabenem umlaufenden Dekor besetzte Tür. Als Erstes überraschten ihn zwei raffiniert eingeplante Ankleideräume, die links und rechts vom Durchgang in das Schlafgemach getrennt waren. Er betrat nun das eigentliche Schlafzimmer. Eine überdimensionierte Schlaflandschaft mit ebenso gigantisch überhängendem azurblauen Baldachin vereinnahmte beinahe den gesamten Raum. Auch hier pure Ordnung, die glatt gestrichene blutorangenfarbige Seidenbettwäsche empfand Dallmair fürs Auge dann doch als zu aufdringlich, wobei - exakt hier vor dieser imposanten Kulisse würde eine attraktive Frauenleiche ein sehr dekoratives Gesamtbild ergeben. Er ließ seine Augen nochmals durch das protzige Gemach wandern, dabei fiel ihm bei der Rückwand des Bekleidungszimmers ein mit einem Spiegel verkleideter eingebauter Schrank auf. »Um einen Öffnungsmechanismus ausfindig zu machen, fehlt mir wohl die nötige technische Eingebung«, murmelte er ärgerlich. Er strich mit den Händen drum herum, drückte unbeabsichtigt gegen den Spiegel, klack und die Tür bewegte sich. Er versuchte sie ganz zu öffnen, als Frau Wagner vom Parterre zu ihm nach oben rief:»Herr Hauptkommissar, wir kommen jetzt hinein, Maria muss dringend auf die Toilette.« Hastig schob er die Spiegeltür wieder ins Schloss, eilte zum Aufgang und wartete so lange, bis Maria fertig war und beide die Wohnung wieder verließen. Nach dem wiederholten Klack öffnete er die Spiegeltür bis zum Anschlag ... selbst für einen abgebrühten Kripo-Kommissar war dieser Anblick grauenvoll. Zusammengekauert und mit grässlichen Verletzungen an Kopf und Rumpf lag Frau Kleber blutüberströmt am rot gefärbten Boden. Die

Beleuchtung, die beim Öffnen den kleinen Raum erhellte, bestrahlte den leblosen Körper, deswegen schlich sich bei ihm der Gedanke ein, einer geplanten Inszenierung beizuwohnen. Nach und nach löste sich sein Blick vom Opfer und ihm wurde bewusst, welchen Nutzen dieser verborgene begehbare Schrank für das Ehepaar Kleber hatte. Regale, gefüllt mit diversen Pornofilmen, Bücher und Schriften, luststeigernde Spielzeuge, ja beinahe wie ein Mini-Erotik-Shop. Wo befindet sich David, liegt er ebenso hier im Haus versteckt? Dieser Gedanke leitete endlich die Maschinerie der Kripo ein. Dallmair lief die Treppen hinab, eilte zu der wartenden Frau Wagner und der kleinen Maria, flüsterte der Nachbarin seine schreckliche Entdeckung ins Ohr, die daraufhin Maria emporhob und ganz fest an sich drückte. »Was ist mit Mama, ich will zu meiner Mama.« Als wenn sie ahnte, dass etwas Furchtbares vorgefallen war. Dallmair versuchte sie mit Fragen über den Verbleib ihrer Geschwister abzulenken, schluchzend erzählte Maria, dass die beiden gestern zu Oma und Opa gebracht wurden. Über den Verbleib von Papa konnte sie zuerst keine Auskunft geben, fügte aber hinzu, er habe sie morgens zur Schule gebracht, und sagte noch, er fahre zur Orchesterprobe nach München. Aber so früh war er noch nie weggefahren. Frau Wagner begriff, was jetzt zu tun war, mit Maria am Arm ging sie zu ihrem Haus und gab Dallmair ein deutliches Handzeichen, das bedeuten sollte, dass sie die Großeltern benachrichtigt. Ungeduldig auf das Eintreffen der Einsatzkräfte wartend, stand Dallmair vor Davids schmuckem Einfamilienhaus und war der Versuchung nahe, die Kellerräume zu inspizieren, den Gedanken, in seinem Freund David den Mörder zu sehen, verdrängte er. Eher vermutete er ihn gefangen, wenn nicht ermordet, im Untergeschoss. Mit einem Rückblick hielt er fest, was sich in der letzten Stunde ereignet hatte. Das Haus hatte er verschlossen vorgefunden, keine Spuren eines gewaltsamen Eindringens, die Kleine kam etwa um 12:30 Uhr alleine von der Schule, er beobachtete, wie Maria den Schüssel in das Schloss steckte und ihn zweimal rumdrehte. Die Nachbarin Frau Wagner hatte schon länger das Geschehen vor der Haustür verfolgt, warum war sie Maria nicht früher zu Hilfe gekommen? Beide Autos, ein schwarzer Mini mit Verdeck und ein metallicbrauner VW Touran, parkten in der Garage. Warum fuhr David sein Fahrzeug hinein, wenn er beabsichtigte, am Morgen auf dem Kommissariat zu erscheinen? Als sehr ungewöhnlich empfand er, dass bei diesem großen Blutverlust keine Blutspuren außerhalb der Erotikbibliothek zu sehen waren. Das rechts angrenzende Grundstück fiel durch seinen ungepflegten Garten auf. Das Wohnhaus verbarg sich hinter ausgewachsenen Sträuchern, denen ein radikaler Rückschnitt sehr gutgetan hätte. Aus einer anderen Blickrichtung bekam Dallmair mehr Einsicht auf das Haus, halb vom Vorhang verdeckt, erkannte er eine männliche Person, die ihn bestimmt schon länger im Visier hatte. Dallmair gab diesem Mann ein Zeichen mit der Hand, dass er rüberkommen sollte, doch dieser fuhr erschrocken zurück und entfernte sich von seinem Aussichtspunkt. »Na, dich werden wir uns auch vornehmen«, raunte Dallmair in die Richtung. »Die vollführen wieder ein Spektakel«, presste er durch die Lippen, als er die Signalsirenen von weitem vernahm. Es hörte sich an, als wenn sämtliche Polizeieinsatzfahrzeuge des Freistaates auf Dietramszell zurasten. »Als Nächstes werden wir von einer Invasion von Neugierigen niedergetrampelt«, schimpfte Dallmair und beorderte die zuerst Ankommenden, die vorbeiführende Staatsstraße vollkommen zu sperren. Dem Einsatzkommando der Spurensicherung unter Leitung von Alois Siedler rief Dallmair den Fundort der Leiche zu, denn auf mehr ging dieser Wichtigtuer vor Beginn seiner Arbeit sowieso nicht ein. Jetzt wimmelte es von Polizeibeamten und Notärzten. »Weswegen stets so eine große Heerschar in Bewegung gesetzt wird, bleibt mir ein Rätsel, der Großteil steht nur so rum und wärmt sich die Hände in den ausgebeulten Hosentaschen«, wunderte sich Dallmair kopfschüttelnd, immer noch mürrisch und grantig auch darüber, dass seine Kollegen sich so verspäteten. Endlich erblickte er sie, wie die beiden gemächlich auf ihn zukamen mit Schnitzelsemmeln und drei Bechern Kaffee in der Hand. Seiner bereits eingeplanten Schimpfkanonade entfernte Dallmair beim Anblick seiner Lieblingsbrotzeit den Zündstoff. Mampfend berichtete er Eva und Detlev von der grausigen Entdeckung sowie seinen bisherigen Eindrücken und Vermutungen.

»Aber warum befinden sich beide Fahrzeuge in der Garage?«, fragte Eva irritiert. »Die einzige Möglichkeit wäre, die Klebers besitzen noch ein drittes und mit diesem befindet er sich auf der Flucht.«

»Oder Herr Kleber liegt gefangen oder ermordet im Keller«, war Detlevs Meinung.

»Vielleicht fuhr David, nachdem er seine Tochter an der Schule abgesetzt hatte, doch zur Orchesterprobe und, wie Eva vermutet, mit dem dritten Auto«, spekulierte Dallmair und plante die ersten Ermittlungsschritte.

»Detlev, du übernimmst den rechten Nachbarn, gib bei der Befragung Gas, er hat meiner Ansicht nach bestimmt Beobachtungen gemacht. Eva besucht Frau Wagner, du informierst dich, wie viele Fahrzeuge die Klebers besitzen, die Möglichkeit, dass es sich um einen Leihwagen handelt, musst du mit einbeziehen.« Ich erkundige mich bei der Philharmonie in München über die Anwesenheit von David. Noch eins, Eva, Frau Wagner verständigte die Großeltern, bei Eintreffen die Zeit bei Frau Wagner zu verbringen, bis sie von uns benachrichtigt werden.«

»Phülhamonie Münchn, Holzapfl am Abarat.« »Wieder so ein bajuwarischer Oberpförtner und das an einer der klassischen Musik zugwandten Institution«, dachte sich Dallmair.

»Kriminalpolizei Bad Tölz, Hauptkommissar Dallmair, verbinden Sie mich bitte rasch mit dem Impressionismus Orchester.«

»Do muass i east nochschaun, ob de heid do san, wardns a bissal.«

»Hoffentlich dauert ›des bissal‹ nicht den ganzen Nachmittag«, murmelte ungeduldig Dallmair. Zu seiner Freude meldete sich Holzapfel umgehend.

»Ja, de probm heit im Orffsaal, mid wem mächdns sprecha?«

»Am liebsten mit Herrn Kleber, dem Oboisten.«

»Wia hoasd dea jetzt, Kleber oder Oboist, a bissal genaua brauch i des scho.«

»Der Mann heisst Kleber und spielt auf einer Oboe, ist denn das so schwer zu begreifen?«, rief Dallmair erzürnt in sein Handy. Die Antwort kam prompt, da Holzapfel die Lautsprechermuschel zu spät abdeckte. »Leck mich doch …« Anstatt einen Wutschrei loszulassen, brüllte Dallmair hellauf los und konnte sein Lachen auch nicht beenden, als Herr Holzapfel sich wieder meldete.

»Bei eich muass ja lustig zuageh, zuerst schimpfas me und nacha lachas wia a grupfte Suppenhenna. Aiso, i vabind Eana jetzt mit dem Kleber-Oboisten.«

»Kleber, was gibt es so Wichtiges, dass Sie mich aus der Probe holen lassen?«

»Peinlich«, dachte sich Dallmair, »hoffentlich bemerkt David meine momentane Verfassung nicht.« Doch ausschlaggebend war die Tatsache, dass David Gott sei Dank nicht mit dem Mord an seiner Frau in Verbindung gebracht werden konnte. Er bemühte sich, so ernst wie möglich zu sprechen.

»Peter hier, David, bitte brich die Probe ab und komm sofort nach Hause, es gab einen Unglücksfall, Genaueres erfährst du später, lass dir Zeit und rase nicht.«

»Wie soll ich mir da Zeit lassen, wenn ich hier sofort alles abbrechen soll? Ist Christina oder den Kindern etwas zugestoßen? Mach schon deinen Mund auf und sag mir die Wahrheit, was vorgefallen ist.«

Manchmal ist es leichter, am Telefon eine solche Trauernachricht zu überbringen. Dallmair wurde hin- und hergerissen, wie er sich verhalten sollte, sah nun ein, dass es vorrangig war, David auf der Stelle die Wahrheit zu offenbaren.

»Das Unglück, das ich ansprach, ist deiner Frau zugestoßen. Da ihr nicht auf dem Kommissariat erschienen seid, fuhr ich zu euch nach Dietramszell. Das Haus hatte den Anschein, dass sich in ihm niemand befand. Als deine Tochter Maria von der Schule heimkam, händigte sie mir die Hausschlüssel aus. Ich betrat die Wohnung, begab mich ins obere Stockwerk, sah in jedes Zimmer. Im Schlafzimmer fand ich Christina ermordet in dem kleinen Raum hinter der Spiegeltür.« Als Dallmair zu Ende gesprochen hatte, herrschte beklemmende Stille, kein Schluchzen, kein Aufschrei, kein Stammeln, nur Schweigen. Diese Gefasstheit, oder war es der Schmerz, der nicht nach außen dringen konnte, veranlasste Dallmair, gefühlvoll auf David einzureden.

»Bist du überhaupt in der Verfassung, selbst zu fahren, soll ich dich abholen oder von einem Münchner Kollegen bringen lassen?« Statt einer Antwort sprach David nur dieses eine Wort.
»Warum, warum, warum?«
Für Dallmair zu wenig, um abzuwägen, ob es echte oder theatralische Gefühle waren, mit denen David dieses fragende Wort aussprach. Bei der Überbringung einer Todesmeldung erweckt oft der erste Eindruck der Mimik und des Gesprochenen einen Anfangsverdacht. »Blöd, dass ich ihm den Tod seiner Frau bereits am Telefon mitteilte, Auge in Auge verrät ein Gesicht mehr«, ärgerte sich Dallmair während dieser Denkpause. Sollte David nicht bald ins Gespräch zurückfinden und Fragen über den Hergang stellen, was normal und üblich wäre, würde sich Dallmair Gedanken über seine Unschuld machen. Stattdessen sagte er nur: »Ich fahr jetzt los.«
»Hallo, Peter«, rief Eva ihm aus dem Grundstück von Frau Wagner zu. »Klebers Tochter erzählte, dass ihr Papa seit zwei Tagen einen Vorführwagen vom Autohaus Miller fährt. Es handelt sich um einen Audi Q7 und er zeigt bereits Kaufinteresse.«
Das Erstaunen über Davids Villa mit dieser kostspieligen Ausstattung und dazu noch diesem Fuhrpark veranlasste Dallmair, über das monatliche Einkommen eines Musikers nachzudenken und sich darüber zu informieren. Als an der Haustür Siedler, der stets griesgrämige Spurenermittler, auftauchte, fragte er ihn übermäßig freundlich, die Kellerräume betreten zu dürfen. Das Echo war immer dasselbe, ob liebenswürdig oder grob gefragt.
»Wie lange bist du jetzt bereits bei diesem Verein? Mit deiner Intelligenz müsstest du den Ablauf inzwischen kapiert haben.«
»Entschuldige, ich wusste schon seit langem, dass du der Klügere von uns beiden bist, doch du verbirgst deine Klugheit hinter deinem miesen Charakter, mit dem du uns bald zur Weißglut treibst. Wundere dich nicht, wenn deine Mitarbeiter zu deiner Ermordung gerufen werden.« Dallmair drehte sich um und entfernte sich von dem nach Luft schnappenden Siedler. Aus Neugierde und um der Langeweile entgegenzutreten,

schlenderte Hauptkommissar Dallmair nochmals hinter das Gebäude und nahm jetzt erst den riesigen Garten wahr. Dieser musste von einem Gartenarchitekten angelegt sein, wurde ihm klar, denn diese Symmetrie der Bepflanzung, der Wege und Blumenbeete ließ keine andere Möglichkeit zu. Dazwischen eingebettet ein piekfeiner Swimmingpool mit eigenem Sprungbrett Marke Luxus. Am Grundstücksende ein etwas zu groß geratener verglaster weißer Pavillon. Dallmair stieg bei diesem Anblick ein leicht protziger Geschmack hoch und er gab dem Ganzen den Namen König Ludwig von Dietramszell.

»Da bist du!«, rief Detlev, der seinen Chef bei Frau Wagner oder in Klebers Haus vermutete. »Sehr nobel, man fühlt sich wie in einem Schlosspark. Der scheue Nachbar Herr Hufnagl gab sich bei der Befragung sehr gesprächig und erzählte manch interessante Informationen. In letzter Zeit war bei den Klebers auffällig oft ein Mann mit Aktentasche zu Besuch. Die Kinder wurden immer öfter von den Großeltern abgeholt und gestern Nachmittag fuhr ein roter Golf vor, parkte allerdings vor seinem Grundstück. Eine junge Frau beobachtete mindestens zwei Stunden das Anwesen der Klebers, als der Hausherr vorfuhr, stürzte sich diese auf Herrn Kleber, umarmte ihn, jedoch er stieß sie von sich, dabei kam es zu einem heftigen Wortwechsel. Sie lief weinend zu ihrem Wagen, blieb noch kurz sitzen und brauste dann davon. Dich hielt Herr Hufnagl für einen Immobilienmakler oder Interessententen für das Haus, da du das Anwesen so ausführlich in Augenschein nahmst. Über Frau Kleber machte er sich Gedanken, denn allem Anschein nach musste sie an einer Erkrankung leiden, da sie von Woche zu Woche kraftloser und ermattender wirkte. Dann fügte er noch hinzu, als die Familie vor drei Jahren einzog, war es eine Augenweide, sie zu beobachten, jetzt sehe es danach aus, als wäre jede Art von Glück und Fröhlichkeit in Verdrossenheit und ja, fast schon Lieblosigkeit umgekippt.«

»Detlev, du darfst eines nicht übersehen«, entgegnete Dallmair, »Frau Klebers Gesundheitszustand belastet jeden Familienangehörigen. Bei dieser Aussichtslosigkeit auf Heilung schwinden sehr schnell Frohsinn und Lebensfreude. Weiterhelfen könnte uns, wenn wir die Frau mit dem roten

Golf ausfindig machen oder Herrn Kleber selbst. Mach du dich mal auf den Weg und befrage die näheren Nachbarn, das Personal der ansässigen Geschäfte und Bürger auf der Straße. Die Klostergemeinschaft könnte uns auch noch Hinweise liefern, denn Kleber musizierte bei verschiedenen festlichen Anlässen in dieser Abtei.« In der Annahme, dass ein ankommendes Fahrzeug David sein könnte, eilte Dallmair zur Vorderseite des Hauses. Mit Verwunderung sah er, dass Gerichtsmediziner Professor Dr. Wolke sich sehr verspätet hatte. Wollte doch Dallmair nach dem nervenaufreibenden Warten endlich die Wohnräume betreten. Bevor er Prof. Dr. Wolke zur Rede stellen konnte, begründete dieser sein Zuspätkommen.

»Wurde während einer Vorlesung an der Uni in München benachrichtigt, machte mich sofort auf den Weg und musste wegen einer Vollsperrung der B 13 kurz nach Holzkirchen eine Ausweichstrecke fahren. Muss wohl ein größerer Verkehrsunfall stattgefunden haben.«

»Hoffentlich nicht David«, lief es Dallmair kalt über den Rücken, »noch so ein Unglück und die drei Kinder wären Vollwaisen. Der Zeitpunkt könnte hinkommen, doch es existieren auch noch andere Routen hierher.« Er vernahm das Geräusch eines herbeifahrenden Fahrzeugs, lief zur Straße, jedoch hielt dieses am Nachbarhaus bei Frau Wagner an, »die Großeltern«, dachte er sich. Aus dem Fahrzeug stürzten blitzartig ein kleiner Junge und ein jüngeres Mädchen, rannten, ohne auf die Rufe von Oma und Opa zu hören, direkt auf das Haus ihrer Familie zu. Mit ein paar schnellen Schritten verstellte Dallmair ihnen den Weg und redete auf sie ein.

»Na, ihr beiden Rennläufer, was gibt es denn gar so Dringendes, schaut mal, welche Angst eure Oma wegen euch aussteht.«

»Geh du uns aus dem Weg, wir möchten ganz schnell zu Mama, wir haben ihr so viel zu erzählen.«

Eiligst kamen die Großeltern dazu, nahmen die zwei sich wehrenden Enkelkinder an den Händen und fragten im Zurückgehen: »Sind Sie der Polizist, der Christina gefunden hat? Sie bleiben sicher noch hier und möchten uns vermutlich noch sprechen, wir haben Ihnen einiges zu sagen.« Ein Nicken und beide Fragen waren damit beantwortet. Natürlich wäre es Dallmairs Wunsch gewesen, sofort die Antwort über so viele

Ungereimtheiten zu erhalten, also weiter warten. Kurz darauf näherte sich wiederum bedächtig ein Wagen und hielt vor Klebers Haus, der Totenwagen. Dallmair beschloss, nach dem Abtransport der toten Frau Kleber die Straße wieder freizugeben und nur noch eine Handvoll Polizeibeamte vor dem Haus zu belassen, revidierte jedoch augenblicklich seinen Entschluss, nachdem er an der Straßensperrung die riesige Menschenansammlung erblickt hatte. »Muss eine sehr interessante Familie sein, um eine so große Aufmerksamkeit von Neugierigen auszulösen«, raunte Dallmair. Das wäre jetzt der richtige Platz, um Neuigkeiten zu erfahren, inmitten dieser diskutierenden und schwatzenden Menge. Eine Seite seines Notizbuches war bereits gefüllt von ihm zugetragenen und selbst gemachten Erkenntnissen und Wahrnehmungen. Sechs Personen, die sich bis zum jetzigen Stand im unmittelbaren Bereich der Toten befanden, waren die Nachbarn Frau Wagner und Herr Hufnagl, die beiden Großeltern und natürlich Herr Kleber selbst. Die sechste Person, die junge Frau mit dem roten Golf, stand zwar noch etwas abseits, doch Dallmair reihte sie zu diesem Zeitpunkt bereits in die Rolle einer Schlüsselfigur ein. Hausangestellte, wie Reinemachefrau oder Gärtner, was bei diesem feudalen Besitz zur Plicht gehörte, setzte Dallmair ebenfalls in den engen Kreis der möglichen Verdächtigen.

»Was stehst du so untätig rum?«, rief Siedler, der Spurenermittlungschef, Dallmair zu. »Wenn du immer noch das Bedürfnis hast, mehr zu finden oder zu sehen als wir Profis, dann viel Vergnügen, wir haben unsere Hausaufgaben erledigt.« »Prima«, dachte sich Dallmair, »in mir hat sich sowieso so viel Frust aufgebaut, dann packen wir ihn mal in Worte.«

»Dass du eines der hässlichsten Arschlöcher bist, ist dir sicher nichts Neues, aber dann auch noch geistig minderbemittelt sein, da haben deine Artgenossen mit den roten Ärschen noch mehr in der Birne als du. Profi? Darüber kann ich nicht einmal lachen, jammerschade, dass es keine Preisverleihung für Profitrottel gibt, da würde kein Jahr vergehen, in dem du leer ausgehst.« Dallmair entfernte sich vom wie versteinerten Siedler und seinen sich gerade noch das Lachen verkneifenden Gehilfen und betrat das Wohnhaus. In der oberen Etage im Mordzimmer fand er Gerichtsmediziner Prof. Dr. Wolke beim Verfassen des Untersuchungsergebnisses in sein Aufnahmegerät. Er verließ das Schlafzimmer, schlenderte an der Brüstung der Galerie entlang, blickte nochmals ins Badezimmer und verspürte an der Schwelle eine Unebenheit unter seinen Schuhsohlen. Er griff danach, hielt es ins Licht der Wandbeleuchtung, dabei entglitt ihm ein fragendes Hm. Ein Anruf vom Polizeirevier ließ ihn hochschrecken. Der Beamte berichtete: »Herr Kleber steckt seit zwei Stunden im Stau bei Holzkirchen fest. Es gab noch keine Meldung, dass die Bundesstraße wieder freigegeben wurde, sieht danach aus, dass noch mit einer weiteren Stunde zu rechnen ist.« Auf Dallmairs Mobiltelefon wurde die Nummer von Klebers iPod gesendet, mit dem Hinweis: »Peter, wenn du Fragen hast, melde dich, ich habe viele!« Erleichtert holte Dallmair Luft und sah sich den gefundenen kleinen, kantigen, silberglänzenden Metallstift genauer an. Am ehesten verglich er diesen mit einem Inbusschlüssel der kleinsten Größe, jedoch ohne Bügel. Das Musizieren der Hausklingel veranlasste Dallmair, ins Erdgeschoss zu eilen. Zuerst dachte Dallmair an David, doch dieser besaß ja einen Hausschlüssel.

3

Vor der Tür stand Eva, nach ihrer Mimik zu urteilen, waren ihr Besuch im Kloster und die Befragung des Personals der örtlichen Geschäfte erfolgreich. Sie nahmen auf der hochwertigen Wohnlandschaft aus elegantem und anschmiegsamem toffeefarbenen Leder Platz und Eva sprudelte im Zustand der Euphorie los.

»Du wirst es nicht glauben, wie beliebt die Familie Kleber hier im Ort ist. Ich brauchte nur den Namen Kleber zu nennen und schon ergossen sich Lobeshymnen über diese Familie. Egal ob Frau oder Herr Kleber, ihre Kinder oder die Großmama, aus jedem Mund kam nur Bewunderung und Wertschätzung. Doch fangen wir im Kloster an. Die Oberin Schwester Maria Stadler, selbst begeisterte Musikerin, spricht von einem Geschenk für die Klosterkirche, seitdem die Klebers nach Dietramszell kamen. Sie bezeichnet Herrn Kleber als zurückhaltenden, überaus hilfsbereiten und außergewöhnlich netten Mitbürger: ›Durch ihn als Musiker erlebte unsere Klosterkirche musikalisch eine solche Berühmtheit, dass Kirchenbesucher aus ganz Bayern und darüber hinaus herbeiströmen. Unser kleines Orchester, ins Leben gerufen durch Herrn Kleber, begleitet uns durch das gesamte Kirchenjahr. Zu den hochheiligen Festen, wie Christi Geburt oder dem Auferstehungsfest zu Ostern, verstärkt er das Orchester durch Kollegen des Symphonieorchesters. Das sollten Sie einmal sehen, eine Stunde vor Beginn der heiligen Festmesse ist der Kirchenraum so gefüllt, dass wir uns zu einer Übertragung in den großen Saal entschließen mussten, und auch dieser füllte sich bis zum letzten Platz. Mit Bedauern und Entsetzen vernahmen wir die schlimme Erkrankung von Christina Kleber. Täglich schließen wir sie in unser Gebet mit ein, möge Gott ihr helfen.‹ Ich brauche nicht hinzuzufügen, dass die Familie einen festen Glauben lebt. Ich glaube, die Oberin würde jetzt noch schwärmen, wenn ich mich nicht verabschiedet hätte. Auf der Straße vor dem Gemeindekindergarten begegnete mir eine Mutter mit ihren zwei Kindern. Ich sprach sie ebenfalls auf die Klebers an, wie erwartet, redete die Mutter überschwänglich von der Familie, um dann auf eine Ungerechtigkeit zu sprechen zu kommen. Sie berichtete von einem Vorfall im Kindergarten, da kam es zwischen Maria, der Tochter der Klebers, und einem Sohn einer Migrantenfamilie zum Streit. Der Sohn, ein afrikanischer Junge, erschreckte Maria täglich mit Äußerungen wie ›Ich schneide dir den Kopf ab, ein Krokodil wird dich fressen, morgen wirst du getötet‹. Die verängstigte Maria erzählte diese grässlichen Drohungen zu Hause ihren Eltern, die sich natürlich daraufhin bei der Leiterin des Kindergartens beschwerten und um eine Versetzung des Jungen in eine andere Gruppe baten. Die Kindergärtnerin verweigerte die Bitte mit folgender Begründung: Migrantenkinder dürften nicht ausgegliedert werden, den Klebers stehe es frei, sich einen anderen Kindergarten für Maria zu suchen. Als diese Nachricht im Ort die Runde machte, empörten sich viele Eltern und reichten eine Beschwerde ein. Eine Woche später kam die Antwort vom Kultusministerium, die Leiterin handelte nach den Vorschriften.«

»Jetzt stopp mal deinen Vortrag«, unterbrach Dallmair Eva. »Denkst du dasselbe wie ich, oder hast du eine andere Meinung dazu?«

»Selbstverständlich gehen wir der Sache nach, und wer weiß, was da noch im Verborgenen liegt. Der Name und die Adresse der Familie sind mir bekannt und weswegen sollten wir uns bei einer ausländischen Familie anders verhalten als bei einer deutschen. Mir geht das inzwischen so auf den Geist, wenn uns immer mehr Rechte entzogen werden und den Migranten alle Türen offen stehen.«

»Oh, oh, oh, Eva, jetzt übertreibe aber nicht, diese Flüchtlinge müssen wir doch in unsere Gesellschaft integrieren, sie sind doch als politisch Verfolgte anerkannt.«

»Ja, ja, ja, Peter, du hast dich auch von dem Geschwätz der Politiker einlullen lassen. Hast du nicht bemerkt, dass wir in den zurückliegenden Jahren ein Volk der Dulder und Kritiklosen geworden sind? Das beste Beispiel sehe ich an meiner Mutter, ein lebenslanges Arbeiten, vier Kinder aufgezogen, nie arbeitslos gewesen, krankmachen gab es bei ihr sowieso nicht. Und was denkst du, was sie an Rente bezieht? Ganze 789 €. Jeder

Hartz-IV-Empfänger und Migrant wird ausreichender versorgt. Ist das die neue Gerechtigkeit in unserem Land? Sollen doch die Befürworter wie das Parlament oder unser Bundespräsident sie in ihre Schlösser aufnehmen.«

»Also, Eva, das hat mit unserer Arbeit jetzt nichts, aber auch gar nichts gemeinsam, wir sind Beamte und Diener des Staates. Über dieses Thema können wir uns nach dem Dienst ausführlicher unterhalten und unsere Meinungen austauschen.«

»Na gut, machen wir unsere Arbeit, doch eines muss ich noch loswerden. Du, ich und unsere Bürger werden vom Ausland als die superreichen Deutschen gesehen. In jedem südländischen Land Europas ist die Durchschnittsbevölkerung wohlhabender als wir. Es betrifft auch unseren Staat, der mit einer Verschuldung von sage und schreibe 2143 Milliarden oder 2,143 Billionen eigentlich seit Jahren pleite ist.«

Erstaunt über Evas Ansichten und ihre Denkweisen, war Dallmair nicht mehr in der Lage, ihr zu widersprechen, »denken darf man es, aber doch nicht aussprechen«, dachte er sich. Das Geräusch vom Aufsperren der Haustüre lenkte ihre Aufmerksamkeit auf den Eingang. David betrat das Wohnzimmer, um sofort nach seiner Christina zu fragen und gleichzeitig die Treppe nach oben zu stürmen.

»Halt, bleib hier, du kannst noch nicht hinein, der Gerichtsmediziner ist noch am Werk«, rief Dallmair ihm hinterher. Aber da war er bereits oben, wartete noch kurz vor der Schlafzimmertür, drückte zögernd die Klinke nach unten und betrat bedächtig den Raum. Das Brüllen von Gerichtsmediziner Prof. Wolke dröhnte durch alle Etagen.

»Verlassen Sie sofort diesen Raum, ich dulde keine Störung bei der Befundaufnahme, auch wenn Sie ein Hinterbliebener dieser Toten sind. Kommen Sie morgen Nachmittag in die Pathologie, denn der Zustand der Verstorbenen wird Sie jetzt noch mehr schockieren als ihr Tod. Richten Sie den zwei Leichentransporteuren aus, sie können ihre Arbeit jetzt machen.« Irritiert kam David behäbig die Treppe herunter, sah zu seinem Freund Peter und stammelte:

»Reicht denn diese Tragödie nicht, muss denn ein Wahnsinniger alles noch verschlimmern? Ich muss mich doch von meiner Christina verabschieden, bin doch ihr Mann, wir sind doch eine Familie, wo sind die Kinder …« Wie ein gefällter Baum sackte David zusammen, schlug mit dem Schädel auf die erste Treppenstufe und rührte sich nicht mehr, um die Schulter hängend die Tasche mit seiner Oboe. In diesem Augenblick kam Prof. Dr. Wolke aus dem Schlafzimmer, wackelte die Treppe herunter, stoppte an der vorletzten Stufe, schüttelte erregt seinen Kopf und fragte beunruhigt:

»Dieser Mann lag vorhin aber noch nicht hier, oder?« Dallmair beruhigte ihn, forderte aber sofort seinen ärztlichen Beistand. Prof. Wolke, bekannt durch seine laut gesprochene Dokumentation, untersuchte Herrn Kleber. »Herz pumpt, Lunge arbeitet, Aufschlagpunkt Schläfe, Gehirnmasse voraussichtlich etwas in Unordnung, Patient überlebt«, was sich auch nach zwei kräftigen Schlägen auf Klebers Wangen bewahrheitete. Der Gerichtsmediziner verabschiedete sich mit den Worten: »Morgen zur Leichenschau sind Sie wieder der Alte.« Kleber, noch an der Stufe sitzend, wurde von den beiden Sargträgern, die Prof. Wolke zum Abholen von Frau Klebers Leiche diktierte, aufgefordert, die Treppe zu verlassen. Daraufhin konnte er sich nicht mehr zurückhalten und schrie:

»Bin ich jetzt verrückt, oder seid ihr alle wahnsinnig? In meinem eigenen Haus werde ich angeschrien und wird mir befohlen, was ich zu tun habe. Hallo, wenn ihr es noch nicht geschnallt habt, ich bin hier der Hausherr.« Dallmair legte den Arm um seinen aufgewühlten Freund und begleitete ihn in die Küche, um den Abtransport von Christina zu umgehen, goss ihm ein Glas Wasser ein und fragte:

»Du hast bestimmt, seitdem ich dich gesprochen habe, nichts gegessen und getrunken. Trink wenigstens ein paar Gläser Wasser. Oder hast du Verlangen auf ein Bier?«

»Ihr macht mich ganz konfus, bin mir nicht sicher, ob ich träume oder die Wirklichkeit nicht mehr begreife, Peter, was ist mit mir los?«

»Mein Gott«, dachte sich Dallmair, »der ist ja psychisch dermaßen angegriffen, was auch kein Wunder ist. Das muss man erst einmal verstehen, was dieser Arme in den vergangenen fünf Stunden verarbeiten musste. Der plötzliche Tod seiner Christina, die nervenzehrende Warterei auf der

Bundesstraße, dann kommt er nach Hause und wird in seiner eigenen Wohnung zurechtgewiesen, erleidet einen Kreislaufkollaps, da setzt bei jedem normalen Menschen der Verstand aus. Ich glaube, eine Frau würde ihm in diesem Augenblick eine hilfreichere Stütze sein als ich«, vermutete Dallmair und bat Eva, in die Küche zu kommen, um Kleber beizustehen.

4

Inzwischen hatte Kommissar von Hautzenberg sämtliche Ladengeschäfte in der Ortschaft nach der Familie Kleber abgefragt. Neun Seiten seines Notizbuches befassten sich ausschließlich mit Anerkennungen und Lobpreisungen. Auf dem Rückweg sah er auf der gegenüberliegenden Straßenseite eine Sparkassenfiliale, überlegte kurz, ob es Sinn ergab, diese aufzusuchen. »In so einem Geldinstitut erfährt man vielleicht wieder andere Hintergründe über die Familie«, dachte er, trat ein und verlangte nach dem Filialleiter. Dieser bat von Hautzenberg in sein Büro und erkundigte sich nach der Ursache seines Besuches. Dieselben Lobreden prasselten auf von Hautzenberg ein, wie er sie zuvor zu hören bekommen hatte. Bei der Frage nach finanziellen Schwierigkeiten bemerkte von Hautzenberg eine Veränderung im Ton des Filialleiters, dem es nicht behagte, darüber Auskunft zu geben. Mit folgendem Hinweis drängte der Kommissar den Sparkassenleiter, Klartext zu reden.

»In einem Ermittlungsverfahren wie diesem ist es für uns ein Leichtes, an die Konten einer in Verdacht geratenen Person zu gelangen. Wenn Sie uns den Einblick nicht heute gewähren, spätestens morgen Vormittag müssen Sie uns diese doch aushändigen.«

»Das ist mir klar, aber zuerst muss ich Ihnen meine zögerliche Haltung erklären. Herr Kleber schlidderte völlig schuldlos in diese Situation der Kreditverschuldung hinein. Es sollte nur ein Überbrückungskredit werden bis zur Zahlung eines hohen Betrages, den seine Eltern ihm zusagten. Als seine Schwester von der elterlichen Zuwendung erfuhr, setzte diese alles in Bewegung, um dies zu verhindern. Entweder würden ihr ihre Eltern auch diese Summe auszahlen, oder sie bestand darauf, im Erbvertrag mit dieser Geldzuwendung bedacht zu werden. In der Annahme, dass der Ehemann der Schwester sehr gut begütert ist, stand für sie fest, ihrem Sohn auch zum Wohlstand zu verhelfen. Durch das Einschreiten von Klebers Schwester zogen sie ihre finanzielle Hilfe zurück, was höchstwahrscheinlich die Insolvenz der Klebers zur Folge hatte. Ihre beiden Fahrzeuge wurden letzte Woche vom Gerichtsvollzieher gepfändet, die nächste Pfändung ist bereits veranlasst.«

Eine Tragödie war nach Ansicht von Hautzenbergs dieses in Fahrt gesetzte Schuldenrad und das Ausmaß war noch gar nicht abzusehen. Oder doch? Im Kommissar tauchten plötzlich diese Gedanken auf, mit denen sie sich stets auseinandersetzen mussten. Er stocherte weiter.

»Die Kontenaufstellung bekomme ich von Ihnen doch ausgehändigt, und kam in dem Kreditvertrag auch eine Lebensversicherung von Frau Kleber zur Sprache?«

»Eine? Zwei wurden als Sicherheit hinterlegt, beide auf Frau Kleber ausgestellt. Eine kleinere Summe von 100.000 € und bei der zweiten werden im Todesfall 250.000 € ausbezahlt. Beide reichen aber nicht aus, um die Schulden zu begleichen, die sich bis heute auf 580.000 € beziffern, hinzuaddieren muss man noch die Ausstattung des Hauses sowie die Gestaltung des Gartens, deren Rechnungen zur Bezahlung ausstehen. Hätten die Eltern die versprochene Zuwendung von 500.000 € geleistet, die Klebers würden heute sorgenfrei ihr Haus bewohnen.«

»Ihnen ist sicherlich die Nachricht von Frau Klebers Tod noch nicht zu Ohren gekommen?«, versuchte von Hautzenberg in Erfahrung zu bringen. Sichtlich entsetzt reagierte der Sparkassenleiter auf diese Meldung und entschuldigte sich beim Kommissar, da er dies sofort der Kreditvergabeabteilung in der Zentrale melden musste.

Auf dem Weg zu Klebers Haus mischte er sich an der Straßensperrung noch zwischen das Volk, um aus dessen Meinung und Geschwätz Belastendes herauszuhören. Denn fast immer nach der Lobhudelei folgten Äußerungen über die im Unterbewussten umhergeisternden Neid- und Arglistgedanken. Es herrschte ein Geschnatter wie am Ententeich. Frauen, ein Großteil ältere Jahrgänge, diskutierten lebhaft mit aufgerissenen Mündern, wobei aus diesen üble Nachreden auch Wahrheiten drangen.

»Mei, host des scho ghört, da Oboist hod se mit oana Querflötistin einglassn.« »Ja, is des wahr? I hob gmoand, dea is mit da Cellistin beinanda.« »Dem trau i a zua, sogar dass ea mit da Oberin wos hod, de schaug se ollaweil so tiaf in de Aung.« Eine Frau im Wickelschurz verkündete im Minutentakt Neuigkeiten. »Wenn da Kleber nach Münchn faht, do kummd oiweil so a schena junga Bursch auf Bsuach. Letzdn Mittwoch is dea scho wieda neigschlicha. Dea hod a Handwerkakluft o, aba wahrscheinlich ziagd ea de boid aus, weil sofui zum Rapariern gibds in dem neia Haushoid a ned und da Kuckuck fliagd a scho recht fleissig umanand.«

Als Kommissar von Hautzenberg sich als Kripobeamter vorstellte und Näheres über das Gesagte in Erfahrung bringen wollte, wurde er von den Ratschweibern aus der Menge gedrängt und mit boshaften Beschimpfungen zum Gehen aufgefordert.

»Ja, eam schaugds o, dea möcht uns bei unsara Debadde veahöan, des is ja a ganz a Schlaua. Schleich di, du Bullngrischbal, wos mia uns do zum song ham, gähd di gonix o.«

Nein, Angst vor diesen Furien verspürte von Hautzenberg kaum, doch seine Vernunft wies ihn an, sich schnellstmöglich aus dieser Gefahr zu begeben, denn er unterschätzte keineswegs Frauen, die sich in einem Ausnahmezustand befanden. Er hielt doch noch inne, da sich ein schwarzer Wagen gemächlich näherte. Beeindruckt von der Fracht, ließ die Menge den Leichenwagen passieren, um sofort wieder weiterzuplappern. Als Kommissar von Hautzenberg am Haus der Klebers ankam, empfing ihn Dallmair vor dem Eingang mit fragenden Blicken, die so zu verstehen waren: »Wo treibst du dich so lange rum?« Erst als er von den Begegnungen mit den Bewohnern und dem Sparkassenleiter erzählte, entspannte sich Dallmair und berichtete Detlev von den bisherigen Begebenheiten und Erkenntnissen und bat seinen Kollegen, die Nachbarin Frau Wagner aufzusuchen und die Schwiegereltern. Dallmair brach ab, hatte er doch noch nicht nachgefragt, ob es wirklich Davids Eltern waren, die sich dort mit den Kindern aufhielten. Er entschloss sich, selbst rüberzugehen und nachzufragen.

»Entschuldigen Sie, dass Sie sich so lange gedulden mussten, Sie können nun rüber zu David gehen. Ich nehme an, Sie beide sind Davids Eltern. Oder habe ich mich geirrt?«

Beide nickten fast gleichzeitig, auf den Armen trugen sie die Kinder, die nach wie vor riefen: »Wann können wir denn endlich zu Mama? Mama wartet doch so lange schon auf uns.«

Dallmair bat um Nachsicht, dass die angesprochene Vernehmung heute nicht mehr erfolgte, und ersuchte sie, am nächsten Tag aufs Kommissariat zu kommen.

5

Er blätterte in seinem Terminkalender für das neue Jahr, der noch sehr dürftig beschriebene Seiten aufwies. Die beiden Arzttermine hatte Dallmair mit roten Druckbuchstaben eingetragen, im Februar Zahnarzt bei Dr. Keil, im März Darmspiegelung und Generaluntersuchung beim Internisten Dr. Linghammer in Holzkirchen. Zu beiden Ärzten hatte er bereits seit mehreren Jahren guten Kontakt, und er fühlte sich in deren Praxen als Patient sehr gut behandelt. Der Stundenzeiger der Dienstzimmeruhr bewegte sich auf 8.25 Uhr, und er saß immer noch allein im Büro. »Wo bleibt nur das verliebte Paar?«, ging es ihm durch den Kopf, Eva und Detlev verbrachten die Nacht sicher wieder gemeinsam. Weiter wollte er seine Gedanken darüber nicht in Anspruch nehmen und über ihre nächtlichen Aktivitäten nachgrübeln. Stattdessen warf er den Kaffeeautomaten an, spazierte das Dienstzimmer auf und ab, prüfte im Vorbeigehen die Schreibtische der beiden, auf einer der beiden Schreibunterlagen lag ein weißes Kuvert. Sah zu seinem hinüber, auch hier ein solcher Briefumschlag, dessen Anwesenheit Hauptkommissar Dallmair noch nicht wahrgenommen hatte. Mit seiner bis zum Rand gefüllten Kaffeetasse bewegte er sich vorsichtig in Richtung Schreibtisch, übersah dabei die ausladenden Beine seines Drehstuhls und die braune Brühe ergoss sich über Kalender, Akten und das besagte Kuvert. Dreimal das befreiende Wort herausschreiend, stürzte er zum Waschbecken, griff sich ein Handtuch und versuchte den Schaden einigermaßen zu beheben. Was zurückblieb, waren Landkarten anno 1600 auf Vernehmungsprotokollen, Spurenermittlungsberichten und eben auf diesem ehemals weißen Briefkuvert, dessen Inhalt Dallmair endlich von der feuchten Umhüllung befreite. »Wieder so eine kindische Dienstanweisung von oben«, dachte er sich und war schon kurz davor, das Blatt ungelesen in den Papierkorb zu werfen. »Aha, Polizeipräsidium Rosenheim, fordern bestimmt wieder eine höhere Arbeitsleistung«, murmelte er vor sich hin. Als er erschrocken das Wort Versetzung las, sank er bestürzt in seinen Sessel nieder und überflog irritiert das Schreiben. »Sehr geehrter Herr Hauptkommissar Peter Dallmair, aus aktuellem Anlass ist es erforderlich, sich am 28. Januar 2013 in Ihrem zukünftigen Arbeitsplatz im Polizeikommissariat Miesbach einzufinden. Der Beweggrund dieser kurzfristigen Maßnahme: personelle Probleme im Polizeikommissariat Miesbach. An Ihre Kollegin Kommissarin Eva Melzer sowie Kommissar Detlev von Hautzenberg ergeht dieselbe Anweisung. Gezeichnet Erster Hauptkommissar Michael Engel, Polizeipräsidium Rosenheim.« »Diese Maßnahme ist doch idiotisch!«, brüllte Dallmair voller Wut in den Raum. »Wegen einer Entfernung von 21 Kilometern sollen wir uns hier von Tölz verabschieden, genauso gut könnte das Miesbacher Kommissariat sich vorübergehend bei uns einquartieren. Diese staatlichen Bürostuhlfurzer haben doch keinen Schimmer von unserer Arbeit und einer Standortplanung.« Dallmair war jetzt so richtig in Fahrt gekommen, um noch bösartigere Bezeichnungen herauszubrüllen, als Eva und Detlev in Begleitung von Kommissariatsleiter Kandler das Dienstzimmer betraten. Er versuchte Dallmair zu beruhigen.

»Nach deinem Auftreten zu urteilen, hast du den Inhalt des Kuverts ausreichend durchgelesen. Bevor du dich weiter darüber aufregst, lass dir die Hintergründe erklären. Diese Planung liegt seit Monaten in den Schubladen des Präsidiums. Den richtigen Zeitpunkt, dieses Konzept umzusetzen, sahen die Verantwortlichen jetzt gekommen. Im Miesbacher Kommissariat gehen zwei Beamte in Ruhestand und weitere zwei wurden durch Schussverletzungen bei der Jagd nach einem Raubüberfall auf ein Juweliersehepaar so schwer verwundet, dass es sicherlich zu einer Frühpensionierung kommt. Als Entschädigung oder, anders gesagt, wegen eurer erfolgreichen Verbrechensbekämpfung steigst du einen Rang höher, was bedeutet, ab sofort gehörst du der Rangordnung Hauptkommissar A12 an. Kommissarin Eva Melzer und Kommissar von Hautzenberg dürfen sich ab heute Oberkommissar beziehungsweise Oberkommissarin nennen. Ihr seid ja deshalb nicht aus der Welt, wir werden uns öfter sehen, als euch lieb ist. Über eines werdet ihr auch nicht enttäuscht sein,

Polizeihauptmeister Linkswadl stößt nach seinem Lehrgang zum Polizeikommissar wieder zu euch. Und weil heute schon so ein besonderer Tag ist, das Miesbacher Kommissariat erwartet euch im neuen Glanz und wird als eines der modernsten von ganz Oberbayern in die Kriminalgeschichte eingehen.«

Dallmairs einziger Kommentar: »Noch mehr technische Neuerungen, komme mit den Alten kaum zurecht. Das einzige Trostpflaster, das mir den Weg dorthin erleichtert, dass wir als Team zusammenbleiben. Also los, worauf warten wir noch, auf nach Miesbach, jedoch zuvor informieren wir die Eltern von Kleber und Kleber selbst von unserem neuen Domizil.« Zu Kandler gewandt, sagte Dallmair mit schlitzohrigem Unterton: »Akten, Kaffeeautomat und Schreibtischinhalte werden uns frei Haus nachgeliefert.«

Auf der Fahrt ins 21 Kilometer entfernte Miesbach beschäftigte sich Dallmair in Gedanken mit den bisherigen unbeantworteten Fragen über Frau Klebers Ableben sowie der Rolle, die ihr Ehemann dabei spielte. Wer tötet eine bereits kurz vor dem Ableben stehende Frau? Wer hatte noch einen Haustürschlüssel? War David wirklich, nachdem er die kleine Maria an der Schule abgesetzt hatte, ohne zurückzukommen, nach München gefahren? Hatte Maria ihre Mutter am Morgen beim Frühstück oder beim Bekleiden überhaupt gesehen? Warum verhielt sich David bei seinem Anruf so auffallend ruhig? Weshalb wurden die Kinder am Tag zuvor in die Obhut der Großeltern gegeben? Wie stand die Frau mit dem roten Golf in Verbindung mit Kleber? Plötzlich kam ihm zu Bewusstsein, dass die Spurenermittlung sowie die Gerichtsmedizin sich weiterhin in Tölz aufhalten würden. Da nützten auch die schnellsten Datenverbindungen nichts, das persönliche Gespräch mit diesen Abteilungen ersetzte keine Telefonverbindung. Dallmair passierte soeben die kleine Ortschaft Wachlehen kurz vor Miesbach, als ihn ein Anruf von Eva erreichte, die bereits beim Kommissariat in Miesbach angekommen war.

»Die Eltern von Herrn Kleber machen sich Sorgen über den Verbleib ihres Sohnes. Er verbrachte nach eigenem Wunsch die Nacht alleine in seinem Haus. Seit drei Stunden versuchen sie ihn telefonisch zu erreichen, auch an sein Handy geht er nicht. Er verabschiedete sich gestern mit den Worten ›Ich brauche jetzt Ruhe, sonst drehe ich durch‹. Sein Vater ist schon auf dem Weg nach Dietramszell, er verständigt uns, wenn er ankommt.«

Dallmair fuhr rechts ran, ließ sich alle infrage kommenden Eventualitäten durch den Kopf gehen, schob vorerst die schlimmsten Befürchtungen beiseite und ließ Eva an seinen Gedanken teilhaben.

»Ich könnte mir einige Situationen vorstellen, in denen sich David jetzt befindet, wenn ich von normalen Umständen ausgehe. Er schottet sich von seiner Umwelt ab, um sich selbst wiederzufinden. Er unterbricht seinen täglichen Ablauf nicht und fährt weiterhin zur Orchesterprobe, um sich, so weit es geht, abzulenken, was ich im Nachhinein doch bezweifle, denn dort muss er mit voller Konzentration antreten, oder in seinem Privatleben existiert eine Person, von deren Vorhandensein wir noch nichts in Erfahrung bringen konnten. Eva, dir als Frau schwirrt da bestimmt schon etwas durch deine weibliche Gedankenwelt.«

»Als Ermittlerin muss ich für alle Eventualitäten offen sein. Ob es zu einer Beziehungskrise zwischen dem Ehepaar kam, wird in einigen Tagen kein Geheimnis mehr sein. Oder, anders ausgedrückt, ein Musikinstrument wird so lange bespielt, solange es liebliche Töne produziert. Erinnerst du dich, was du mir bei meinem ersten Fall mit auf den Weg gabst? Die Liebe zweier Menschen kann ein Außenstehender nicht beurteilen, auch wenn sich die beiden in der Öffentlichkeit noch so verliebt verhalten. Um diese, sagen wir mal: vorgetäuschte Liebe zu hinterfragen, gibt es entweder Psychologen, oder wenn so ein Verbrechen stattfindet, eben uns, um an die Wahrheit zu gelangen.«

In Dallmair stieg, wie so oft in ihrem gemeinschaftlichen Zusammenwirken, diese unbeschreibliche Bewunderung über Evas dargebrachte Überlegungen hoch, die ihn bereits mehrmals von seinem eingeschlagenen Ermittlungspfad in eine andere Richtung gelenkt hatte. Jedoch schwenkte er sofort, ohne seine Wertschätzung darüber zum Ausdruck zu bringen, auf den Todesfall der männlichen Person in der Tölzer Herzogstandstraße über.

»Das Unglück geschah vor zwei Tagen, da wäre es doch endlich an der Zeit, die Ergebnisse der Spurensicherung und die des Pathologen vorliegen zu haben. Würde mich nicht wundern, wenn sich dieses vermeintliche Unglück als Verbrechen erweisen würde. Erkundige dich bei diesen Schlafmützen und fordere die Unterlagen noch für heute an.«

»Peter, die beiden Schlafmützen stehen zufällig neben mir, du wirst dich jetzt sehr wundern, ihre Abteilungen befinden sich seit heute ebenfalls im Miesbacher Kommissariat.«

»Wieso wundern, ich wundere mich überhaupt nicht mehr. Das hat unsere oberste Behörde hervorragend arrangiert, ohne uns auch nur den kleinsten Wink zu geben, stellen sie uns vor vollendete Tatsachen und lassen uns von einem zum anderen Tag in Miesbach antanzen.«

»Nun grolle nicht, du wirst vor Staunen vergessen, deinen Mund wieder zu schließen, wenn du das hier gesehen hast. Peter, wäre es nicht überlegter, wenn du dich ebenfalls nach Dietramszell begeben würdest? Schließlich bist du Klebers Freund und wenn er wieder auftauchen sollte, braucht er sicher einen Menschen, der nicht sofort auf ihn einredet, so wie es wahrscheinlich sein Vater anstellen wird.«

»Ja, habe mir dasselbe gedacht, aber du kümmerst dich um diese zwei Schildkröten, dass sie auf der Stelle ihre Untersuchungsergebnisse auf den Tisch legen.«

6

Ein Wintertag im Januar, klarer blauer Himmel über Dietramszell, die tief stehende Sonne zeichnete lange Schatten in die Landschaft dieser sehenswürdigen, von der Geschichte geprägten oberbayrischen Voralpengemeinde. Noch romantischer und eindrucksvoller käme dem Ort zugute, wenn der Winter ihn mit Schnee überzogen hätte, jedoch dieses Jahr hatte den Anschein, vom Herbst sofort in den Frühling überzugehen. In den Gärten schickten sich die Pflanzen an, voreilig ihre Triebe und Blütenknospen zu entfalten. Auch in dem parkähnlichen Garten der Klebers drängte die Natur farbiger und lebendiger sich wieder ins Licht zu setzen. Der leere Swimmingpool mit feuchtem Laub am Beckenboden sehnt sich nach Reinigung und frischem Wasser. Im hintersten Teil des Parks der weiße vollverglaste Pavillon, der sich heute besonders hervorhebt, so als würde er rufen: »Seht, was sich in mir verbirgt.« Ihm näherte sich suchend und nach seinem Sohn rufend der Vater von David. Er blickte durch die Scheiben, öffnete die Tür, betrat das schmucke Gartenhaus, war dabei, es wieder zu verlassen, als er wortloses leises Stöhnen vernahm. Er duckte sich, um unter die umlaufende strahlend weiße Bank zu sehen, jetzt gewahrte er zwei gefesselte Beine, duckte sich noch tiefer und sein Blick erfasste den dazugehörigen Körper eines mit dem Rücken ihm zugewandten Mannes.

»David, bist du es?«, rief er der am Boden liegenden Person zu, um sofort zu begreifen, dass er keine Antwort außer einem Stöhnen erwarten konnte. Herr Kleber senior löste die Fesseln von den Beinen, kroch unter die Bank, entfernte den Ledergurt von den Handgelenken, der sich als Hosengürtel auswies. In diesem Augenblick betrat Hauptkommissar Dallmair den Pavillon, erkannte sofort die Situation, forderte Kleber senior auf den Raum zu verlassen und die Rettung anzufordern. Bevor sich Dallmair daranmachte, den Mann aus seiner Notlage zu befreien, analysierte er kurz die Lage des Mannes, den er zweifelsfrei als David wahrnahm. Sicher geschwächt von der langen Strapaze, vermochte David Dallmair kaum behilflich zu sein, sich aus der Notlage zu befreien. Ihn an den Beinen packend, zog Dallmair seinen vor Kälte schlotternden Freund in die Freiheit, entfernte den Klebebandstreifen vom Mund, hob ihn mittels Rettungsgriff hoch und setzte ihn auf die Bank. Bevor Dallmair ihn mit Fragen bombardierte, führten sie ihn ins Haus, packten ihn in Decken und versorgten David mit heißem Tee. Bereits bei seinem Eintreffen am Gartenhaus verspürte Dallmair eine Spur Argwohn beim Anblick dieses Szenariums. Er machte sich nochmals auf in den Garten, schritt bedächtig den Weg hin zum Pavillon ab, betrat den Innenraum, konnte jedoch weder Schleifspuren noch Verschmutzungen auf dem Plattenbelag lokalisieren. »Sonderbar«, dachte er sich, nicht einmal Fußabdrücke von Klebers Vater und von seinen waren zu erkennen. So verpackte er wenigstens die Fesselgegenstände in eine Plastiktüte und wollte das Häuschen verlassen, als er an der Glasscheibe mehrere Hand- und Fingerspuren vorfand. »Also muss sich doch die Spurenermittlung bequemen herzukommen«, befand er. Nachdem er dies veranlasst hatte, beorderte Dallmair seinen Kollegen von Hautzenberg eiligst nach Dietramszell aufzubrechen, um die Nachbarin Frau Wagner und Herrn Hufnagl zu befragen. Inzwischen hatte sich David so weit erholt, um auf Dallmairs Fragen einzugehen.

»Du kannst dir sicher denken, was ich von dir in Erfahrung bringen möchte. Erzähle deine Geschichte von Anfang an und erinnere dich an jedes noch so kleine Detail.«

Immer noch zitternd in Decken gehüllt, seinen Freund kritisch anblickend, rang David nach Worten, die Dallmair von dem Überfall auf ihn überzeugen sollten.

»Was mir an deiner Fragestellung etwas komisch erscheint, du sprichst von einer Geschichte, ich erlebte den Überfall jedoch in Wirklichkeit und davon berichte ich dir. Ich befand mich so gegen 22:30 Uhr noch im Wohnzimmer, dachte an Christina und was jetzt aus den Kindern und mir wohl werden wird. Da klopfte es ans Fenster. In der Annahme, Frau Wagner oder vielleicht meine Eltern wollten sich nochmals über meinen Zustand erkundigen, öffnete ich die Haustür. Blitzartig wurde ich von zwei vermummten Gestalten in die Wohnung zurückgedrängt, auf die Couch geworfen und mit Schlägen traktiert. Immerzu schrien sie mich in gebrochenem Deutsch an: ›Wo ist Geld, wo der Schmuck, wo Tresor, Maul aufmachen, sonst du toter Mann, Frau schon tot, du der Nächste.‹ Sie glaubten mir nicht, als ich ihnen sagte, dass ich arm wie eine Kirchenmaus bin, total verschuldet und keinen Tresor besitze und meine Frau nur einfachen Schmuck trug. Ich führte sie ins Schlafzimmer, öffnete das Schmuckkästchen von Christiana, ›Du lügst!, brüllten sie und stießen mich zu Boden, zückten ihre Schnappmesser und drohten mir dasselbe wie meiner Frau an. ›Schöne Frau, jetzt tot, weil sie dumm, du schöner Mann auch bald tot, weil du dumm.‹ Ich flehte sie an mir zu glauben, zeigte ihnen die Mahnschreiben von den Firmen und der Sparkasse, doch sie verstanden das alles nicht. Dann fingen sie an mich zu fesseln, noch bevor sie mir den Mund verklebten, bot ich ihnen die beiden Fahrzeuge in der Garage an. ›Nix gut Auto, Geld besser, großes Haus, kein Geld, du lügst.‹ Der kleinere und schmächtigere der beiden redete auf seinen Kumpan ein, hielt ihn zurück, wenn dieser wieder zum Schlag ausholte, und rief: ›Kein zweiter Toter mehr, lass uns gehen!‹ Der Brutalere packte mich plötzlich, schleifte mich bis zur Verandatür, brüllte seinem Begleiter zu: ›Los, pack an, der soll im Glashaus verrecken!‹ Zusammen trugen sie mich dorthin und schoben mich unter die Bank.«

Dallmairs Blick war während der ganzen Erzählung auf David gerichtet, der sehr glaubwürdig und ohne Anzeichen einer Verunsicherung vom Geschehen berichtete. Kleinere Verletzungen im Gesicht und ein Bluterguss am Jochbein ließen die Vermutung zu, es könnte so abgelaufen sein. »Wo bleibt nur der Notarzt«, wunderte sich Dallmair, »den hat doch der Vater vor 30 Minuten verständigt.«

»Herr Kleber, was für eine Auskunft erhielten Sie von der Rettungsleitstelle?«

Zuerst tat Alfred Kleber, als wenn er die Frage nicht gehört hätte, nach der zweiten Aufforderung ließ er Dallmair wissen, er empfand die Verletzungen nicht so, als dass ein Rettungseinsatz notwendig wäre. Verärgert darüber schoss Dallmair hoch und schnauzte Herrn Kleber an.

»Ihr sonderbares Verhalten hat ein Nachspiel, dadurch sind Sie in den Kreis der Verdächtigen gerückt. Sie wollten damit bezwecken, dass Ihr Sohn um eine ärztliche Untersuchung herumkommt.«

Dallmair holte nach, was Davids Vater verhindert hatte, und überraschte ihn mit einer direkten Frage.

»Wo befanden Sie sich eigentlich gestern Abend von 21 Uhr ab, sagen wir mal: bis 24 Uhr?«

»Lieber Herr Hauptkommissar, ich denke, Sie leiden an Überarbeitung, wenn Sie logisch überlegen, war ich es, der die Suche nach David einleitete, und schließlich sind unsere drei Enkelkinder bei uns, die kann meine Frau unmöglich alleine beaufsichtigen.«

»Und wer beaufsichtigt sie in diesem Moment, wenn Sie außer Haus sind?«, forschte Dallmair nach.

»Maria brachte ich zur Schule und die Schwester meiner Frau hilft ihr seit gestern im Haushalt, und wenn Sie mir zugehört hätten, als ich mich Ihnen gestern anbot, würden Sie solche Vermutungen nicht anstellen.«

»Lieber Herr Alfred Kleber, ich leide weder an Überarbeitung noch an Falscheinschätzung dieses wohl sehr mysteriösen nächtlichen Vorfalls. Meine Aufgabe besteht darin, die Wahrheit herauszufinden, und dabei bin ich als Kriminalist gezwungen unbequeme Fragen zu stellen und lästige Nachforschungen zu betreiben. Nun dürfen Sie gerne erzählen, was Ihnen gestern so wichtig erschien. Auf noch eines weise ich Sie hin, meine Freundschaft zu Ihrem Sohn ist für ihn kein Alibi.«

»Aber trotzdem stört mich Ihr Misstrauen, das Sie gegen uns hegen. Nach diesen schrecklichen Ereignissen erwarte ich von Ihnen mehr Einfühlungsvermögen. So weit meine Einwände gegen Ihre unbegründeten Mutmaßungen. Was ich Ihnen bereits gestern zu erklären versuchte, ist Folgendes. Durch den Verkauf meines Grundstückes in Geretsried erzielte ich einen Erlös von 450 000 €. Diesen Betrag erhalte ich morgen auf mein Konto überwiesen und er wird sofort an die Sparkasse Dietramszell auf Davids Konto weitergeleitet. Was so viel heißt, dass die Schulden meines Sohnes damit ausgeglichen sind. Wenn Sie sich gestern für mich mehr

Zeit genommen hätten, würden Sie die Lage ganz anders bewerten und meinem Sohn nicht solche Bezichtigungen unterstellen.«

»Wieso denken Sie, dass Schulden das einzige Verdachtsmoment sein könnten, obwohl ... die Lebensversicherung von Christiane hätte so manche Schuld getilgt. Und du, David, beteiligst dich nicht bei unserer Auseinandersetzung? Du bist doch der Hauptbeteiligte.«

»Ich wundere mich nur, dass du gegen mich und meinen Vater mit solch diskriminierenden Vorurteilen vorgehst, und es fehlt nur noch, dass du behauptest, ich hätte meine Christina umgebracht.«

»Wenn du mich so danach fragst, dann frage ich dich jetzt, David. Hast du deine Frau getötet?«

Mit weit aufgerissenen Augen starrte David Peter an, Entsetzen überzog seine Mimik, sein Mund versuchte Worte zu formen, jedoch es gelang ihm nicht. Stattdessen übernahm sein Vater wieder das Wort.

»Er hatte doch nur aus Verärgerung Ihnen gegenüber diese Frage vorgegeben und Sie fliegen sofort darauf. Herr Dallmair, Sie werden mir von Stunde zu Stunde unheimlicher, anstatt an die Unschuld meines Sohnes zu glauben, steht bei Ihnen jetzt bereits fest, wer die Tat begangen hat. Es ist wohl am besten, wenn Sie das Haus sofort verlassen.«

Weitermachen, sagte ihm sein Inneres, dieses Gerede ist bei allen Verdächtigen stets dasselbe, er griff in seine Jackentasche, holte den kleinen Metallstab aus der Plastikfolie, zeigte ihn Herrn Kleber und seinem Sohne und fragte: »Sehen Sie sich das Stück genau an, das fand ich in diesem blitzblank gereinigten Haus. Haben Sie eine Meinung, woher dieses Teil stammen könnte?«

Vater und Sohn prüften diesen Imbus ähnlichen Stift, überlegten und besprachen sich, doch keiner fand darauf eine Lösung. In diesem Augenblick fuhr der Rettungswagen vor und David wurde zur Untersuchung seiner Verletzungen ins Krankenhaus gebracht. Ein Zweiertrupp der Spurensicherung befasste sich inzwischen am Gartenhaus mit der Suche nach Fingerabdrücken am Glas und der Türklinke, Kommissar von Hautzenberg mit den Nachbarn. Herr Kleber war soeben dabei, grußlos das Haus zu verlassen, als Dallmair ihm noch eine Frage hinterherrief.

»Wo wohnen denn die Eltern von Christina und wenn Sie mir noch den Familiennamen verraten.«

Kleber blieb stehen, ohne sich umzuwenden, sagte er mürrisch:

»Da haben Sie sich aber mächtig Zeit gelassen, wenn Sie die beiden jetzt erst informieren wollen, das hat meine Frau gestern Abend erledigt. Die finden Sie in Weyarn, Ignaz-Günther-Straße, Familie Hornstecher.« Ohne ein Wort mehr zu verschwenden, stieg er in sein Fahrzeug und brauste los.

Dallmair sah ihm noch nach, bis er in die Hauptstraße einbog, und raunte hinterher:

»Der Fisch ist noch nicht gegessen, da wird sich Kleber noch an der ein oder anderen Gräte verschlucken.«

Aus Nachbar Hufnagls Garten machte sich von Hautzenberg bemerkbar.

»Beide Nachbarn vernommen, fahre zurück nach Miesbach, oder interessieren dich ihre Beobachtungen, dann komm ich zu dir rüber.«

»So ein Hirsch«, murmelte Dallmair, »der benimmt sich, als wäre heute sein erster Arbeitstag«, und winkte ihn zu sich.

»Wie kannst du nur so dämlich fragen, natürlich brenne ich darauf, von jeder noch so kleinen Wahrnehmung Kenntnis zu erhalten.«

»Hoppla, heut ist wohl nicht dein bester Tag, kann es sein, dass die Ermittlungsarbeit bei deinem Freund nicht so nach Plan läuft? Vielleicht hilft dir die Aussage von Herrn Hufnagl bei deinem Puzzlespiel weiter. Er sah wieder einmal so ganz zufällig in Richtung von Klebers Grundstück, so gegen 20:30 Uhr hielt wieder ein rotes Auto vor Hufnagls Gartenzaun, er konnte diesmal den Fahrzeugtyp nicht erkennen, denn in diesem Bereich seiner Hecke befinden sich sehr dicht gepflanzte Thujen. Jedoch die zwei Personen, die dem Fahrzeug entstiegen, beschrieb er folgendermaßen. Alter zirka 35, dunkel gekleidet, eine männliche kräftige Gestalt, rasierte Glatze, auffallend rundes Gesicht. Die weibliche Person, dunkle Haare, zu einem kurzen Pferdeschwanz gebunden, trug eine Brille ohne Fassung und eine Strickmütze. Sie bewegten sich ziemlich behäbig zu Klebers Haus, warteten einen Augenblick und setzten ihren Weg in den hinteren Garten fort. Hier verlor er sie, wegen des eingeschränkten

Blickwinkels von seinem Fenster, aus den Augen. In Klebers Wohnung brannte bis zum Morgen Licht, erwähnte Hufnagl noch am Schluss seiner Ausführungen.«

Dallmair zog seine Stirn in Falten, bewegte langsam seinen Kopf hin und her, so als würde er der Beobachtung Hufnagls eher Misstrauen entgegenbringen. Dies gab er mit seiner gewohnt kritischen Eigenart Detlev zu verstehen.

»Da fand dieser Schwätzer in dir ein naives Publikum, das nur so nach Unwahrheiten lechzt. Hat dich dein Argwohn nicht geschüttelt, als er die Personen beschrieb? Der müsste mit einem Nachtfernglas von seinem Beobachtungsstand aus die Nachbarschaft auspähen. Nach meiner Erinnerung ist es um diese Jahreszeit bereits um 20:30 Uhr dunkel, was so viel wie Nacht bedeutet, aber Hufnagl erkennt in 30 Metern Entfernung noch die Haarfarbe sowie das runde Gesicht und eine rasierte Glatze. Siehst du hier auf Klebers Grundstück eine Beleuchtung oder gar Bewegungsmelder, die einen Strahler auslösen?«

»Also gut, dann war ich halt ein bisschen zu vertrauensselig. Und wenn er doch ein Nachtsichtgerät verwendet, wäre er dann glaubhafter?«

»Ach, lassen wir das, Detlev, ich sehe, du hast dich noch nie mit so einem Gerät befasst, was eigentlich zur Grundkenntnis eines Kriminalisten gehört. Konnte Frau Wagner etwas über den gestrigen Abend sagen?«

»Hier konnte ich nichts falsch machen, Frau Wagner kam um 23:45 Uhr vom Theaterbesuch in München zurück und legte sich nachher sofort nieder, sah und hörte nichts.«

7

Oberkommissarin Eva Melzer ordnete die inzwischen angelieferten Utensilien und Akten aus dem Kommissariat Bad Tölz in die neuen Diensträume ein, hielt regelmäßig inne und bewunderte ihren modernen und lichtdurchfluteten Arbeitsplatz. Sie beschäftigte sich jetzt mit den Schreibtischen von Detlev und Peter, als sich zum ersten Mal die Telefonanlage mit der Musik aus Turandot, »Nessun dorma«, meldete. »Auch das noch«, dachte sie erfreut, »meine Lieblingsarie.« Absichtlich wartete sie ab, bis sie sich meldete, und genoss noch einige Male den Zauber dieses grandiosen Musikstückes von Puccini, dann griff sie zum Hörer.

»Hier Gerichtsmediziner Prof. Wolke, bitte reichen Sie mir Ihren Chef, eine erste Beurteilung der Leiche von Frau Kleber möchte ich ihm vorlegen.«

»Sie sprechen mit Oberkommissarin Eva Melzer, Herr Hauptkommissar Dallmair befindet sich bei Ermittlungen außerhalb der Dienststelle. Geben Sie das Ergebnis durch und ich leite es dem Hauptkommissar weiter.«

Ich finde es doch für besser, wenn ich dazu das Fax benütze, Frau Oberkommissarin, so passiert bei meiner Ausführung kein Übermittlungsfehler. Richten Sie Ihrem Chef noch Folgendes aus, das Untersuchungsergebnis des Ludwig Löw bekommt er morgen ausgehändigt, habe mir erlaubt, die Mordleiche vorzuziehen.«

»Auch recht«, dachte sich Eva Melzer, »wäre sowieso ein endloses Gespräch mit Wiederholungen geworden.« Bereits nach zwei Minuten spie das Faxgerät das erwartungsvolle Schreiben aus.

»Bereits bei der Untersuchung am Tatort lokalisierte ich unzählige Verletzungen, verursacht durch einen messerähnlichen Gegenstand meiner Meinung nach, Brieföffner oder ein zirka 15 Zentimeter langes Skalpell. Dafür spricht, dass die Einstichverletzungen einen schmalen Kanal aufwiesen. Alle 23 Einstiche wurden von oben nach unten ausgeführt, daraus ist zu schließen, dass die Waffe auf den am Boden liegenden Körper einstach. Die Einstiche am Rumpf drangen teilweise bis zu den Organen ein, wie Herz, Leber, Milz und natürlich Darm und Bauch, was trotzdem nicht zum Tode geführt hätte, sondern dieser wurde durch Ersticken herbeigeführt. Nicht durch ein Kissen oder Decke, sondern dem Opfer wurde eine große Menge alkoholischer Flüssigkeit zugeführt, die sich als Wodka erwies. Bei dieser Prozedur lief Beträchtliches in beide Lungen der Ermordeten, was zum Stillstand der Atmungsorgane führte. Blutergüsse an Rumpf, Oberschenkeln und Gesäß sind Zeichen von kräftigen Schlägen sowie des Sturzes in dem kleinen Sex-Separee, in dem die Tat begangen wurde. Die Hände des Opfers wiesen Abwehrschnittverletzungen auf, unter den Fingernägeln befanden sich schwarze Kunststofffasern. Der bereits vor der Tat geschädigte Gesundheitszustand von Frau Kleber, herbeigeführt durch radioaktive Verstrahlung, die die Zellteilung verhinderte, weswegen das Blut zu wenig Sauerstoff aufnehmen konnte. Wo und wann Frau Kleber dieser hohen Dosis ausgesetzt war oder damit infiziert wurde, entzieht sich meiner Beurteilung. Eine Lebenserwartung von drei bis fünf Monaten, vorausgesetzt, dass es zu keinen organischen Fehlreaktionen gekommen wäre, hätte ich noch in Aussicht gestellt. Mit weiteren Untersuchungsergebnissen gedulden Sie sich bitte, die anstehenden forensischen Auswertungen erwarte ich wegen ihrer problematischen Analysenfindung frühestens in drei Tagen. Gezeichnet Gerichtsmediziner Prof. Wolke.«

Ein Schauer lief Eva Melzer durchs Mark, als sie von der brutalen Liquidierung Frau Klebers las. Mit welcher Wut muss der Mörder besessen gewesen sein, so häufig mit einem Gegenstand auf eine bereits Todkranke einzustechen und sie dann noch regelrecht mit Alkohol zu ertränken, das Opfer lag doch völlig wehrlos am Boden. Ein- bis zweimal ja, aber doch nicht dreiundzwanzigmal, sagte ihr Verstand. Diese Tat konnte nur eine von blindem Hass erfüllte Person begangen haben und solche bewegen sich zumeist im persönlichen Umfeld. Sie legte den Bericht auf Dallmairs Schreibtisch, war dabei, Drucker und Fax mit Papier zu versorgen, als ein Polizeibeamter ins Kommissariat hastete und Eva Melzer von einem

Feuerwehr- und Polizeieinsatz in Oberwarngau berichtete, bei dem eine junge Frau in ihrer Wohnung verbrannte.

»Laut Feuerwehr-Kommandant Grasmüller besteht der Verdacht auf Brandstiftung mit Todesfolge.« Auf Frage der Oberkommissarin Eva Melzer, weshalb keine Benachrichtigung vom Brandort abgegeben wurde, antwortete der Beamte lapidar: »Kommandant Grasmüller wollte ganz sichergehen und das war er erst, als er sich mit dem Löschzug auf dem Heimweg befand, da erhielt er von der Brandursachenermittlung die Bestätigung dafür.«

Eva Melzer trommelte daraufhin den Einsatztrupp der Spurensicherung sowie den Gerichtsmediziner aus ihren Katakomben im Kellergeschoss, verständigte noch Hauptkommissar Dallmair und startete in Richtung Oberwarngau. Unterwegs wägte sie ab, ob etwa eine Verbindung zwischen den vorhergegangenen Todesfällen bestehen könnte, verwarf diesen Gedanken jedoch mit der Begründung, eine Mordserie mit dermaßen abwechslungsreichen Vollstreckungsmethoden wie Erstechen, Erschlagen, Verbrennen ist einem Täter kaum zuzuschreiben. »Aber warum erfolgen diese Gewalttaten in so kurzen Abständen?«, ging es ihr durchs Gehirn, sie fand aber noch keine Antwort auf ihre Frage. Aus der Entfernung bemerkte Eva Melzer ein auf einer Erhebung stehendes Reihenhaus, aus dem noch vereinzelt dunkle Rauchwolken aufstiegen. Beim Näherkommen sah sie das Ausmaß, das der Brand hinterlassen hatte. Eine Haushälfte total ausgebrannt, an der zweiten war der Dachstuhl dem Feuer zum Opfer gefallen. Ihr Blick schweifte zur Garage des ausgebrannten Gebäudes, davor parkte ein roter Golf, der ebenfalls Brandschäden aufwies. Feuerwehrleute, zur Brandwache abkommandiert, standen bereit, um aufflammende Glutnester zu löschen. Mit Betroffenheit im Gesicht umstanden schaulustige Ortsbewohner diskutierend den Schauplatz der Verwüstung. Oberkommissarin Eva Melzer nutzte die Gelegenheit, Informationen und Hinweise von der anwesenden Bevölkerung aufzugreifen, sah sich die Menschen an und steuerte auf einen Herrn zu, den sie als Gemeindeangestellten einschätzte. Dieser kam ihr einige Schritte entgegen und stellte sich als Bürgermeister der Gemeinde vor.

»San Sie von da Presse? Für wos füa a Zeitung schreim Sie?«

»Nein, ich bin keine Journalistin, aber genauso neugierig. Oberkommissarin Eva Melzer von der Kripo Miesbach, ich leite vorübergehend die Untersuchung wegen Brandstiftung mit Todesfolge beziehungsweise Mord. Sie können mir sicher über die Bewohnerin Auskunft erteilen.«

»Ja mei, de junge Frau war in da ganzn Gmoa bekannt. Sie hod im Krankenhaus von Bad Tölz gabat. Ihr Nama is Bärbl Hofner, de war übareu so beliebt. Des Haisl hot ia da Vata baut, d‹ Muatta is vor drei Joa gschtoam. De hot a im Kiachnchor gsunga und a no sovui in da Pfarrei erledigt. Des is a Kreiz, wenn ma so grausam steam muass. Ja, wea bringt denn so an liabm Menschen um?«

»Also doch«, entfuhr es Eva Melzer, der dritte Mord in Reihenfolge und sicherlich von einem Täter begangen.

»Muass i des jetztda vasteh?«, wollte der Bürgermeister in Erfahrung bringen.

»Nein, das müssen Sie nicht, das begreife ich bis jetzt auch noch nicht«, entgegnete die Oberkommissarin, bat jedoch den Bürgermeister, ihr die Einträge vom Einwohnermeldeamt zukommen zu lassen. Sie fragte in die Menge, wer mit Hofner einen besonders freundschaftlichen Umgang pflegte, und erkundigte sich nach den direkten Nachbarn.

Eine junge von Weinkrämpfen geschüttelte Frau wurde von umstehenden Personen aufgefordert, sich zu melden. Zögernd trat sie einige Schritte zu Eva Melzer vor, gab ihren Namen mit Helga Kaltenbrunner an und schilderte schluchzend ihren Bezug zu der Toten.

»Ach, wir sind seit unserer Kindheit sehr gut befreundet, mit Bärbel verband mich eine ganz besondere Beziehung. Wir sprachen über Gott und die Welt, offenbarten unsere tiefsten Sorgen und Freuden, lachten und trauerten, zogen uns gegenseitig aus schwierigen seelischen Notlagen und unternahmen in unserer knappen Freizeit unvergessliche Bergtouren.« Durch die Erinnerungen an ihre Freundin vermochte Frau Kaltenbrunner kaum noch ganze Wörter auszusprechen, Tränen kullerten über ihr Gesicht, ein heftiges Stoßen und Beben schüttelte ihren Körper. Mitfühlend umarmte Eva Melzer die trauernde junge Frau, drückte sie fest an sich, bis ihr Zittern nachließ, und fragte sie einfühlend:

»Wenn ich Ihnen irgendwie helfen kann, sagen Sie es mir, ich begleite Sie zu meinem Fahrzeug, dort ruhen Sie sich ein wenig aus.«

Ohne Antwort ließ sich Frau Kaltenbrunner zum Dienstwagen führen, nahm Platz, sah mit ihren wässrigen Augen zu Eva Melzer, um ihr ein Danke zuzuflüstern. Eva Melzer erkundigte sich daraufhin bei Frau Kaltenbrunner, ob sie nicht morgen Vormittag zu einer Aussprache aufs Kommissariat kommen möchte. Frau Kaltenbrunner willigte ein, jedoch würde sie aus beruflichen Gründen frühestens am späten Nachmittag erscheinen. Durch ein kurzes Antippen der Autohupe machte Dallmair auf sich aufmerksam, der neben Eva Melzers Wagen anhielt. Durch ein Handzeichen gab er zu verstehen, dass er ins Kommissariat nach Miesbach weiterfährt. Eva Melzer winkte ihn zu sich und bat ihn, Frau Kaltenbrunner doch nach Hause zu fahren. In kurzen Andeutungen schilderte Eva Melzer ihrem Chef den bisherigen Verlauf der Befragung von Frau Kaltenbrunner sowie des Bürgermeisters und erwähnte, dass sie sich noch weiterhin hier umhören möchte. Zwischenzeitlich verliefen sich die Schaulustigen vor der Brandstätte, nur noch ein kleines Häufchen stand dicht gedrängt zusammen und unterhielt sich sehr angeregt. Die Oberkommissarin gesellte sich zu ihnen und hoffte darauf, aus dem Getratsche etwas aufzugreifen, was für ihre Ermittlung von Nutzen wäre. Ein älterer Herr mit Bundlederhose und Strickweste, Eva Melzer vermutete, ein Nachbar der näheren Umgebung, ließ seinen Mutmaßungen freien Lauf.

»Ganz so brav, wia Dleit vazeihn, war de Bärbel fei net. De hob i scho so oft mit oiwei anderen Buarschn lafa gseng. Do von da Oatschaft und a ganz Fremde san ia oiwei nochgschwanzlt. A wenns in da Kiacha vui gmacht hot, a Heilige war des koane. Und wos füa Autos do oft okumma san, soiche find ma in unsara Gmoa übahaupt net. Aba den schrecklichn Tot hods a net vadient, des arme Madl.«

Ihm gegenüber stand eine korpulente Frau mit grauen hochgesteckten Haaren, die ihm heftig widersprach.

»Sepp, wos woast denn du scho von Frauen und dene eanane Kavaliere, bist dene ja bloß neidig, weilst nimma drokummst. Du glaubst a bloss oiwei ‹s schlechtare von de Leit und redst das schlecht. Na, de Bärbel war a ganz anständigs Frauenzimma, do lass i nix auf sie kumma.«

»Ja, was soll man da nun glauben?«, dachte Eva Melzer. »Klüger werde ich bei so einem Geschwätz auch nicht.« Sie wies sich als Kommissarin aus, versuchte auf unbeantwortete Fragen eine Antwort zu erhalten, jedoch die Umstehenden wackelten nur mit den Köpfen und suchten das Weite.

»Wo befinden sich nur die Bewohner des beschädigten Nachbarhauses?«, fragte sich Eva Melzer und bewegte sich zur Haustür, das Namensschild wies auf Familie Brandstätter hin. Sie betätigte die Klingel, drückte nochmals, keiner öffnete. Die Brandwache konnte ihre Frage auch nicht klären, nahm jedoch Kontakt zu Kommandant Grasmüller auf, der die Löscharbeiten leitete. Eva Melzer übernahm das Funkgerät und ließ sich von Grasmüller informieren.

»Der Versuch, die Eigentümer des in Brand geratenen Nachbarhauses zu erreichen, schlug fehl. Zwei Männer öffneten auf der Rückseite des Gebäudes die Terrassentür, suchten alle Räume nach Bewohnern ab, als feststand, dass keine Menschenleben dem Brand ausgesetzt waren, stießen sie bis zum Aufgang des Dachgeschosses vor, um gezielt mit Schaumlöscher das Feuer zu bekämpfen, was ihnen mit Bravour gelang. Das Dachgeschoß selbst konnte wegen der starken und noch anhaltenden Verqualmung und Hitze nicht begangen werden. Die weiteren Löscharbeiten erfolgten aus der Kanzel der Drehleiter.«

»Herr Grasmüller, konnten die Eigentümer benachrichtigt oder ausfindig gemacht werden?«, erkundigte sich Eva Melzer.

»Dies übernahmen die Kollegen der Polizei, aber nach dem letzten Stand waren ihre Ermittlungen erfolglos.«

»Brandstätter, Brandstätter«, überlegte Eva Melzer, »wo hab ich diesen Namen schon einmal gelesen? Das war doch da, als ich«, weiter kam sie nicht, sie wurde vom ankommenden Leichenauto am weiteren Nachdenken gehindert. Gerichtsmediziner Prof. Wolke forderte schnellstens den Zinksarg ins Haus zu schaffen, denn die pathologische Erstuntersuchung vor Ort sei beendet und er beabsichtige die Überreste der Leiche sich heute noch vorzunehmen. Hustend und sich die Augen reibend stolperte Spurenermittler Siedler aus der Brandruine, rief Eva Melzer zu sich, um ihr mitzuteilen, dass sein Trupp mindestens noch zwei Tage in diesem verqualmten und verrußten Haus zu arbeiten habe. Als Eva Melzer den verdreckten Overall von Siedler bemerkte, entfuhr ihr spontan: »Brandstätter, Wäscherei, Holzkirchen«. Natürlich, jetzt erinnerte sie sich wieder, den Namen las sie im Holzkirchner Industriegebiet, als sie für den letzten Fall ermittelte. Nach acht Minuten erreichte sie die Großwäscherei, fragte nach Herrn oder Frau Brandstätter, Eva Melzer wurde in die Wäschesortierhalle geführt und einem Herrn, der die Schmutzwäsche in die verschiedenen Behälter verteilte, vorgestellt. »Sie sind Herr Brandstätter und bewohnen ein Reihenhaus in Oberwarngau?«

Ohne aufzublicken und weiterhin mit seiner Arbeit beschäftigt, murmelte er grantig:

»Und wer möchte das wissen?«

»Oje«, dachte sich Eva Melzer, »der Mann steht bis zum Scheitel unter Stress, das könnte eine ziemlich schwierige Angelegenheit werden, wenn ich ihm von dem Unglück berichte.« Sie trat zur Vorsicht zwei Schritte zurück, nahm einen Wäschewagen als Schutzschild und erzählte drauflos.

»Oberkommissarin Melzer von der Kripo Miesbach, wenn Sie mir fünf Minuten zuhören und sich nicht weiter mit der Schmutzwäsche beschäftigen ...« Weiter kam sie nicht, Herr Brandstätter fauchte sie an:

»Sehen Sie denn nicht, dass Sie massiv stören, glauben Sie, die Wäsche sortiert sich von selbst? Die muss morgen gewaschen und gebügelt dem Kunden zugestellt werden. Wenn Sie etwas Wichtiges zu sagen haben, dann los, wenn nicht, dann auf Wiedersehen.«

Ohne Rücksicht, was nun geschehen mag, brüllte Eva Melzer dem Arbeitswütigen zu:

»Ihr Wohnhaus wäre fast abgebrannt!«

Blitzartig schnellte Brandstätter hoch, starrte auf Eva Melzer, so als würde er ihr in der nächsten Sekunde den Garaus machen, um dann aber doch noch die Kurve zu kriegen.

»Was reden Sie da für einen Schwachsinn und wieso soll das Haus gebrannt haben? Wenn Sie jemand verarschen möchten, suchen Sie sich einen anderen Deppen, der mehr Zeit hat ihnen zuzuhören. Wenn Sie vorhin die Wahrheit sagten, warum hat mich dann niemand telefonisch verständigt?«

»Ja, glauben Sie, ich besuche Sie zum Spaß und erzähle Ihnen während Ihrer Arbeit eine Märchengeschichte, entweder Sie begreifen endlich, was passiert ist, oder ich verabschiede mich von Ihnen und Sie dürfen morgen auf dem Kommissariat antanzen.«

»Dieser Mann ist ein Phänomen«, wunderte sich Eva Melzer, sogar bei einer so üblen und schlimmen Nachricht hantierte er weiter mit der Wäsche, als verstehe er das ganze Ausmaß ihres Kommens nicht. Sie zog ihr Smartphone aus der Jackentasche, zeigte ihm die Bilder beider Häuser und wartete darauf, dass er endlich reagiert.

»Das ist ja wirklich mein Haus und das von der Bärbel«, klagte Brandstätter. »Wie konnte denn das passieren? Kommen Sie ins Büro und erzählen Sie mir, wie es dazu kam.«

Nachdem Eva Melzer die Tragödie und von Bärbel Hoffners furchtbarem Tod berichtet hatte, begriff Brandstätter endlich das gesamte Ausmaß dieser Katastrophe. Sein Verhalten änderte sich schlagartig, er sprach nun in einem vernünftigen Ton.

»Die Bärbel kannte in ihrem Leben auch nur eins, Arbeit, Arbeit und Arbeit. Das hatten wir gemeinsam, ich von 5 Uhr früh bis nachts 22 Uhr, sie von 6 Uhr bis nachts um 21 Uhr, werkstags wie sonntags. Wenn wir uns einmal zufällig vorm Haus trafen, so reichte es gerade für einen kurzen Gruß. Ach, dieses arme Mädchen lebte stets mit der Hoffnung, einmal den richtigen Mann zu finden, um dann kürzerzutreten und ihn zu verwöhnen. Sie träumte von zwei bis drei Kindern, die in einer glücklichen Familie Geborgenheit und Liebe erfahren sollten. Und das ist nun aus ihrem Traum geworden. Dabei sah es in den letzten Wochen so aus, als würde er in Erfüllung gehen. Regelmäßig bekam sie spät abends von einem, ja fast möchte ich sagen, kultivierten Herrn mittleren Alters Besuch, der sich so gegen 1 Uhr wieder verabschiedete. Sonderbar, dass mir so manches wieder über sie in den Sinn kommt, und ich dachte, ich weiß überhaupt nichts von meiner Nachbarin. Seit mich meine Frau wegen unseres Betriebes, der immer weniger Zeit für uns zuließ, verlassen hatte, gab es für mich nur noch das Eine, das Unternehmen am Laufen zu halten. Durch die vielen Mitbewerber hat der Preiskampf solche Auswüchse angenommen, dass das Überleben in unserer Branche fast unmöglich wurde. Zu meinen Kunden gehören zum größten Teil Hotels und Gaststätten, wenn man die nicht schnell und ordentlich beliefert, hast du ausgeschissen, Entschuldigung.«

Mit Verwunderung nahm Eva Melzer den plötzlichen Wandel von Brandstätter auf, sogar Gefühle, die sie niemals von ihm erwartete, ließ er nach außen. Jedoch eines begriff sie nicht, jeder normal Denkende würde sich in seiner Situation zuerst für den Schaden an seinem Eigentum interessieren, bei ihm kam das überhaupt nicht zur Sprache. »Das will ich jetzt schon wissen, wie er darüber denkt«, und sie sprach ihn darauf an.

»Also, ich an Ihrer Stelle würde mich zuallererst für den Brandschaden interessieren und einen Zimmerer und Dachdecker verständigen, damit das Dach schnellstmöglich erneuert wird.«

»Ach, Frau Oberkommissarin, mein Haus benütze ich nur zum Schlafen und das kann ich auch im Betrieb. Es muss ja sowieso zuerst ein Brandgutachten von der Versicherung erstellt werden, bis dahin lasse ich mir von der Feuerwehr eine Plane am Dach befestigen.«

»Und ich schätzte Sie als so einen nervenschwachen Typ ein, der bei einem solchen Unheil gleich an die Decke geht. Vorher in der Wäschesortierhalle hatte ich richtig Bammel vor Ihnen, als Sie sich wie ein Geisteskranker, ohne aufzublicken, mit der Wäsche beschäftigten.«

»Da liegen Sie nicht so falsch, meine Angestellten bezeichnen mich, hinter vorgehaltener Hand, bereits seit Langem als unheilbaren Irren, was auch kein Wunder ist, wenn man sich, anstatt sinnvolle Gespräche zu führen, so zum Beispiel wie mit Ihnen, nur mit verdreckten Tischdecken und Leintüchern auseinandersetzt.«

Auf dem Weg ins Kommissariat wurde Eva Melzer bewusst, was Brandstätter damit sagen wollte. Wie oft war sie in derselben Situation, den lieben langen Tag nur am Bildschirm, ohne auch nur ein Wort gesprochen zu haben, da erfasst einen plötzlich dieser Zustand der inneren Leere, den man kaum erklären kann. Oft reicht schon ein Anruf, in dem man sich mitteilen darf, und es kehrt wieder Normalität ins Seelenleben ein.

8

»Wie kann man das nur ertragen, immer nur Leichen in jeder Kategorie der Verwesung und massakriertem Zustand vorgesetzt zu bekommen?«, dachte verwundert Hauptkommissar Dallmair, als er das Brandopfer auf dem Tisch der Pathologie liegen sah. Rechtsmediziner Professor Wolke erläuterte ihm die Verletzungsspuren auf dem Leichnam von Bärbel Hofner, die für einen Laien an dieser schwarzen verkohlten Masse unmöglich zu entdecken wären.

»Stiche in Hals, Brust und Schläfe, ein kräftiger, von oben ausgeführter Schlag auf den Kopf, der das Teilstück der gebrochenen Schädeldecke einige Millimeter ins Gehirn drückte. Des Weiteren ein offener Bruch des Unterarmes, der nur durch äußerst brutales Einwirken erfolgen konnte. Mit großer Sicherheit trat der Tod nicht durch die Verletzungen, sondern durch Verbrennen beziehungsweise Kohlenmonoxid ein. Welche Art von Stichwaffe der Täter verwendete, kann ich nach einer Computertomographie der Leiche beurteilen. Dafür muss das Opfer in die Miesbacher Klinik gebracht werden.«

Als die schwere Stahltür zur Pathologie wieder ins Schloss fiel, atmete Dallmair zuerst ein paar Mal kräftig durch, um sich von dem Geruch, den die Leiche ausströmte, zu befreien, hastete aus dem Kellergeschoß, um wieder frische Luft in die Lungen zu bekommen, dabei lief er zu allem Unglück Spurenermittler Siedler in die Hände. Seine Schutzbekleidung ließ nur noch erahnen, welche Farbe sie ursprünglich gehabt hatte, verrußt, verdreckt, und Siedlers Gesicht passte sich der Verschmutzung an. Missmutig, jedoch freiwillig gab er Dallmair Auskunft seiner bisherigen Einschätzung. Umgestürzte Stühle, ein zerbrochener Tisch ließen den Schluss zu, dass ein Kampf stattgefunden hatte. Ein am Boden liegender kantiger Kerzenleuchter aus Bronze vermutlich das Mordwerkzeug. Ansonsten ließ er bei Dallmair keine Hoffnung aufkommen, weitere Spuren aufzufinden, da der Brand zu viel vernichtete und Löschwasser noch das Übrige bewirkte. Trotz der vorgerückten Stunde, die Uhr zeigte 18:30 Uhr, riskierte Dallmair, Siedler nach Ludwig Löw zu fragen und seine Meinung zu diesem Todesfall abzugeben.

»Dafür ist doch unser Wolke zuständig, doch was mir eigenartig erschien, die Kante des Glastisches, auf die sein Schädel vermutlich aufprallte, wies Blutspuren auf und ebenso 30 Zentimeter rechts Blut und Haarbüschel. Da kannst du dir sicherlich vorstellen, was ich mir da zusammenreime.«

»Also wurde sein Schädel zweimal gegen die Glasplatte geschlagen«, stimmte Dallmair dem nicht immer freundlich gesinnten Siedler zu.

Sein nächster Weg sollte Dallmair zu seinem Dienstzimmer führen, verblüfft musste er feststellen, dass er es seit dem Umzug noch nicht aufgesucht hatte. Er lief im Erdgeschoss den Gang entlang, blickte auf die Büroschilder, eilte in die obere Etage, wiederholte die Suche, bis er die zuständigen Zimmer mit den ausweisenden Hinweisschildern entdeckte. »Wahnsinn!«, schoss es aus ihm heraus, als er diese modernen und freundlichen Diensträume in Augenschein nahm. Er stand überrascht im Raum, alles eingeräumt und geordnet, sogar seine angekauten Bleistifte vom Kommissariat Bad Tölz lagen in Reih und Glied auf seinem Schreibtisch und dazu eine Nachricht von Eva. »Gute Nacht, bis morgen!«

Frohgelaunt mit einem überschwänglichen Guten Morgen in Richtung Peter betraten Eva und Detlev das Kommissariat, noch ein schmatzender Kuss und jeder eilte zu seinem Schreibtisch. Ein überraschtes »Wow« ließ die Männerköpfe hochfahren und ihre Augen richteten sich auf Eva. Etwas verlegen fragte sie:

»Welchem von euch beiden habe ich das zu verdanken, mir grundlos einen so herrlichen Strauß Blumen auf meinen Arbeitsplatz zu stellen? Peter, warst du das?«

Noch eine Spur verlegener bejahte Dallmair ihre Frage mit einem Kopfnicken und fügte noch hinzu:

»Ein kleines Dankeschön für deinen Beitrag, dass unsere neue Dienststelle sich so geschmackvoll und ordentlich präsentiert und das noch nebenher zu deinen Ermittlungsaufgaben.«

Ihre Rührung kaum verbergend, ließ sie Peter und Detlev wissen: »Ich muss doch für meine lieben Kollegen dafür sorgen, dass sie sich in der neuen Umgebung wohl fühlen und …«

Sie wurde durch ein Anklopfen unterbrochen, durch die Tür trat Herr Kleber senior und sagte lapidar: »Hier bin ich.«

Jetzt erinnerte sich Dallmair wieder, ihn für heute Vormittag aufs Kommissariat bestellt zu haben, bot ihm einen Platz gegenüber sich an, blätterte sein Notizbuch auf, in dem er bereits Fragen notiert hatte. Mit einführenden Worten erklärte Dallmair Herrn Kleber, daß er von ihm heute etwas mehr Entgegenkommen und Verständnis für seine Arbeit als Ermittler erwarte. Dallmairs Scharfblick entging Klebers drohender Blick nicht, er startete aber trotzdem mit unmissverständlichen und konkreten Fragen.

»Ich hoffe, dass Ihnen klar wurde, auf meine Fragen ehrliche und für die Nachforschungen hilfreiche Antworten zu präsentieren. Weshalb haben Sie auf meine Anordnung gestern im Pavillon sich geweigert den Notarzt herbeizurufen? Wie Sie bemerkten, führe ich mit Ihnen eine Befragung und keine Vernehmung, deswegen bitte ich Sie nochmals mitzuwirken, dass durch Sie mehr Licht in diesen tragischen Mordfall dringt.«

Aus Überraschung, dass Dallmair ihn nicht mehr als Verdächtigen einstufte, löste sich die spannungsgeladene Haltung Alfred Klebers, was sich im folgenden Gespräch andeutete.

»Herr Hauptkommissar, gestern war ich wohl durch die schrecklichen Ereignisse etwas zu aufbrausend und uneinsichtig, auch meine Frau hat mich ins Gebet genommen, verständnisvoller und toleranter zu reagieren. Meine ablehnende Entscheidung gegenüber der Benachrichtigung eines Notarztes traf ich deshalb, ich wollte einfach nicht, dass mein Sohn noch mehr der Öffentlichkeit ausgesetzt wird und sein Ansehen dadurch in Schieflage kommen könnte.«

»Darf ich das so verstehen, Herr Kleber, dass Sie Ihrem Sohn, wenn auch nur für einen kurzen Moment, den Mord an seiner Frau zutrauten?«

»Jetzt nur nicht übereilt antworten«, hämmerte es im Schädel von Alfred Kleber. Um die passende Wortfindung zu überdenken, ließ sich Kleber nicht zu einer unüberlegten Antwort hinreißen. Und doch offenbarte er Dallmair seine ersten Befürchtungen in der Hoffnung, dass dieser Verständnis dafür aufbrachte und sie nicht überbewertete.

»Ich denke, in solch einer heiklen Situation ist es ganz normal, dass man sich mit diesen Gedanken auseinandersetzt. Auch wenn ich meinem Sohn niemals so eine Entgleisung zutrauen würde, bin ich mir bewusst, dass niemand die Vorgänge in einem Menschen ergründen kann, die zu so einem Verbrechen führen. Herr Hauptkommissar, ich habe Ihnen hier nur meine bisherigen unausgesprochenen Gedanken offengelegt und bitte Sie, nicht daraus den Schluss zu ziehen, dass ich meinen Sohn als Mörder einstufe.«

»Herr Kleber, genau diese Resonanz erhoffte ich und werde daraus keineswegs mein Urteil bilden. Wie Sie schon sagten, solche verwegenen Gedanken lassen sich nicht so leicht auslöschen, sie tauchen aus dem Unterbewusstsein auf und man setzt sich damit auseinander, ob man will oder nicht. Auf meine nächste Frage bleibt es Ihnen überlassen, ob Sie darauf eingehen. Lässt sich der Luxus, der Ihren Sohn umgibt, mit seinem Einkommen als Musiker eines Sinfonieorchesters vereinbaren?«

»Herr Hauptkommissar, hier schneiden Sie ein Thema an, über das ich mit meiner Frau nicht nur einmal diskutierte. Seine doch im oberen Bereich liegenden Einkünfte als Mitglied eines Orchesters lassen sich mit seinem Lebensstil kaum vereinbaren. Daher eröffnete er in München eine Musikschule für Oboe, Klarinette, Fagott und Querflöte und arbeitet zusätzlich als Dozent auf der Musikhochschule und Sie dürfen nicht vergessen, dass Christina, bevor die Kinder kamen, als Violinistin in der Staatsoper spielte und in drei Monaten ihren Beruf wieder aufgenommen hätte.«

Beeindruckt von Davids Kunstfertigkeit, drei Tätigkeitsbereiche auszufüllen, schob Dallmair dieses Thema beiseite und wandte sich Personen zu, die Kleber eventuell begegnet waren.

»Herr Kleber, sind Ihnen die Namen Bärbel Hofner und Ludwig Löw schon einmal begegnet, oder kennen Sie diese Personen?«

Mit nachdenklichem Gesicht bemühte sich Alfred Kleber diese Namen einzuordnen, war bereits dabei, die Frage zu verneinen, als er sich plötzlich an sie erinnerte.

»Eine Schwester Bärbel ist mir bekannt, aber ob sie Hofner hieß, kann ich nicht sagen. Arbeitet sie nicht in der Klink in Tölz? Meine Schwiegertochter Christina erzählte davon, diese Schwester muss ein außergewöhnlich lieber Mensch sein, sie hat Christina stets für die Computertomographie vorbereitet. Ich glaube, diese Schwester Bärbel war für die Kontrastmittelinfusion zuständig. Den Namen Ludwig Löw kann ich leider nicht einordnen.«

Dallmair schob Kleber ein Foto von Löw über den Tisch. Noch bevor Kleber es in die Hand nahm, tippte er mit einem Finger auf das Bild und sagte erstaunt:

»Der ist doch ebenfalls in diesem Krankenhaus beschäftigt, ist das nicht dieser Physiotherapeut?«

»War Physiotherapeut«, gab Dallmair zurück. »Er und Frau Bärbel Hofner wurden ebenfalls ermordet, und je länger wir uns mit diesen Fällen beschäftigen, umso mehr drängt sich die Gewissheit auf, dass diese Mordserie ein und derselbe Täter begangen hat. Bis zum jetzigen Zeitpunkt gehen wir davon aus, dass die Verstrahlung Ihrer Schwiegertochter in Zusammenhang mit den Morden steht. Ob sich dahinter eine Liebesaffäre oder ein Eifersuchtsdrama verbirgt, was nicht auszuschließen ist, lässt sich in dem frühen Stadium der Ermittlungen noch nicht bestätigen.«

Dallmair winkte Eva herbei, flüsterte ihr leise zu, sich in der Klinik über die Verletzungen von Kleber junior zu erkundigen und das Untersuchungsattest anzufordern. Anschließend setzte er die Befragung fort, um nochmals auf den sonderbaren Vorfall von Klebers Sohn mit der Geschichte des Überfalls zu sprechen zu kommen.

»Herr Kleber, Sie kennen inzwischen meine Betrachtungsweise, die ich gegen oder für Ihren Sohn hege, was mir bei seiner Erzählung etwas kurios vorkam: der Überfall mit anschließender Körperverletzung sowie Fesseln und Knebeln mit Ablegen im Gartenhaus. Die angeblichen zwei maskierten Eindringlinge erscheinen einen Tag nach dem Tod von Christina noch einmal und verlangen die Herausgabe von Schmuck und Wertgegenständen, die sie von Ihrer Schwiegertochter nicht ausgehändigt bekamen. Christina wird ermordet und David erleidet nur körperliche Misshandlungen und wird auf Gefahr des Bemerktwerdens durch den ganzen Garten befördert. Hier setzt meine Logik als Kriminalist aus. Wie denken Sie darüber?«

»Meiner Meinung nach arbeitet in diesem Fall Ihre Betrachtungsweise sehr eingeschränkt. Wer um Himmels willen sollte David die Verletzungen zugeführt und ihn gefesselt und geknebelt haben? Ich weiß sehr wohl, worauf Sie hinauswollen, aber hier sind Sie nicht nur auf dem Holzweg, sondern Sie bewegen sich in einer mit Denkfehlern bepflasterten Sackgasse. Wenn Sie als ermittelnder Kommissar sich Ihr Bild nur von plausiblen Tatsachen und Erklärungen malen, fehlt Ihnen die Vorstellungskraft oder auch Fantasie für eine andere in Betracht kommende Realität.«

Ein Blick zu seinem Kollegen Detlev von Hautzenberg, der sich mit einem erstaunten Gesichtsausdruck mitteilte, ließ Dallmair über seine eigene einseitige Vorgehensweise zweifeln. Natürlich musste der Vater von David vermuten, dass Dallmair voreingenommen gegen seinen Sohn recherchiert, dies aber zu seinem Schachzug gehört, um eventuell unüberlegte Äußerungen herauszulocken. Mit einer weiteren und letzten Frage versuchte Dallmair seinem Gegenüber Schwierigkeiten zu bereiten.

»Herr Kleber, wir hatten doch Ihren Sohn gestern zusammen ins Haus begleitet. Seiner Story zufolge durchwühlten diese zwei Ganoven die Wohnräume nach Wertgegenständen, davon war jedoch nichts zu erkennen. Ebenso waren keine Verschmutzungen im Eingangsbereich und in den anderen Räumen festzustellen, was bei zwei Eindringlingen eher an ein Wunder grenzt.«

»Sie arbeiten wohl nur mit hinterlistigen Fangfragen, Herr Hauptkommissar?«, entgegnete aufgebracht Alfred Kleber, dem das Beantworten sichtlich Kopfzerbrechen bereitete. Dallmair gab ihm Zeit, darüber nachzudenken, ohne Kleber seine Denkweise zu offenbaren. In diesem Augenblick meldete sich Eva Melzer, um die Ergebnisse vom Krankenhaus durchzugeben.

»Die Untersuchungen ergaben am Rumpf von David Kleber fünf Blutergüsse, ausgelöst durch Fußtritte, eine angebrochene Rippe sowie kleinere Hautabschürfungen im Gesicht und an beiden Unterarmen. Verletzungen auf Grund der Fesselungen sind dagegen so gut wie kaum wahrzunehmen. Die chemische Zusammensetzung des Klebestreifens verursachte bei Herrn David Kleber Reizungen am Mundbereich in Form von roten wässrigen Pusteln. Der Patient wird im Laufe des Nachmittags die Klinik verlassen. Sieht so aus, als sei doch Fremdeinwirkung ausschlaggebend gewesen. Wie siehst du das, Peter?«

»Sieht so aus, lässt sich jedoch nicht mit absoluter Bestimmtheit bestätigen, mit diesem schmerzhaften Trick versuchten sich bereits etliche Täter aus der Affäre zu ziehen.« Dallmair beendete das Gespräch, blickte zu Klebers Vater und wartete auf die noch ausstehende Antwort. Anstatt diese zu geben, schnellte dieser wie von einem giftigen Insekt gestochen auf und schrie erregt auf Dallmair ein.

»Mir schießt die Galle hoch, wie Sie meinen Sohn mit Unterstellungen belasten. Sie sind ein ausgesprochen hinterfotziger Kriminaler, mir dämmerte es schon lange, dass Sie mich in das Verbrechen mit einbezogen haben. Mit Ihrer scheinheiligen Betonung am Beginn unserer Unterhaltung, es wäre nur eine Befragung, täuschten Sie ein Verhör vor. Ihre nächste miese Beschuldigung lese ich Ihnen bereits von Ihren heimtückischen Augen ab, ich hätte meinen Sohn mit Fußtritten traktiert, ins Gartenhaus geschafft und gefesselt. Jetzt ist Schluss mit Fragen- und Antwortspiel, auf Wiedersehen.«

Wütend eilte Alfred Kleber zur Tür, blieb noch einen Augenblick stehen und rief, ohne sich umzudrehen: »Das nächste Mal müssen Sie mich zur Vernehmung abholen lassen, einer Vorladung werde ich mit Bestimmtheit nicht nachkommen.«

Mit einem Ausdruck der Zufriedenheit besann sich Dallmair nochmals der zuletzt geäußerten Sätze von Kleber, vermerkte sie in Kurzform in seinem Notizbuch, griff zum Telefon und wählte Davids Handynummer. Bis die Verbindung eintrat, beauftragte er seinen Kollegen von Hautzenberg, Herrn Kleber schnellstens zu folgen und ihn in ein Gespräch zu verwickeln, damit er keinen Kontakt zu seinem Sohn aufnehmen kann. Hautzenberg verstand sofort Dallmairs Taktik und rannte Kleber hinterher.

»Hallo, David, Peter hier, befindest du dich noch in der Klinik?«

»Ja, warum? Stehe davor und warte auf das bestellte Taxi.«

»Ich kann dich ja nicht zwingen, aber es wäre ungeheuer wichtig, dich nochmals zu sprechen. Lass dich doch bitte zum Kommissariat nach Miesbach chauffieren, wir übernehmen die Fahrtkosten und bringen dich anschließend nach Hause.«

Es trat eine kleine Pause ein, bis sich David wieder meldete.

»Was ist denn so dringend, dass du mich sofort sprechen willst, hat das nicht Zeit bis morgen?«

»Wenn es nicht so dringend wäre, würde ich dich nicht an der Heimfahrt hindern. Mir kam da ein Gedanke, der dich eventuell entlasten könnte.«

»Peter, ich muss gestehen, dass es mir sehr schwerfällt, dir zu trauen, seitdem du mich in den Kreis der Verdächtigen eingestuft hast. Bevor ich dir zusage, unterhalte ich mich noch mit meinem Vater, was er mir von seinem Besuch bei dir zu sagen hat.«

Jetzt benötigte Dallmair eine Denkpause, um David zu überzeugen, dass er ohne List handelt, um das Gespräch zu verhindern.

»Wenn du mir kein Vertrauen mehr schenkst, löst du damit unsere Freundschaft endgültig auf, du darfst mir aber dann keinen Vorwurf machen, wenn ich dich vor meinen Mitarbeitern nicht mehr schützen kann, die bereits jetzt darauf drängen, dich in Gewahrsam zu nehmen. Es tut mir sehr leid um dich und deine Kinder, wir sehen uns dann spätestens morgen bei der Vernehmung, die selbstverständlich nicht mehr von mir vorgenommen wird.«

Mit einer großen Portion schlechtem Gewissen wartete Dallmair nun auf die Entscheidung von David in der Hoffnung, dass er ihn mit seinem doch etwas unaufrichtigen Vorwand beeinflussen konnte. Zögernd und mit einer Spur Argwohn äußerte David seinen Entschluss.

»Ich sehe zwar deine Begründung als eine Art Druckmittel, heute noch bei dir zu erscheinen, doch ich werde auf deine Bitte eingehen. Doch versprich mir als mein Freund, mich nicht zu hintergehen.«

»Gut, ich verspreche dir als dein Freund, dass weder List oder gar Heimtücke dahintersteckt.«

Nach Beendigung des Gesprächs stieß Dallmair ein befreiendes »Puhhh« aus und hoffte darauf, dass Davids Vater ihm keinen Strich durch seinen Plan machte. Im Nachhinein überkam Dallmair wieder diese Emotion, David gegenüber sich nicht besonders korrekt verhalten zu haben, er setzte sich jedoch nicht mehr weiter damit auseinander, da der zurückkommende von Hautzenberg umgehend von seinem erfolgreichen Gespräch mit Alfred Kleber erzählte.

»Erreichte Kleber, noch bevor er sein Fahrzeug bestieg, er versuchte mich abzuwimmeln, hörte mir aber überraschenderweise doch zu. Allerdings musste ich dein Verhalten ihm gegenüber als sehr verletzend bezeichnen, ansonsten wäre er sofort weg gewesen. Er befand sich noch in einer sehr aufgebrachten Stimmung und bezeichnete dich als miesen und charakterlosen Schurken, der mit Scheuklappen auf Ermittlungsjagd geht. Zwischendurch versuchte er öfters seinen Sohn zu erreichen, bekam aber keine Verbindung. Ich zögerte das Gespräch durch Mitgefühlsäußerungen über das schreckliche Ereignis in die Länge und es gelang mir dadurch seine Vermutung des Tathergangs zu erhalten. Seine Version sieht einen Einzeltäter, der sich, nachdem David mit Tochter Maria das Haus verlassen hatte, Zutritt ins Gebäude verschaffte, ins Schlafzimmer zu seiner Schwiegertochter eindrang, sich auf sie stürzte und blitzartig auf sie einstach. Dem Täter dürfte die Schwächung nicht entgangen sein, so hatte er keine Gegenwehr zu befürchten. Auch den Grund lieferte er gleich dazu. In der Annahme des noblen Anwesens vermutete der Einbrecher reichlich Schmuck und Bargeld. Aus Frust, dass Christina ihm das Versteck nicht verriet, stach dieser jedes Mal zu, wenn sich Christina weigerte ihm einen Hinweis zu geben.«

Dallmair runzelte die Stirn, überlegte noch einen Moment, schüttelte seinen Kopf und folgerte:

»Bis zum Einzeltäter bin ich mit Kleber einig, sein anderes Gefasel klingt so, als möchte er uns seine Meinung aufdrängen, aber dadurch kommt er selbst in Verdacht. Hat sich Alfred Kleber mit dir noch über den nächtlichen Überfall auf seinen Sohn unterhalten?«

»Er begann selbst darüber zu sprechen, versuchte mir wieder seine eigene Theorie vom Ablauf des Geschehens klarzumachen, wich jedoch stets mit dem Versuch, seinen Sohn zu erreichen, vom Thema ab. Als er dann erkannte, dass sein Sohn sein Handy ausgeschaltet hatte, explodierte er förmlich und beschimpfte ihn mit Blödmann, Hornochse und Hanswurst.«

»Detlev, es läuft alles wie am Schnürchen, zum einen, da David sein Handy stilllegte, zum anderen, weil Alfred Kleber immer nervöser wird. Wenn es dir nichts ausmacht, schnüffle mal in der Datei nach diesem Herrn, eine Überraschung wäre das nicht, wenn er dir begegnet, aber nachher ist Feierabend.«

»Wer spricht da von Feierabend?«, fragte Eva, als sie das Dienstzimmer betrat. »Eine Viertelstunde müsst ihr schon noch aushalten, ich bringe den ärztlichen Untersuchungsbericht von Kleber und weitere Neuigkeiten aus der Klinik. Während der Arzt sich mit dem Schreiben der Bescheinigung beschäftigte, spazierte ich zur Radiologie und unterhielt mich mit Frau Katzenberger, einer Kollegin von Bärbel Hofner, die ebenfalls in diesem Bereich arbeitet. Eine Ewigkeit musste ich ihr zureden, bis sie sich endlich bereit erklärte auf meine Fragen einzugehen, jedoch nicht an ihrem Arbeitsplatz, sondern sie ging mit mir während einer Zigarettenpause ins Freie. Ich war verblüfft, als sie, ohne auf Fragen zu warten, auf Bärbel einging. Bärbel war eine tolle Kollegin, stets hilfsbereit, freundlich und von allen Mitarbeitern sehr geschätzt. Was sie allerdings in den letzten Wochen bei Bärbel bemerkte, sie wirkte ruhelos und überreizt. Hatte sie doch noch vor Weihnachten freudestrahlend von einer Bekanntschaft mit einem außergewöhnlichen Mann berichtet, aber als man sie jetzt darauf ansprach, war ihre Reaktion alles andere als freudig. Dass sie den Mann kennt, als ihr ein Bild von ihm gezeigt wurde, bejahte sie, aber für eine Wiedererkennung reichte der kurze Blick auf das Foto nicht aus. Auf meine Frage ›Es trifft doch zu, dass bei der Patientin Frau Christina Kleber nach der CT Krankheitssymptome auftraten?‹ blockte Frau Katzenberger energisch ab und gab vor, die Pause sei beendet.«

Peter gab seine Freude über Evas erfolgreiche Unterhaltung dadurch kund, dass er sich mit einem langgezogenen Pfiff äußerte und unverzüglich den Arbeitstag für beendet erklärte. Als Antwort kam von Detlev ein kurzer schriller Pfiff und daraufhin ein befehlendes »Kommt!« Sein Bildschirm offenbarte einen Dateiauszug der Vorstrafen von Alfred Kleber. Betrug, Gewalt gegen seine Frau, jedoch keine Gefängnisstrafen, beide Urteile wurden zur Bewährung ausgesetzt. Eva lehnte sich über Detlev, streichelte über sein Haar und flüsterte ihm schmeichelnd ins Ohr:

»Mein lieber Datenschnüffler, ich fühle mich heute so schwach, hilfst du mir mein Bett zu überziehen?«

»Ach, mein Schatz«, hauchte Detlev zurück. »Fahr du schon mal voraus, ich komme nach, sobald du damit fertig bist.« Was mit einer Kopfnuss von Eva belohnt wurde. Mit einem energischen Gute-Nacht-Gruß verließ sie gekränkt das Kommissariat, Detlev watschelte schuldbewusst wie ein reuiger Dackel hinterher.

»Die Liebe ist manchmal eine sehr komplizierte Angelegenheit«, raunte Dallmair vor sich hin. Die Frauen missverstehen in besonderen Situationen die Ausdrucksweise der Männer oder können sich in ihre Gefühlswelt nicht hineinversetzen. Eigentlich müsste ein Lehrfach für Liebesbeziehungen geschaffen werden, das die verschiedenen Denkweisen der Geschlechter den Verliebten näherbringt. Ein zaghaftes Klopfen an der Dienstzimmertür beendete seine Ideologie für partnerschaftliches Einfühlungsvermögen. David Kleber trat ins Zimmer, begrüßte Dallmair kühl mit »Grüß dich, Peter« und nahm ohne Aufforderung an Dallmairs Schreibtisch Platz. Als bestände eine unsichtbare Wand, saßen sie sich wie Fremde gegenüber und belauerten sich neugierig, was jetzt wohl geschehen mag. Dallmair beendete die spannungsgeladene Atmosphäre mit gefühlvollen einführenden Worten.

»Wir müssen uns nicht wie zwei Raubtiere beschnuppern, schließlich sind wir doch Freunde und so soll es auch bleiben. Auch wenn es dir so vorkommt, als wenn ich in dir bereits den Hauptverdächtigen sehe, so kann ich dir offen und ehrlich erklären, dass das nicht so ist. Ich bin eben ein Kriminalist, der zu Beginn der Ermittlungen Fragen und Vermutungen äußert, die den Anschein erwecken, dass der Befragte in die Enge getrieben wird. Dies sind unsere Spielregeln und dies praktiziere ich auf dieselbe Weise wie jeder Ermittler. Da wir jetzt schon mehrere Nachforschungsergebnisse vorweisen, die einige Personen in den engen Kreis der Verdächtigen miteinbeziehen, benötigen wir überzeugende Aussagen, die uns weiterhelfen, und deswegen bat ich dich heute noch zu kommen. Beantworte mir die folgende Frage ehrlich und ohne Scheu, auch wenn du dahinter ein Handicap vermutest. Ist dir Bärbel Hofner, Mitarbeiterin in der Radiologie der Klinik, in der Christina behandelt wurde, näher bekannt?«

Bereits als Dallmair den Namen Bärbel Hofner erwähnte, vollzog sich eine sichtbare Veränderung in David. Sein Körper verkrampfte sich und seine Gesichtsmuskeln traten durch das starke Aufeinanderdrücken der Kieferknochen hervor. In seinem Blick befanden sich Angst und Beklommenheit. Erschrocken sah er in die Augen von Peter, der ihm kopfnickend und mit einem Lächeln die Furcht vor der Antwort nehmen wollte. Es dauerte Minuten, ehe David sich entschloss zu sprechen.

»Ich hätte dir bereits früher davon erzählen sollen, vielleicht hättest du es verstanden, ohne mich zu verachten. Ja, ich kannte Bärbel seit dem Tag, als Christina die CT-Untersuchung hatte. Ihre frische und unbekümmerte Vorgehensweise faszinierte mich. Ebenso, wie sie Christina vor der Aufnahme betreute und ihr beistand. Sie strahlte so viel Ruhe und Menschlichkeit aus, was ich in meinem Leben noch niemals empfand. Bärbel ist eine Erscheinung, die jedem Menschen Herzlichkeit und Wohlwollen zuteilwerden lässt.«

»Aber deswegen verachte ich dich doch nicht, wenn dir so eine Frau den Kopf ein wenig verdreht«, beruhigte Dallmair seinen Freund und forschte weiter: »Hat sich dann dein Kopfverdrehen noch stärker ausgeweitet, du weißt sicher, was ich darunter verstehe?«

»Musst du unbedingt dieses peinliche Thema noch weiter vertiefen? So wie du fragst, kennst du bestimmt meine Antwort bereits. Ja, es ließ sich nicht verhindern, dass Bärbel und ich uns näher kamen. Ich empfand es nicht als Seitensprung, sondern als ein Geschenk, ihre beglückende Liebe zu spüren. Durch die schreckliche Krankheit von Christina, die sich bereits sechs Monate hinzog und die gesamte Familie belastete, war diese Begegnung mit Bärbel ein Seelentrost für meine Verzweiflung.«

Davids Mienenspiel, seit er von Bärbel sprach, gab seinem Gesicht einen sinnlichen und schwärmerischen Glanz, den Dallmair mit einer Mitteilung zum Erlöschen brachte.

»David, du sprichst so euphorisch von Bärbel, dass ich vermute, dir ist das Schicksal von ihr noch nicht zu Ohren gekommen.«

Entsetzt bäumte sich David nach vorne, blickte Peter erschrocken an und brüllte:

»Was ist mit Bärbel passiert, ist ihr etwas zugestoßen, was denn? Jetzt sprich doch endlich und foltere mich nicht.«

»Gestern kam Frau Hofner beim Brand ihres Hauses ums Leben. Die Untersuchung der Brandermittler ergab Brandstiftung, ausgelöst durch eine mit Benzin gefüllte Flasche, auch als Molotowcocktail bekannt. Frau Hofner wurde vor dem Brand ermordet.«

Anstatt dass David, wie Dallmair vermutete, nach dieser Nachricht ein Fall für den Psychiater wurde, sprang er aus dem Stuhl, ballte seine Hände zu Fäusten und schrie aus Leibeskräften:

»Dieses verfluchte Schwein, muss er mir alles zerstören und entreißen, was mir am Herzen liegt? Er gönnt mir rein gar nichts, keine Familie, kein Heim und nun raubt er mir das Liebste, was mir noch geblieben ist!.«

David rannte zum Fenster, riss den Flügel auf und schrie in die Nacht hinaus: »Du Scheusal, jetzt bist du fällig, ich bring dich um! Wo versteckst du dich? Ich weiß, dass du in der Nähe bist, du abartige Missgeburt!«

Blitzartig sprang Dallmair hoch, eilte zu David, zog ihn vom Fenster weg, versuchte ihn zu beruhigen, indem er ihn zum Stuhl führen wollte. Mit einem kräftigen Stoß schubste David seinen Freund zur Seite, so dass Dallmair mit seinem Schädel hart auf die Schreibtischkante knallte, auf den Boden stürzte und benommen liegen blieb. Er konnte es nicht abschätzen, wie lange er so dalag. Zuerst registrierte er die Abwesenheit von seinem Freund, doch umgehend auch den Schmerz an seiner Schläfe und das Blut, das ihm übers Gesicht auf den Anzug lief. Mit stechenden Kopfschmerzen raffte er sich empor, bewegte sich schwankend ans Fenster, zog sich frische Luft in seine Lungen und presste sich »Blödmann!« durch seine Lippen. Jetzt bemerkte er in der Dunkelheit an den Hauswänden das blaue Aufblinken von rotierenden Warnlichtern von Einsatzfahrzeugen, beugte sich aus dem Fenster und erblickte ein Riesenaufgebot von Polizei- und Rettungsfahrzeugen an der Kreuzung Bundesstraße 472 und Rosenheimer Straße. Er hastete aus dem Kommissariat, eilte in Richtung Hauptstraße und erfasste die Ursache dieses Spektakels. Zwei völlig zerfetzte, qualmende Personenwagen lagen verstreut im Kreuzungsbereich. Zwei Insassen liefen geistesabwesend hin und her, bis sie von Sanitätern festgehalten und in die Rettungsfahrzeuge geführt wurden. An dem Autowrack in der Kreuzungsmitte arbeiteten Feuerwehrmänner am Aufschneiden des Daches, um die Verletzten oder Toten aus dem Chaos zu befreien. Ein Personenwagen, dessen Fabrikat nur schwer zu enträtseln war, war durch den verheerenden Aufprall am Masten der Signalanlage in zwei Hälften zerrissen worden. Getrieben von einer Vorahnung, steuerte Dallmair auf das Unfallfahrzeug in der Straßenkreuzung zu, versuchte sich als Kripobeamter auszuweisen, um einen Blick in den Innenraum zu werfen, als ihm zwei Sanitäter unter die Arme griffen und ihn zu ihrem Rettungsfahrzeug zerrten. Aufgebracht protestierte Dallmair und versuchte den Irrtum aufzuklären.

»Was fällt euch beiden ein, ich bin Hauptkommissar und beteilige mich bei der Spurensuche und Personenüberprüfung, ihr behindert mich bei der Ausführung meiner Ermittlungsarbeit.«

Ein mitleidsvolles Lächeln überzog die Gesichter der Besatzung des Rettungsfahrzeuges, die Dallmair ihr Eingreifen behutsam zu erklären versuchten.

»Lieber Mann, Sie stehen unter Schock, Ihnen rinnt ja das Blut eimerweise aus dem Kopf. Der Verkehrsunfall löste bei Ihnen ein Trauma aus, wir sind verpflichtet, Sie zu verarzten und zur Vorsorge in die Klinik zu transportieren.«

Seinen Versuch, die beiden zu überzeugen, gab er auf, denn er sah ein, dass ein weiteres Widersetzen bei seinem Aussehen zwecklos erschien. Was sich als richtig erwies, denn auf dem Transport zur Klinik wurde ihm schwarz vor Augen und er erwachte erst wieder im Behandlungsraum der Notfallhilfe-Station. Am linken Arm eine klare Infusionsflüssigkeit, am rechten eine Bluttransfusion, am Kopf hantierten Ärzte mit Nadel und Faden an der Platzwunde. Seinen Körper umgab ein typisches Krankenhaus-Flügelhemdchen, das dem Patienten schon eine Vorschau in die nächste Dimension offenbaren sollte. Nun noch gefühlte einhundert Meter Verbandsstoff um den Schädel geschlungen und der Scheich von Miesbach konnte auf die Station verlegt werden.

9

Wieder in verliebter Pose betraten Eva und Detlev am Morgen das Kommissariat, sahen verwundert das offen stehende Fenster und das Brennen der Deckenbeleuchtung. Der unterkühlte Raum ließ sie ahnen, entweder Peter hatte es vergessen, oder aber ein ungewöhnlicher Zwischenfall ereignete sich, nachdem Eva und Detlev gestern Abend das Dienstzimmer verlassen hatten. Ein kurzer Aufschrei von Eva ließ Detlev zusammenzucken, er eilte zu der Stelle, an der Eva mit bleichem, entsetztem Gesicht stand und zu Boden blickte. Eine riesige Blutlache, bereits angetrocknet, breitete sich vor dem Schreibtisch von Peter aus. Detlev schlug sich plötzlich mit der Hand auf die Stirn und rief:

»Aber natürlich, Peter wartete ja noch auf den jungen Herrn Kleber, er wollte ihn doch unbedingt, nachdem Kleber die Klinik verlassen hatte, noch vernehmen. Bei diesem Blutverlust muss sich Peter mit höchster Wahrscheinlichkeit im Krankenhaus befinden, ansonsten hätte er uns verständigt, wenn er heute zu Hause geblieben wäre.«

Eva fackelte nicht lange, griff zum Hörer, wählte das im selben Gebäude befindliche Polizeirevier und erkundigte sich nach nächtlichen Polizeieinsätzen. Ein diensttuender Beamter berichtete von dem schweren Verkehrsunfall vorne an der Kreuzung, bei dem eine Person getötet und drei mit lebensgefährlichen Verletzungen ins Krankenhaus eingeliefert wurden. Eine weitere männliche Person befand sich im Schockzustand, am Kopf eine stark blutende Wunde, ihn transportierte ein Notarztwagen ebenfalls in eine Klinik. Auf Nachfrage, wer die Personalien dieses Mannes aufnahm, kam die prägnante Antwort: »Niemand.«

»Ab in die Klinik«, gab Eva Detlev zu verstehen. »Unser Chef liegt sicherlich dort in irgendeinem Krankenzimmer und reißt sich den Verband vom Körper, um schnellstens aus dieser medizinischen Mühle abzuhauen.«

»Auch das noch«, schrie Eva den jungen Mann an der Information an.

»Gestern Nacht eingeliefert und immer noch nicht in der Patientenaufnahmedatei registriert.«

»Junge Frau, Sie besitzen aber ein ausgeprägtes Temperament«, entgegnete der Mann hinterm Tresen. »Sie müssen mir schon Zeit geben und mich aussprechen lassen, sonst erfahren Sie nie, wo der Gesuchte sich aufhält.« Ein kurzes Gespräch und schon präsentierte der Auskunftgebende Eva einen Zettel mit der Stationsangabe und Zimmernummer von Peter.

»Ja, um Himmels willen, was ist denn mit dir passiert?«, brach es aus Eva heraus, als sie Dallmair mit seinem riesigen Turban im Bett liegen sah. »Sollen wir oder hast du bereits eine Fahndung nach Kleber veranlasst?« Detlev, hinter Eva platziert, winkte Peter verlegen zu und sagte bedächtig:

»In deinem Zustand musst du jetzt nicht auf die zwei Fragen eingehen, da hat Eva sicher noch ein Dutzend auf Lager, mit denen sie dich piesacken möchte.«

Theatralisch mimte Dallmair den Schwerstverletzten und äußerte sich stöhnend.

»Ohhh, warum nur verstehen Frauen uns leidende männliche Geschöpfe nicht, sogar in der Stunde des Hinübergleitens können sie ihre Neugierde nicht zügeln.«

»Männer, ach Männer!«, schrie Eva erbost. »Ich vergehe vor lauter Mitgefühl und ihr macht euch über mich lustig. Was denkst du denn, wie mich die Angst packte, als ich den Blutsee an deinem Schreibtisch bemerkte? Mein erster Gedanke: Du liegst bereits in der Leichenhalle mit den Gleichgesinnten und ihr erzählt euch gegenseitig die Varianten eures Ablebens. Nein, nein, auch wenn das gesamte Büro von Blut trieft, Sorgen mache ich mir keine mehr.«

Der stechende Kopfschmerz verhinderte, dass Peter eine Lachsalve losließ, dafür konnte sich Detlev vor Lachen nicht mehr einrenken und brüllte los, dass ihm beinahe die Luft wegblieb, was Eva wiederum zum Totlachen fand.

»Au, au, Schluss jetzt!«, rief Peter. »Mir reißt es ja die Fäden aus der Wunde, unsere Aufgaben sind nicht, uns krankzulachen, dafür existiert kein Heilmittel, sondern zu ermitteln, und das auch hier im Krankenhaus.

Überprüft die eingelieferten Verletzten des nächtlichen Verkehrsunfalles, eventuell auch die Toten, ob sich David darunter befindet.« In ein paar Stichworten erzählte Peter von dem Vorfall mit David, wie es zu seinem Sturz auf die Schreibtischkante kam und weswegen ihn Sanitäter an der Unglücksstelle aufgriffen.

»Spätestens morgen vollziehe ich wieder meinen Dienst«, ließ Peter Eva und Detlev wissen. »Mein Schädel ist hart wie Stahl, den beeindruckt so ein kleiner Schlag nicht im geringsten. Also los, oder soll ich selbst nachfragen?«

Der erste Anlaufpunkt war bereits von Erfolg gekrönt. Im Schwesternzimmer der Station bekamen sie Auskunft, dass drei Schwerstverletzte des Verkehrsunfalles sich hier befinden, zwei Frauen und ein Mann. Auf Nachfrage von Oberkommissarin Eva Melzer, weshalb die Verletzten nicht in die Intensivstation verlegt wurden, wenn sie sich in Lebensgefahr befinden, erhielt sie die Auskunft, dass auf dieser Station eine eigene Intensivmedizinische Abteilung untergebracht ist. »Die Personalien des männlichen Verkehrsopfers stehen noch aus, Papiere und sonstige Hinweise auf die Person waren nicht im Fahrzeug. Die Polizei forscht nach, da das Fahrzeug bei einem Autoverleih angemietet wurde.« Ein plötzlicher Aufschrei der Schwester, die mit befehlender Stimme einen Patienten zurechtwies.

»Herr Dallmair, gehen Sie sofort auf Ihr Zimmer, es ist absolute Bettruhe angeordnet. Ihretwegen will ich mich nicht vom Stationsarzt anschnauzen lassen.«

Furchtlos näherte sich Dallmair Schritt für Schritt, sich am Handlauf an der Wand stützend, Eva und Detlev. Einer weiteren Schimpfkanonade der Schwester entgegnete er mit seiner bekannten Ausdrucksweise.

»Frau Hauptfeldwebel, verschwinden Sie in Ihren Befehlsbunker, oder kümmern Sie sich um die Patienten, die vor Ihnen ehrfurchtsvoll stramm stehen.«

Ohne auf das nachfolgende Gezeter der Schwester zu achten, erwartete er von Eva und Detlev die Information, wo Kleber sich befindet. Die unzufriedene Berichterstattung versetzte Dallmair derart in Rage, dass er sich geschwächt auf einen Stuhl niederließ und nach Worten rang.

»Ihr seid doch keine Anfänger, denen man schriftliche Anweisungen für die weiteren Ermittlungen aushändigen muss. Sucht diesen Verletzten, egal wo er sich befindet. Ihr müsst doch nur überprüfen, ob es sich um Kleber handelt.«

Wortlos und verstimmt schlichen Eva und Detlev davon und machten sich auf die Suche zur Intensivstation. Auf ein Klingeln öffnete ein Pfleger, verweigerte jedoch den Zutritt, da kein Besuch bei den Schwerstverletzten gestattet ist. Es war eine hartnäckige Überzeugungsarbeit nötig, bis sie eingelassen wurden. In Begleitung des Pflegers wurden sie zu dem Patienten geführt, der mit unzähligen Schläuchen an medizinischen Geräten angekoppelt war. Sein eingegipstes Bein hing an einer Haltevorrichtung, beide Arme geschient mit einem Gipsverband umgeben, sein Schädel in Mull verpackt, das Gesicht gezeichnet von kleinen Verletzungen, verursacht durch Glassplitter, jedoch erkannten sie Kleber. Der anwesende Arzt ließ keinen Zweifel, dass der Patient weiterhin in Lebensgefahr schwebte, weitere Aussagen könnten in drei Tagen geäußert werden. Dallmair hatte seinen Platz immer noch nicht verlassen, als Eva und Detlev von der Intensivstation zurückkehrten. Nach vorne gebeugt, den Kopf mit den Händen stützend, saß er kraftlos in Warteposition. Ohne ihn zu fragen, führten sie ihn in sein Krankenzimmer, halfen ihm ins Bett, und nachdem seine Neugierde aufs Neue erwacht war, berichteten sie von Kleber. Dallmairs Kommentar sowie seine nächsten Anordnungen ließen nicht lange auf sich warten.

»Möge er da oben ihm beistehen.« Ohne Pause wechselte er das Thema, setzte sich auf und ließ seinen Befehlen freien Lauf. »1. Einer von euch fährt zur KFZ-Kriminaltechnik und lässt sich die Unfallverursachung erläutern, ich kann mir beim besten Willen nicht vorstellen, dass David trotz seines unüberlegten gestrigen Verhaltens wie ein Blinder in die Kreuzung rast. Außerdem besorgt die Unterlagen des Unfallhergangs mit sämtlichen Zeugen von unseren Kollegen vom Polizeirevier. 2. Polizeischutz für David während seines Klinikaufenthalts. 3. Befragung von Herrn und Frau Hornstecher, Eltern von Christina, wohnhaft in Weyarn, Ignaz-Günther-Straße. Bohrt und löchert sie, wir brauchen Hinweise,

Hinweise, Hinweise, und bestellt Frau Kleber ins Kommissariat, aber ohne ihren Mann. Dieser wird zwar Protest einlegen, denn nach meinem Dafürhalten wird sie von ihm sehr stark bevormundet. Marsch, Marsch!«

Kaum verließen die beiden Dallmair, öffnete sich die Tür und eine freundliche Frauenstimme wünschte: »Mahlzeit!«

»Lieber Herr Dallmair. Oder darf ich Sie Scheich Hamad Bin Chalifa nennen? Hoheit, das Mittagsmahl wird serviert, die königliche Küche zelebriert heute fürstliche Regensburger mit Rahmwirsing. Salem aleikum und guten Appetit.«

»Liebe Schwester Franzi, wäre ich dieser Scheich, würde ich bestimmt nicht hier in diesem Kreiskrankenhaus mein edles Herrscherhaupt behandeln lassen, aber wenn es Ihnen Freude bereitet, so bin ich, aber nur für Sie, Scheich Hamad Bin Chalifa. Sie dürfen Bin zu mir sagen, wenn Sie mir einen majestätischen Wunsch erfüllen, aber das muss unser Geheimnis bleiben. Ich benötige von Ihnen, liebe Franzi, Nachricht, wenn der Patient in der Intensivstation ansprechbar ist. David Kleber ist sein Name und mein Freund.«

»Königliche Hoheit, Ihre Untertanin unterrichtet Sie, wenn Ihr Freund das Neonlicht wieder erblickt.«

10

Aufgrund seines größeren technischen Sachverstandes übernahm Oberkommissar von Hautzenberg die Befragung bei der KFZ-Kriminaltechnik. Seine Fahrt führte ihn zu der Ortschaft Irschenberg, dort befindet sich ein alteingesessenes namhaftes KFZ-Abschleppunternehmen mit überdimensionalen Reparaturhallen. Eine dieser Hallen, von der KFZ-Kriminaltechnik des Polizeipräsidiums Rosenheim angemietet, war gefüllt mit Unfallfahrzeugen, deren Schätzwert sich mit der Kategorie Schrott gleichstellen ließ. Ein Mitarbeiter begleitete von Hautzenberg ins Freigelände zu zwei mit Planen abgedeckten Fahrzeugen. Auf Nachfrage, weswegen diese Autos im Freien gelagert werden, zeigte der Mann mit einer lässigen Handbewegung zur Halle und entgegnete:

»Des is des Ergebnis von gestan, fuchzehne hots do dabröselt, weils oiwei so nah aufananda fahn. Des kimmd ma scho so voa, ois wenns auf de Nummanschuidln den Zulassungsstempe mit da Heakunft lesn mächtn. Do hots scho wäiche gem, de ham se scho zwoamoi do drüm auf da A 8 darennt und imma sans de vom Nordn, weils eana so pressiat, dass ja schnei schnei in de Ferien oda sonst wohi komma.«

»Sehr interessant«, folgerte von Hautzenberg und schnitt dem Mitarbeiter das Wort ab. »Wurden die beiden Fahrzeuge schon von den Technikern in Augenschein genommen?«

»Ja eam schau o, des gäht bei uns oiwei no da Reih noch, wea zuerst kummt, kummt eha dro, ois dea heanoch kummt. Do gibt's bei uns koa Ausnahm. Wenns de Autoleichn oschaun woin, nacha deck is ob, zuadecka miassns Sie nacha wieda. Hams mi vastandn?«

Dass aus diesen Wracks Insassen noch lebendig aussteigen oder geborgen werden, empfand von Hautzenberg als mehr denn ein Wunder. Er musterte beide Unfallwagen, den, der am Ampelmasten landete, erkannte von Hautzenberg als Passat Kombi älteren Jahrganges. Der von Kleber gesteuerte Audi Q 7 bekam die Wucht des Aufpralls an der linken

Fahrzeugseite zu spüren. Die Masse des Passats drückte die Fahrertür beinahe bis zur Mittelkonsole in den Fahrzeugraum. Das Lenkrad lag auf dem zerstörten Fahrersitz, oder was davon noch übrigblieb. Airbags hingen wie zerrissene Vorhänge im Innenraum. Herr Kleber wurde durch die Kollision auf den Beifahrersitz gestoßen, was die großen Blutmengen bezeugen. Oberkommissar von Hautzenberg griff zu seiner Kamera und fotografierte den Unfallwagen von jeder Seite, versäumte nicht, auch kleinere Beschädigungen festzuhalten. An der Rückseite des Fahrzeugs ankommend, stutzte er plötzlich und sah irritiert auf die Eindruckspuren an der Hecktüre. Er konnte sich kaum vorstellen, dass ein Leihwagen mit dieser Beschädigung vom Vermieter an einen Kunden übergeben wurde. Nach seinem Dafürhalten kam hier nur ein Fahrzeug in Frage, das ein höheres Fahrgestell aufwies als dieser Q7, dessen Ladekantenhöhe 84 cm misst. Sollte von Hautzenbergs Verdacht zutreffen, so schob ein hinter Kleber befindliches Fahrzeug den Audi bei Rot in die Kreuzung. Er schwenkte seinen Kopf hin und her, überlegte und zweifelte an seiner Vermutung, denn auf die Zehntelsekunde den Audi punktgenau in Stellung zu schieben, um den Aufprall zu erzielen, lässt sich nur in einer Filmszene bewerkstelligen. Jedoch der Vorfall könnte sich auch anders abgespielt haben, schoss es von Hautzenberg in den Sinn. Kleber fuhr bei Grün in die Kreuzung, das den Unfall verursachende Fahrzeug bei Rot, schleuderte erst den Passat zur Seite, um in die Flanke des Audi Q7 zu prallen. »Eventuell existiert noch eine dritte und vierte Möglichkeit«, murmelte von Hautzenberg vor sich hin. »Diese Lösung sollen uns die Kriminaltechniker verraten, sie sind ja schließlich die Experten.« Er legte wieder die Plane über die beiden Fahrzeuge und begab sich auf den Weg zum Polizeirevier nach Miesbach.

Nahe am Kloster des ehemaligen Augustiner-Chorherrnstifts, mit der Pfarrkirche Peter und Paul, ein Barockjuwel mit Schnitzfiguren von Ignaz Günther und Stuckaturen und Fresken des Künstlers Johann Baptist Zimmermann, bewohnten die Eltern von Christina Kleber ein kleines, jedoch schmuckes und gemütliches Häuschen am Hochufer der Mangfall. Bevor Oberkommissarin Melzer die schmiedeeiserne Hausglocke zog, genoss sie den herrlichen Ausblick in das idyllische Mangfalltal, das im Osten von der 68 Meter hohen Brücke der Bundesautobahn 8 überspannt wird. Kaum hatte Eva Melzer die Glocke zum Tönen gebracht, öffnete ein gutaussehender Herr in Lederbundhose und Strickweste.

»Grüß Gott, Herr Hornstecher, Oberkommissarin Melzer von der Kripo Miesbach, möchte mich gerne mit Ihnen über Ihre Tochter Christina unterhalten.« Abrupt fiel Hornstecher Eva Melzer ins Wort.

»Über Christina gibt's übahaupt nix zum Redn und mit da Polizei scho gar nicht. Des war a so a bravs Madl, des hot neamands wos getan. Pfiat eana God.«

Mit einem Schwung warf Hornstecher die Tür ins Schloss, dass Eva Melzer keine Silbe mehr hervorbrachte. Verdutzt stand sie noch eine Weile davor, setzte sich anschließend auf die Bank vorm Haus und wartete darauf, ob es sich Hornstecher vielleicht doch noch anders überlegte. Sie musterte das ehrwürdige Klostergemäuer, schwenkte ihren Blick zu dem davor stehenden Rathaus, als die Haustür erneut geöffnet wurde und eine dickliche Frau mit verweinten Augen ihr zuflüsterte:

»Kummans doch herein, des dürfns meim Mo nicht übelnehmen, dea reagiert seit dem Tod unsara Tochta jedem gegenüba so unfreindlich. Eiso, trauns eana nur herein, dea beisst eana nicht.«

Frau Hornstecher führte Eva Melzer in die Wohnstube, bat ihr den Sessel neben der Ottomane an, fragte, was sie anbieten könne, Wasser, Kaffee oder Tee. Eva Melzer lehnte mit einer verneinenden Handbewegung ab. Ihr Mann saß auf der Bank am Kachelofen und starrte auf das Bild von Christina, das im Herrgottswinkel neben dem Kruzifix und einer geschnitzten Madonna hing. Eva Melzer hatte wegen der bedrückenden Stimmung Mühe, sich mitzuteilen, mit belanglosen Bemerkungen ermöglichte es ihr, ins Gespräch zu kommen.

»Ich bin überrascht, dass Weyarn sein dorfähnliches Aussehen so lange aufrecht- erhalten konnte, so nahe an der Autobahn und doch so eine ruhige Oase.«

»Des ändert sich nun abrupt«, entgegnete ihr Frau Hornstecher. »Ein Neubaugebiet nach dem anderen wird ausgewiesn, in zwoa Joahr schaugst hier genauso aus wia übearoi. Aba Sie san sicha nicht wegen da schöna Gemeinde kumma. Wos hams denn zum frong, wos möchtens üba unsere Christina wissn?«

»Danke, Frau Hornstecher, dass Sie es mir leichter machen, meine Fragen loszuwerden«, erwiderte befreit Eva Melzer. »Ich würde mir wünschen, dass Sie, ohne dass ich Ihnen lästige Fragen stelle, Ihre Eindrücke der vergangenen Wochen erzählen. Über die radioaktive Verstrahlung Ihrer Tochter sind wir bereits informiert.«

Mit einem Ruck erhob sich Herr Hornstecher und verließ wortlos die Wohnstube.

»Ich weiß auch net, wos mit meinem Mo los ist. Freilich is des a furchtbara Schlog für ihn, aba der war ja scho vorher so komisch, wo unsa Tochta no glebt hot. Mia können mitanand gonimma so richtig redn, so wia mias früha gwohnt warn. Er sogt nichts, hockt nur rum, des macht mich ganz narrisch. Grod jetzt, wo ich auch a bissal a Mitgefühl brauch. Ja, des mit der radioaktivn Vastrahlung hat uns so richtig dabröslt. Wia des passiern konnt, keina konnt uns a Auskunft gem. I hab imma gsagt, des haben sie ihr bei da Computa-Tomographie zugeführt, aba des hat mia keiner glaubt. Am wenigsten da David, dea hat des nia für möglich gehalten, dass in da Klinik so wos passiern konn. Eigentlich ham mir zu Christina und David in letzter Zeit fast koan Kontakt mehr ghabt. Oganga is zu Weihnachtn vor oam Jahr, do gab›s einen Riesenknatsch mit de Schwiegealeit von Christina. Mei Mo und ich hams beim Hausbau finanziell nur a bissal unterstützn könna, jedoch der Vata von David, der schwimmt so in Geid, für den wär es a Leichtigkeit gwesn, dann wär›s auch net zu so einem Fiasko kumma. Des haben wir eam a vorgehalten, darauf hat er gsogt: ›Wer sich so einen Luxustempel hinstellt, der muss sich vorher über das Finanzelle im Klaren sein.‹ Da hat er eigentlich scho recht ghabt, so an Protzbau und der ganze zusätzliche Schnickschnack konn so a junge Familie doch nicht bezahlen, geschweige Schulden der Sparkasse tilgen. Die sind ja de Hauptschuldigen, dass so weit kommen is, wie kann man nur 550.000 gewähren, wenn da David monatlich vierahoibtausend vadient und des brutto. Seine Musikschule laft ja auch net so, wie‹s sein sollte. Und dann hams noch so an teuren Fuhrpark, na ich hab des nie vastandn, wia ma so unüberlegt sei Geld, des wo man gar nicht hat, verschleudert. Aber wo ich ihn bewundere, des ist, wie ea mit seim Instrument umgehn kann. Da sind mia de Tränen komma, wie wir ihn einmal in der Philharmonie in Münchn ghört ham. So sche, aba scho so sche hat er gspielt. Und der Beifall, den er bekam, de Leit ham go nimma aufghört zum Klatschn. Frau Oberkommissarin, Sie werden sich jetzt denga, vo meina Tochta erzähle ich Ihnen so wenig, aber des verstehn Sie sicha, dass i des noch net zammbring, da fang i imma zum Woana an und dann bring ich koa Wort mehr raus.«

Eva Melzer war erstaunt darüber, wie ruhig und inhaltsreich Frau Hornstecher von ihrer Familie erzählte, zwar mit feuchten Augen, jedoch sehr aufschlussreich und informativ. Eines aber brachte sie zum Nachdenken, die Enkelkinder erwähnte sie mit keinem Wort. »Das muss sicher eine Ursache haben«, vermutete Eva Melzer und tastete sich behutsam an dieses Thema heran.

»Sie besitzen ein so uriges und schönes Haus, mit großem und prächtigem Garten. Auch Ihre Wohnung strahlt so viel Gemütlichkeit aus, was ich jedoch vermisse, sind Spielsachen von Ihren Enkelkindern, weder im Garten noch in Ihrer Wohnstube.«

Mit dieser Aussage traf Eva Melzer den Nerv von Frau Hornstecher, sie drehte sich zur Seite, griff sich ein Taschentuch, wischte sich über ihre Augen, schluckte einige Male und bemühte sich ohne Schluchzen darauf einzugehen.

»Ja, wos glaum denn Sie, Frau Melzer, wie uns des unglücklich gmacht hat, als der David im Somma ogruafa hat und uns gsogt hat, die drei Kinda wern in Zukunft von seine Eltern betreut und abgholt. Er hot keine Zeit mehr sie jedes Mal nach Weyarn zu fahrn. Sie miassn wissen, dass mei Mann sein Führaschein abgeben musste, da seine Aung sich so verschlechtert ham, dass er nimma Auto fahrn deaf, und ich hob koan Schein. Seitdem ham wir unsare drei Enklkinda nimma gsehn und bsucht hams uns auch nicht mehr.«

Ein herzzerreißender Weinanfall beraubte Frau Hornstecher jäh ihrer

Stimme, schluchzend versuchte sie weiterzusprechen, aber sie brachte nur bruchstückhafte Wörter hervor. Mitfühlend setzte sich Eva Melzer zu Frau Hornstecher, legte ihren Arm um sie und zog sie an sich.

»Jetzt is aba Schluss, schleichas eana!«, rief plötzlich Herr Hornstecher, der aufbrausend ins Zimmer stürmte und sich nochmals wiederholte.

»Wenns jetzt nicht sofort unsa Haus verlassn, dann werf ich Sie eigenhändig naus.« Er versuchte Eva Melzer von seiner Frau wegzureißen, indem er sie am Arm packte, stieß jedoch bei der Oberkommissarin auf Widerstand. Blitzschnell packte sie ihn an der Hand, drehte seinen Arm auf den Rücken und zog ihn nach oben. Die Folge: ein Schmerzensschrei und garstige Flüche aus dem Munde von Hornstecher. Ohne den Griff zu lockern, schrie sie ihm ihre Meinung ins Gesicht.

»Was denken Sie sich eigentlich, dass nur Sie Trauer über den Tod Ihrer Tochter empfinden, kümmern Sie sich gefälligst um Ihre Frau und sprechen Sie endlich aus, weswegen Sie sich in den letzten Wochen so grantig und schweigsam benahmen. Reden Sie mit Ihrer Frau oder mit mir über das, was Sie so sehr belastet, nur wenn Sie sich öffnen, kann Ihnen geholfen werden.«

Langsam löste Eva Melzer den Polizeigriff, drückte Hornstecher auf das Kanapee, versicherte, dass er sich wieder beruhigte, und forderte ihn nochmals auf:

»Wenn Sie ein bedrückendes Geheimnis oder eine schwere Last mit sich herumschleppen, wäre es jetzt an der Zeit, sich davon zu befreien. Sollte es Ihnen leichter fallen, mit Ihrer Frau alleine darüber zu sprechen, dann geh ich inzwischen vor die Tür. Aber verraten Sie endlich den Grund.«

Unbewegt verweilte Hornstecher schweigend neben seiner Frau, tastete sich dann zögernd mit seiner Hand an die seiner Frau, streichelte zärtlich darüber und drückte sie sanft, was ein kurzes Lächeln bei Frau Hornstecher erzeugte. Sie blickte zu ihm, nickte bedächtig und fügte hinzu:

»Es wäre schade, wenn wir zwoa deinen Kumma nicht gemeinsam bespracha könntn. I möcht doch nur, dass es dia in deim Innern wieda bessa geht, dann gangats mir a wieda bessa. Mia braucha uns doch jetzt erst recht, wenn unsa Christina nimma do is.«

Ein kräftiges Durchschnaufen, ein kurzer Blick zu Eva Melzer, dann sah er seiner Frau in die Augen, es brach aus Hornstecher heraus.

»Doris, als du im Dezemba für drei Dog weng deim Leistnbruch in die Klinik host miassn, bin ich mit da Bahn zu Alfred gfahn, um eam zu bittn, dass ea doch da Christina und an David bei ihre Schulden bei da Sparkassn ein bissal unta de Arm greift. Mehr hob i gar nicht gsogt, schon hot ea losbrüllt und mich ois Bettler für Christina und sein Sohn angschnauzt. Warum i net unsa Haus verkauf und des Geid dene zwoa gib, hot ea gfrogt. I bin trotzdem noch ziemlich ruhig blim und hob gsagt, des würde ihm doch wesentlich leichta fallen ois uns, mia ham doch keine Ersparnisse und mit unsara kloana Rentn können wir nix, aber auch gar nix beisteuern. Drauf hot da Alfred mich ois Hungaleida und Habenichts bezeichnet und angeschrien, ea war scho von Anfang an dagegen, dass da David unsa Tochta heirat. Do is mir nacha da Kragen platzt und hob eam a Watschn gem und bin ganga. Sei Frau, de Traudl, war im andan Zimma gsessn und hot de ganze Zeit gwoant.«

Liebevoll strich Frau Hornstecher ihrem Mann über sein spärliches Haar, umarmte ihn, drückte ihm einen zärtlichen Kuss auf die Wange und hauchte ihm ins Ohr:

»Ich liebe dich, mein Schatz, für mich bist du a Held. Da Alfred hät scho früha a Watschn vadient. Jetzt vasteh i di auch, wenn ma so beleidigt und herabgesetzt wird, kummt man sich so minderwertig vor, dass man de Freud am Leben valiert.«

Eva Melzer verabschiedete sich gerührt von dem Ehepaar, das sich durch ihre Initiative wieder näher gekommen war. Beim Verlassen des Hauses vernahm sie vom Hausherrn nachgerufen:

»Danke, Frau Melzer, und nichts für ungut!«

Auf dem Miesbacher Polizeirevier ließ sich Oberkommissar von Hautzenberg den Unfallbericht aushändigen, fragte noch einige Einzelheiten von den am Unfalltag anwesenden Beamten ab, stieg die Treppen zum Kommissariat hoch und vertiefte sich in die Akten. Priorität hatten vorab die Zeugenaussagen. Ernüchtert stellte er fest, dass nur zwei Zeugen den Unfall hautnah beobachtet hatten. Ein Augenzeuge berichtete von drei beteiligten Fahrzeugen, außer den Unfallwagen bemerkte dieser einen grünen Unimog mit Kofferaufbau, der sich nach dem Zusammenprall in Richtung Miesbach Mitte mit hohem Tempo entfernte. Zeuge zwei, von einer anderen Blickrichtung ausgehend, bekundete, dass der Passat durch einen plötzlichen Stoß mit vorausgehendem Knall in die Kreuzung katapultiert wurde und an den Ampelmasten knallte. Er vernahm noch das Geräusch eines weiteren Aufpralls, konnte aber wegen einer Sichtbehinderung durch einen geparkten LKW keine Angaben abgeben. Jedoch beide Augenzeugen gaben übereinstimmend an, der Audi Q7 fuhr bei Grün in die Kreuzung ein. Um eine Überprüfung der verschiedenen Standorte der Zeugen vorzunehmen, verließ Oberkommissar von Hautzenberg das Kommissariat, eilte zu der naheliegenden Kreuzung, nahm die beschriebenen Positionen der Augenzeugen ein und kam zu dem Urteil. Zu der Aussage von Zeuge eins gab es keinen Widerspruch. Den Ausführungen des zweiten Beobachters konnte nur der fehlende geparkte Lastkraftwagen entgegengehalten werden, was aber von Hautzenberg mit seinem Vorstellungsvermögen, die Sichtbehinderung fiktiv zu erzeugen, zu dem Schluss kommen ließ, auch der zweite Zeuge berichtete wahrheitsgetreu. Mit einem Rundblick begutachtete er die Bebauung und Nutzung der umliegenden Gebäude an der Verkehrskreuzung, die zum Großteil mit Einzelhandelsverkaufsflächen und Büros belegt war. Einige bewohnte Stockwerke, hauptsächlich Dachgeschosswohnungen, ließen jedoch die Annahme zu, dass deren Mieter oder Eigentümer ebenfalls das Geschehen registriert hatten. Also Befragung der Anwohner, verfügte von Hautzenberg.

Ungeduldig wartete indessen Hauptkommissar Dallmair auf die Nachricht von Schwester Franzi, David wäre wieder ansprechbar. Der Stationsarzt verlängerte seinen Aufenthalt um weitere zwei Tage, was sich auf seine Stimmung äußerst negativ auswirkte. Das in seinen Augen nutzlose Herumliegen und Faulenzen steigerte seine Aggressivität gegenüber dem Klinikpersonal, das sich seine Frechheiten nicht mehr gefallen ließ und den Oberarzt Dr. Arnold zu Hilfe holte. Furchtlos betrat dieser das Krankenzimmer von Dallmair, fackelte nicht lange und legte sogleich wortgewaltig los:

»Wenn Sie unsere Schwestern weiter so piesacken und sich nicht als Klinikgast einfügen können, muss ich Sie auf Ihren Geisteszustand untersuchen. Was das für Sie bedeutet, dürfte Ihnen ja als Polizeihauptkommissar nicht neu sein. Ich veranlasse sofort einen Nachweis Ihrer psychischen Verfassung durch unseren Psychiater, zu Ihrem und zu unserem Schutz.«

Eine Gegenwehr Dallmairs blockte Dr. Arnold durch weitere Maßnahmen ab.

»Die Gefahr einer Hirnverletzung, ausgelöst durch Ihren Sturz, könnte bei Ihnen eine Persönlichkeitsveränderung verursacht haben. Für diese Patienten steht einer Einweisung in die Nervenklinik nichts mehr im Wege. Als letzte Chance erhalten Sie einen Tag, an dem wir Sie sehr genau beobachten und dann unser Urteil abgeben.«

»Bin ich wirklich schon ein Fall für die Irrenanstalt?«, grübelte Dallmair und hielt sich mit Äußerungen zurück, die ein weiteres miserables Charakterbild seiner Person ergeben könnten.

Nicht Schwester Franzi, sondern Eva überbrachte Dallmair die Kunde der Besserung von David Kleber. Sie erhielt sie von dem vor der Intensivstation postierten Polizisten, erkundigte sich daraufhin beim Stationsarzt, der eine Verlegung Klebers in die Wachabteilung sowie Befragung in zwei Tagen für wahrscheinlich hielt. Weiterhin berichtete Eva vom Gespräch mit den Hornstechers, was Dallmair zu einer Bemerkung veranlasste.

»Dieser Alfred Kleber ist ein besonders harter Hund, wenn man dem seine Gedanken erraten könnte, würden wir ein klareres Bild von ihm haben. Ich kann ihn einfach nicht einordnen. Ist er unverdächtig oder spielt er mit uns Schwarzer Peter oder Katz und Maus?«

»Ich hatte ja nicht viel Umgang mit ihm«, warf Eva ein. »Aber in meinen Augen benimmt er sich wie ein Großmaul, das zum Exzentrischen neigt. So ein ähnlicher Typ begegnete uns doch schon einmal im vorletzten Fall, mit dem verschätzten wir uns ebenfalls und zu guter Letzt überführten wir ihn doch.«

Das Musizieren ihres Mobiltelefons hinderte Eva Melzer, sich weiter auszulassen. Gerichtsmediziner Prof. Wolke drängte darauf, seine Untersuchungsergebnisse an den Mann oder die Frau zu bringen.

»Frau Oberkommissarin, sollten Sie in den nächsten 30 Minuten in der Pathologie erscheinen, erhalten Sie von mir die Erläuterung und den Hergang des Todes von Ludwig Löw. Sollten Sie die Zeit nicht einhalten, so müssen Sie sich zwei Tage gedulden.«

»Dieser Leichen-Massakrierer«, raunte Eva, als sie das Telefonat beendete. »Der Professor denkt wohl, er ist der Kaiser vom pathologischen Totenreich und wir seine befehlsausführenden Seelen. Drei Tage ließ er uns warten und jetzt pressiert es ihm plötzlich.«

»Ach, tut das gut, endlich wieder einen normalen Menschen zu erleben und sich nicht dieser chaotischen Weißkitteltruppe unterwerfen zu müssen«, entgegnete Dallmair befreit. »Stell dir vor, die möchten mich wirklich auf meinen Geisteszustand untersuchen. Mich, der ich der Einzige hier in diesem Irrenhaus bin, bei dem sich noch sämtliche Tassen im Schrank befinden. Oder was denkst du?«

Die verwegene Selbsteinschätzung Dallmairs verursachte bei Eva einen jähen Lachanfall, der Versuch, Peter darauf zu antworten, verschlimmerte ihren Ausbruch noch mehr. Sie lief zum Fenster, riss es auf und schnappte nach Luft, konnte sich aber trotzdem nicht beruhigen, da Peter ebenfalls losbrüllte und sich nicht mehr einrenken konnte. Als dann noch Oberschwester Helga ins Zimmer stürmte und schrie:

»Ruhe, Sie befinden sich hier nicht in einer Klapsmühle, wo Sie eigentlich hingehören!«, gab es für die zwei kein Halten mehr, sie bogen und verrenkten sich, stöhnten und schrien, dass man hätte glauben können, die letzten Sekunden vor dem Totlachen wären angebrochen. Kopfschüttelnd und schimpfend verließ Oberschwester Helga das Zimmer, drehte sich noch einmal um und murmelte: »Wegsperren, wegsperren.«

»Oh, war das herrlich«, japste Dallmair. »Jetzt steht mein Gehirn wieder voll den Ermittlungen zur Verfügung.« Er kroch aus dem Bett, ohne auf Eva zu achten, legte das Flügelhemd ab, zog seine Kleider an und spazierte mit Eva in Richtung Intensivstation.

»Ich wurde darauf hingewiesen, niemand mit Herrn Kleber sprechen zu lassen«, widersetzte sich die Schwester, sie beabsichtigte die Tür zu schließen, als Dallmair den Fuß dagegenspreizte und sie um Einlass aufforderte.

»Hier geht es schließlich um drei Mordfälle. Möchten Sie die Verantwortung für den vierten übernehmen? Wir haben nur zwei Fragen und schon sind wir wieder fort.«

Immer noch die Aussage ihres Stationsarztes im Kopf, öffnete sie zögernd die Tür, um aber noch eine Anweisung loszuwerden.

»Nur zwei Fragen und nicht länger als fünf Minuten, in zehn Minuten erscheint der Stationsarzt von der Pause.«

Der erbärmliche Anblick des fast vollkommen eingemummten Kleber veranlasste Dallmair, sehr behutsam vorzugehen. Er strich ihm mit der Hand über die einzig unverbundene Stelle am Oberarm und flüsterte David leise zu: »Ich bin es, Peter.« Er wiederholte es etwas forscher und wartete auf eine Reaktion. Die Augen verschlossen, bewegte David die Lippen, hauchte fast unhörbar »Servus« hervor. Als der Kontakt funktionierte, erklärte Dallmair David sein Kommen.

»Du hattest gestern Abend, nachdem du von mir weggerannt warst, einen Autounfall. Beantworte meine Fragen nur mit Ja oder Nein. Ist dir irgendetwas aufgefallen, als du aus dem Kommissariat gekommen bist?«

»Nein.«

»Gut, du bist bei Grün in die Kreuzung eingefahren, kannst du dich daran erinnern?«

David bewegte kurz die Augenlider, schloss sie wieder, bewegte seine Gesichtsmuskeln, als würde er die Frage mit mehr als einem Ja oder Nein beantworten wollen, und äußerte sich sehr bedächtig.

»Ampel grün, Fahrzeug von links, noch ein Fahrzeug von links, größer, auf mich zu. Kein LKW od… oder doch, so wie ein Sa… Sa… Safari Ge… Gel… Gelände…«

Hier versagte David die Stimme. Ein prüfender Blick zu den medizinischen Geräten ließ Dallmair aufatmen. Kreislauf, Herzschlag, Atmung zeigten normale Symptome.

Beim Verlassen wies Eva den Polizeiposten an, niemand, aber auch wirklich niemand den Eintritt in die Intensivstation zu gewähren, der nicht befugt ist und keine Berechtigung besitzt.

Im Dienstfahrzeug riss sich Dallmair den Turbanverband vom Schädel, ließ sich von Eva einen Mullverband auf die Wunde kleben und dirigierte sie zum Kommissariat.

»Es könnte noch reichen«, stammelte Eva, eilte die Treppen zum Kellergeschoss hinab, öffnete die Stahltür, und tatsächlich, Prof. Wunder hantierte noch mit seinen pathologischen Geräten in einer Leiche. Das Zuschlagen der Tür erzürnte den Professor dermaßen, dass er einige Schritte auf Eva Melzer zuging und wild mit den Instrumenten umherfuchtelnd seinen Ärger herausbrüllte.

»Ihr seid doch alle nicht mit Taktgefühl und Manieren ausgestattet, wie könnte es auch anders sein bei diesem Dallmair als Chef! Bei dieser meiner Arbeit ist es das 1. Gebot, volle Konzentration und Gewissenhaftigkeit, und da betreten Sie das Reich der Toten, verüben so einen Krach, dass es den Verstorbenen ihre Namensschilder von den Zehen reißt.«

»Nicht schon wieder«, dachte Eva Melzer, »ein Lachanfall am Tag ist genug.« Sie entschuldigte sich artig wie ein wohlerzogenes Mädchen und fragte unterwürfig:

»Darf ich noch auf Ihr Wohlwollen hoffen und um Erläuterung Ihrer Ausführungen bitten?«

»Na ja, bei Ihnen schlug die Erziehung nicht so fehl. Nun geben Sie acht, was ich Ihnen jetzt sagen werde, ich wiederhole mich nicht. Diesem Ludwig Löw wurde sein Haupt mit so starker Wucht auf die Kante der Glasplatte des Tisches geschlagen, dass die Schädeldecke brach und Knochenstücke ins Gehirn eindrangen. Auch bei ihm, wie bei Frau Kleber, war der Alkohol in Form von Wodka die Todesursache. Dieser wurde Herrn Löw nach dem Aufschlag zugeführt, die Flüssigkeit drang in die Lungen, was bedeutet, dass er am Wodka ertrank. Sonstige Gewalteinwirkungen waren nicht erkennbar.«

»Der Wodka«, überlegte sich Eva Melzer, »durch eine Analyse müsste man doch den Hersteller ausfindig machen.« Sie überwand sich, Professor Wunder darauf hinzuweisen, mehr als eine alberne Antwort konnte sie nicht erwarten.

»Ausgezeichnet, Frau Melzer, auch wenn es für mich als Pathologen selbstverständlich erscheint, diese Überprüfung in die Wege zu leiten, bin ich doch sehr erstaunt und voll des Lobes, dass Sie mir diesen Gedanken unterbreiten. Ja, es müsste gelingen, trotz menschlicher Spuren, zu dem Unternehmen vorzudringen, das dieses Getränk produziert. Diese Analyse ist jedoch sehr zeitaufwendig, da dieses alkoholische Getränk von vielen verschiedenen Spirituosenfabrikanten erzeugt wird. Dazu muss jedes dieser Produkte analysiert werden, da verstreichen mit Sicherheit vier Tage, bis dies realisiert wird. Die Computertomographie-Bilder der Leiche von Frau Kleber habe ich ausgewertet, die Einstiche am Rumpf rühren mit achtzigprozentiger Sicherheit von einem zwölf Zentimeter langen Messer mit feststellbarer Klinge, auch Einhandmesser genannt. Drei der sechzehn Einstiche trafen auf Rippenknochen. Der tödliche die Herzkammer. Die restlichen verletzten Magen, Darm und Leber.«

Professor Wunder griff zu einer Plastikhülle, reichte sie der Oberkommissarin, die sich darauf bei Wunder erkundigte:

»Ist das ein Teilstück der Mordwaffe und befand sich dieses noch im Körper von Frau Kleber?«

»Richtig, der letzte Stich traf auf das Brustbein, die Klinge brach, wobei der Täter sich eine Verletzung zuführte. Es ist uns gelungen, sein Blut von dem des Opfers gegeneinander abzugrenzen und seine Blutgruppe zu analysieren. Steht alles im Bericht, frühestens morgen Mittag haben Sie ihn in Ihrem PC.«

Wieder im Kommissariat, überbrachte Eva ihren Kollegen Professor Wunders Ausführungen, zeigte das abgebrochene Stück der Messerklinge, darauf die Zahl 3 und der Großbuchstabe T sowie drei darunter eingestanzte Kleinbuchstaben – ini –, wahrscheinlich das Ende des Namens des Herstellers. Dallmair bezweifelte, dass die Suche nach dem Spirituosen-Produzenten erfolgreich verlaufen würde.

»Sieht man sich in einem Getränkegroßmarkt das riesige Sortiment von Wodka-Anbietern an, die Billiganbieter noch nicht mit einbezogen, ebenfalls nicht die Millionen russischen Privatschwarzbrennereien, kann ich mir kaum vorstellen, einen Hinweis zu erhalten. Das Messer hingegen könnte uns weiterbringen und sollte die Blutgruppe und die DNA-Spur analysiert werden, lässt sich unser Fall schnellstens aufklären.«

Plötzlich schnellte Eva von ihrem Stuhl hoch und fragte Peter und Detlev erregt nach einer Beobachtung.

»Denkt mal darüber nach, wer von den Befragten trug einen Verband an seiner Hand? Derjenige könnte ihn auch mit einem Handschuh, Hemdärmel oder Pullover versteckt haben.«

Noch unsicher, ob er darüber sprechen sollte, offenbarte Detlev doch seine Beobachtung, als er die Schaulustigen an der Absperrung befragt hatte.

»Abseits von den Menschen bewegte sich ein Mann, bekleidet mit einem beigefarbenen Janker, darin verbarg er seine Hand. Er erinnerte mich an Napoleon, dieselbe Haltung und auch seine Statur ähnelte dem Franzosen-Kaiser. Ich bin mir nicht sicher, war es ein Verband oder ein Bekleidungsstück, das vorne am Ärmel weiß hervorschien? Um mir sein Gesicht einzuprägen, stand er zu weit entfernt. Er trug eine tief in die Stirn gezogene schwarze oder dunkelblaue Schirmmütze. Auf jeden Fall fahre ich nach Dietramszell, um mich nach ihm zu erkundigen.«

Dallmair und Eva konnten sich auch nach intensivem Nachdenken nicht entsinnen, einer solchen Person begegnet zu sein, deswegen entschied sich Dallmair, dass Detlev sofort nach Dietramszell aufbrach. Zu Eva hin gewandt, ahnte er bereits ihr weiteres Vorgehen.

»Du blickst mich an, als wenn du mir einen Auftrag erteilen möchtest«, mutmaßte Eva.

»Bin mir sehr sicher, dass dein Denken mit meinem übereinstimmt, und deswegen hindere ich dich nicht weiter, deinem Drang nachzugehen und den Herstellers des Messers ausfindig zu machen.«

»Peter, Peter, ich warne dich, vertiefe dich nicht auch noch in meine innersten Gedanken, die sind für dich tabu«, gab Eva forsch zurück.

»Hast du vergessen, dass ich ein männliches Geschöpf bin? Männer finden sich doch in der sonderbaren Gedankenwelt des weiblichen, komplizierten Denkens unmöglich zurecht.«

»Sonderbar«, wunderte sich Eva. »Wir benützen dieselben Wörter, jedoch deren Sinn legen Mann und Frau verschieden aus, was auch manchmal sehr reizvoll ist, und nun an die Arbeit.«

»Bei dieser störe ich dich nicht, fahre nämlich nach München zur Philharmonie und erkundige mich bei Davids Musikerkollegen, bin schon sehr neugierig, wie sie über ihn sprechen.«

11

Bereits in Gedanken bei Davids Kollegen, bestieg Dallmair seinen Dienstwagen und startete in Richtung München. Gleichzeitig setzte sich ein Fahrzeug in Bewegung, dessen Fahrer dieselbe Richtung einschlug. Mit größerem Abstand folgte er Hauptkommissar Dallmair, immer darauf achtend, nicht zu nahe aufzufahren. In der Ortschaft Weyarn entschied sich Dallmayr plötzlich in die Ignaz-Guenther-Straße abzubiegen, um sich beim Metzger an der Ecke zwei seiner geliebten Schnitzelsemmeln für die Fahrt zu besorgen. In diesem Augenblick bemerkte er hinter sich einen BMW, der sich auffällig zaghaft näherte und in großer Entfernung anhielt. Nachdem der Gegenverkehr es zugelassen hatte, bog Dallmair ab und parkte direkt vor dem Metzgerladen, blickte nochmals zu dem Fahrzeug, das sehr langsam Fahrt aufnahm und nach fünfzig Metern rechts anhielt. Dallmair betrat die Metzgerei, vergewisserte sich in Abständen über die Anwesenheit des PKWs und von dessen Fahrer, der regungslos im Auto verweilte. An der Theke bestellte er seinen Reiseproviant, ließ sich noch von dem gegrillten Wammerl verführen und verließ nun mit drei schmackhaften Brotzeitsemmeln das Geschäft. Noch ein Blick zu dem fraglichen Wagen, jedoch das Fahrzeug war verschwunden. Dallmair startete seinen Dienstwagen, und bevor er losfuhr, nahm er noch einen herzhaften Biss und brauste mit der Semmel im Mund davon. Bereits bei der nahegelegenen Auffahrt zur A8 zeugten nur noch Bröseln auf Hose und Fahrersitz von dem hastig Verschlungenen. An der Raststätte Holzkirchen vorbei erreichte er in wenigen Minuten die Ausfahrt Hofolding, verminderte sein Tempo wegen Geschwindigkeitsbegrenzung, als er plötzlich im Rückspiegel den Wagen aus Weyarn wahrnahm, der mit überhöhter Geschwindigkeit auf ihn zuraste. Im letzten Moment scherte dieser auf die Überholspur aus und raste an Dallmair vorbei. Der hatte sicher nicht geahnt, dass ich mich korrekt an die vorgegebene Geschwindigkeitsbegrenzung halte, war seine erste Überlegung. Pech für ihn, war sein zweiter Gedanke, ein BMW 7er, Farbe schwarz, Fahrzeugkennzeichen MB P 5231, die Person durch die verdunkelten Scheiben nicht erkennbar. Seine dritte Eingebung, das Blaulicht zu benutzen und ihn zu stoppen, ließ Dallmair fallen, dafür steht ihm auf Bundesautobahnen keine Berechtigung zu. Ein Polizeieinsatz erschien Dallmair zu aufwendig, da immerhin noch vier Ausfahrten bis Autobahnende zu kontrollieren wären. So entschied er, die Verfolgung selbst in die Hand zu nehmen, stieg ins Gaspedal und raste dem fast außer Sichtweite entfernten BMW hinterher. Bei telefonierenden Schlafmützen auf der Überholspur und stärkerem Verkehrsaufkommen riskierte er sein Blaulicht mit Sirene einzusetzen, was ihm stets ein spitzbübisches Grinsen und ein vor sich hingemurmeltes »Einmal ist keinmal, zweimal ist null Mal und dreimal ist noch weniger« entlockte. Nach dem Passieren der vorletzten Abfahrt verdichtete und verlangsamte sich der Verkehr. Obwohl eine dritte Fahrbahn zur Auswahl stand, verharrten die Fahrzeuglenker weiterhin auf ihrer Spur. Mit einem riskanten Schlenzer zog Dallmair seinen Dienstwagen nach rechts auf die unbefahrene, beschleunigte, ließ die letzte Ausfahrt hinter sich und wurde vom näher kommenden Autobahnende durch das Rotlicht der Ampel zum Halten gezwungen. Und siehe da, fünf Fahrzeuge vor ihm stand ein schwarzer BMW, schwer zu erkennen, ob es der gesuchte war. »Sonderbar«, sinnierte Dallmair, »wenn der jetzt noch denselben Weg einschlägt wie ich und ebenfalls zur Philharmonie am Gasteig fährt, bin ich Miss Marple und Miss Piggy in einer Person.« Etwa drei Kilometer bis zum Zielpunkt bewegte sich der Autoverkehr sehr schleppend, der Verfolgte stets fünf Fahrzeuge voraus. Am Rosenheimer Platz, etwa 500 Meter vor der Philharmonie, wurde Dallmair durch die Ampel gestoppt, ärgerlich schrie er das befreiende Wort so laut, dass Passanten mit kreisenden Handbewegungen vorm Gesicht ihm ihre Meinung kundtaten, »Selber blöd!«, rief er ihnen zu und wurde vom Hintermann auf das Grünlicht durch Hupen aufmerksam gemacht, was von ihm mit »Arschloch!« bedacht wurde. Und wie es im Leben halt so ist, der vor ihm fahrende Autolenker befasste sich lieber mit seinem Naseninhalt, als darauf zu achten, dass der Verkehr fließend abläuft. Das verhinderte ebenfalls die Ampelanlage, die zehn Meter vor der Einfahrt zur Tiefgarage den Verkehrsfluss abrupt zum Erliegen brachte, was Dallmair derart erboste, dass er die Verkehrsplaner als Saboteure der grünen Welle bezeichnete. Endlich in der Parkanlage angekommen, fuhr er suchend die Parkplätze nach dem BMW ab, steuerte ins untere Parkgeschoss, und tatsächlich, nahe dem Aufzug zu den verschiedenen Veranstaltungssälen stand dieser Wagen. »War es nun purer Zufall, dass der Fahrer dieselbe Wegstrecke fuhr oder verbirgt sich dahinter ein Anhaltspunkt, der in Verbindung zu unserem Fall steht?« Dallmairs Zweifel darüber, einen unüberlegten Zirkus auf der Autobahn aufgeführt zu haben, wischte er sofort durch seinen kriminalistischen Instinkt beiseite. Er blockierte mit seinem Dienstfahrzeug den BMW, befestigte ein Schild mit der Aufschrift »Kripo im Einsatz« an der Windschutzscheibe, fuhr mit dem Aufzug in die oberen Etagen, erkundigte sich beim Aufsichtspersonal, in welchem Saal das Impressionismus-Orchester übt, und war dabei, die Tür zum Carl-Orff- Saal zu öffnen.

»Hallo! Stopp!«, rief ein älterer Aufseher. »Sengs net, wos auf dem Schuidl steht? Heute Probe, net stöan, oda kenna Sie net lesn?«

Dallmair streckte dem Wichtigtuer seinen Ausweis entgegen und betrat, ohne auf Antwort zu warten, den Saal.

Noch seinen Ausweis in der Hand, steuerte Dallmair auf die Bühne zu, als der Dirigent seinen Taktstock hob, mit einem kurzen Kopfnicken den Musikern signalisierte: »Bereit zum Einsatz«, und mit leisem Anzählen »Eins, zwei« und gleichzeitig mit dem Taktstock das Orchester zum Einsatz aufforderte. Bereits das Anspielen der ersten Töne verriet Dallmair, was für ein wahnsinniges Erlebnis ihn erwartete. Er nahm in einem der blauen Polstersessel der ersten Reihe Platz und genoss als einziger Zuhörer sein absolutes Lieblingsmusikstück aus dem Spielfilm »Spiel mir das Lied vom Tod«. »Wahnsinn, Wahnsinn«, ging es ihm durch den Kopf, »da komme ich nichtsahnend hierher und habe das große Glück, diese Filmmelodie von Ennio Morricone live zu erleben.« Obwohl Dallmair fasziniert dem Orchester lauschte, musterte er jeden Musiker intensiv auf dessen Verhalten und Blickrichtung. Die Streicher spielten im Dauereinsatz, daher konnte er sich auf die übrigen Musiker konzentrieren, die in unregelmäßigen Abständen ihr Musikinstrument zum Einsatz brachten. Bei den Bläsern blickten zwar einige in seine Richtung, jedoch ihr gelassener Gesichtsausdruck ließ bei Dallmair keinen Verdacht aufkommen. Wiederum verfiel er ins Schwärmen über diese künstlerische Qualität dieses Orchesters. Was muss da für eine Arbeit dahinter sein, 42 Musiker zu solch einer fabelhaften Harmonie zu vereinigen. Plötzlich zuckte Dallmair zusammen. War das eine Unsicherheit oder Nervosität des Musikers, der soeben ein Solo auf seiner Oboe vortrug? Ruckartig bewegten sich die Köpfe der Kollegen in Richtung des Instrumentalisten, dessen Gesicht eine rote Färbung annahm. Eine Handbewegung des Dirigenten ließ das Orchester innehalten und forderte den Oboisten auf, erneut sein Solo, jedoch dieses Mal im Stehen, zu wiederholen. Auf ein Zeichen des Orchesterleiters führte der Musiker seine Oboe zum Mund und begann erneut mit seinem Solostück. Je mehr er sich der Stelle näherte, an der das Missgeschick geschah, desto schweißgebadeter offenbarte sich sein Gesicht. Vierundvierzig Augenpaare starrten gespannt auf den Vortragenden. Noch fünf Takte und wieder drang der Patzer an die empfindlichen Musikerohren. Sichtlich genervt, winkte ihn der Dirigent zu sich, ein kurzer Dialog zwischen den beiden und der Musiker verließ den Saal, worauf der Leiter missmutig die Probe für beendet erklärte. Jetzt hatte Dallmair seinen Einsatz, bat alle Anwesenden um Aufmerksamkeit und erklärte ihnen sein Dasein.

»Mein Name ist Hauptkommissar Dallmair vom Kommissariat Miesbach, der Grund meines Kommens ist der Tod von Frau Kleber und der Anschlag auf ihren Ehemann und euren Kollegen, Herrn David Kleber, der mit schwersten Verletzungen in der Klinik um sein Leben kämpft. Ich bitte Sie, meine Damen und Herren, wer Hinweise geben kann oder im Gespräch mit Herrn Kleber irgendwelche Andeutungen in Bezug auf Drohungen oder Erpressung in Erfahrung brachte, den bitte ich um eine Unterredung.«

Dallmairs Ansprache setzte augenblicklich eine lebhafte Diskussion unter den Musikern in Gange, aus der sich gegenwärtig noch keiner zu lösen vermochte. Stattdessen näherte sich der Leiter des Orchesters, setzte sich neben Dallmair und gab seine Stellung dazu ab.

»Sie haben soeben mitverfolgt, wo unsere musikalische Schwachstelle sich befindet. Für mich und für das gesamte Orchesterensemble bedeutet der Ausfall von Herrn Kleber eine nicht zu füllende Lücke. Unser zweiter Oboist Herr Krüger, dessen Solo Sie ja soeben miterlebten, hat zwar die Qualität, in unserem Orchester mitzuwirken, jedoch ist es mir ein Rätsel, dass er heute dieses verhältnismäßig unkomplizierte Solo verpatzte.«

»Also war es doch Nervosität«, überlegte Dallmair, »und dessen Ursache gehe ich auf den Grund.« Er versuchte weitere Fragen an den Dirigenten zu richten, als Herr Krüger erschien und nach dem Fahrer des Wagens fragte, der seinen zuparkte.

»Es befinden sich einige hundert freie Parkplätze in der Tiefgarage und so ein Vollidiot stellt mir sein Fahrzeug vor die Nase.« Zu Hauptkommissar Dallmair gewandt: »Sind Sie derjenige, und was wollten Sie damit bezwecken?«

»Ja, Herr Krüger, der Vollidiot bin ich. Es wäre für Sie jedoch besser, wenn wir dieses Thema nicht hier besprechen würden. Morgen früh auf dem Kommissariat Miesbach. Einverstanden?«

»Aha, ein Polizist, und was möchten Sie mir mitteilen, was Sie mir hier nicht sagen können?«

»Herr Krüger, ich sagte bereits, das Kommissariat ist für unser Gespräch besser geeignet. Wenn Sie mir noch Ihre Personalien übergeben, dann dürfen Sie nach Hause fahren.«

Dallmair bat eine Saalaufsicht, sein Dienstfahrzeug vorschriftsmäßig einzuparken, und setzte die Befragung des Dirigenten fort.

»Was mich interessieren würde, existieren unter den Musikern Rangeleien wegen der Positionen? Ich denke dabei zum Beispiel an die Violinisten und ihre Rangordnungen.«

»Herr Hauptkommissar, mir ist schon klar, worauf Sie hinauswollen. Das ist doch des Menschen Trieb, stets die bessere Plattform einzunehmen als sein Nebenmann. Ich sagte wohlweislich Mann, bei Frauen ist der Geltungsdrang weit weniger ausgeprägt. Mir liegt es fern, eine Verallgemeinerung auszusprechen, jedoch speziell bei großen Philharmonischen Orchestern so wie unserem ist dieser Machtkampf immer gegenwärtig. Was Sie wohl in Erfahrung bringen möchten, inwieweit dies bei Kleber und Krüger zutraf. Darauf kann ich nur antworten, der eine hat es seit Geburt, der andere kann sich abschinden bis zum Tod und wird nie diese Größe erreichen.«

Während der Unterhaltung schielte Dallmair stets zu den Musikern, die sich von den anderen absonderten, um ihre Eindrücke und Erinnerungen an Kleber vorzubringen. Besonders die junge Cellistin fiel ihm dabei ins Auge, wie sie nervös ihren Streichbogen hin und her schlenkerte und unruhig ein paar Schritte auf und ab ging. Vier von den 42 Musikern versammelten sich vor der Bühne. Nach Dallmairs Ansicht eine verschwindende Zahl bei diesem gewaltigen Orchester, da sie doch täglich miteinander auf Tuchfühlung musizierten. Zuerst bat Dallmair die drei männlichen Kollegen von David, ihre Meinung und ihr Wissen über Kleber mitzuteilen. Einhellig bekundeten sie Klebers angenehme Wesensart und sein außergewöhnliches Können, jedoch über private Angelegenheiten ließ sich niemand aus, da während der Pausen, vor und nach der Probe nur über Belangloses gesprochen wurde und jeder nach Beendigung sich schnellstens entfernte.

Unsicher und den Eindruck erweckend, es sich jeden Augenblick anders zu überlegen, ging sie zögerlich auf Dallmair zu. Ihre Hand verkrampft, das Violoncello am Griffbrett umklammernd, grüßte sie mit einem kurzen Lächeln. Fasziniert von der Schönheit und dem mädchenhaften und wohlgeformten Körper, verlor Dallmair für einen Moment die Kontrolle über sich. Er verspürte beim Anblick dieses verführerischen weiblichen Wesens diesen männlichen Drang, der sich nicht nur mit den Augen erfüllen lässt. Während er immer noch von diesem reizenden Geschöpf beindruckt war, setzte sie sich neben ihn, platzierte ihr Instrument wie beim Bespielen zwischen ihre Beine, was bei ihm einen weiteren Schauer auslöste.

Der musizierende Klingelton in seiner Jackett-Tasche erweckte Dallmair aus seinen sehnsuchtsvollen Gedanken. Aus Dietramszell informierte

Oberkommissar von Hautzenberg seinen Chef über die Befragung nach dem Mann, der abseits der Neugierigen stand und die Pose von Napoleon eingenommen hatte.

»Nachdem ich in der Bäckerei und Metzgerei sowie im Obstgeschäft keine Auskunft erlangt hatte, besuchte ich den Schreibwarenladen mit Lottoannahme. Der Betreiber wusste sofort, um wen es sich handelt. Die Beschreibung passt haargenau auf diese Person, die einmal pro Woche hier ihren Tippschein aufgibt. Am Mittwoch betrat er sein Geschäft und dabei bemerkte der Inhaber seine sonderbare Handhaltung. Er erkundigte sich über eventuelle Verletzungen, bekam zur Antwort, eine Verstauchung im Ellenbogengelenk sei die Ursache. Später wurde ihm bewusst, wenn es eine Verstauchung sein sollte, warum trägt er dann einen Verband um die Hand? Der Geschäftsmann fand sich dann damit ab, er könnte sich beim Sturz zusätzlich verletzt haben. Der Name ist ihm nicht bekannt, da der Mann ohne Kundenkarte am Spiel teilnimmt.«

Während des Gesprächs machte sich Dallmair Vorwürfe: »Warum ließ ich mir die Hände von Krüger nicht präsentieren?«, beruhigte sich jedoch wieder: »Wird morgen bei der Vernehmung nachgeholt.« Seine Unwissenheit beim Lottospiel zwang Dallmair zu einer Nachfrage.

»Wird denn auf dem Spielschein nicht der Name des Teilnehmers vermerkt?«

»Peter, diese Frage offenbart, dass du seit Jahren keinen Tippschein abgegeben hast. Dieser spielt bei der Lotterie ohne Personalien, was zum Problem wird, wenn der Besitzer diesen verliert, dann kann nämlich der Finder einen eventuellen Gewinn einfordern.«

Dallmair unterrichtete Detlev von seinem Erlebnis auf der Autobahn und vom Wiedersehen Krügers in der Philharmonie. Nach einer kurzen Pause widmete sich Dallmair nun der Musikerin, die bei ihm diese leidenschaftlichen Gefühle auslöste. Er vermied es, seine Platznachbarin, die ihr Cello weiterhin zwischen ihren Schenkeln einschloss, zu beäugen.

»Entschuldigung für die Unterbrechung, ich denke, Sie haben mir mehr zu erzählen als Ihre Vorgänger. Um Ihnen das lästige Befragen zu ersparen, stelle ich es Ihnen frei, alles zu berichten, was Sie veranlasste, mit mir zu sprechen. Zuvor verraten Sie mir Ihren Namen, so können wir uns persönlicher unterhalten.«

Nach einigem Räuspern stellte sie sich als Monika Hauser vor, legte eine Pause ein und begann zur Überraschung Dallmairs, ohne innezuhalten, zu sprechen.

»Herr Hauptkommissar, zuvor müssen Sie mir versprechen, meinem Mann von diesem Gespräch keine Silbe zu erzählen, sollte er davon erfahren, ich glaube, der würde mich umbringen. Er ist so ein Hitzkopf und rasend eifersüchtig, dass er durchdrehen würde, wenn er von meinem Geheimnis erfährt. Sie werden es sicherlich schon ahnen, was ich Ihnen jetzt verrate. Es begann vor drei Monaten. Ich wurde zu einem Vorspiel eingeladen und die Wahl unter zehn Cellisten fiel auf mich. Es war ein absolut überwältigendes Erlebnis, zum ersten Mal in diesem fantastischen Orchester mitzuwirken. Was mir jedoch neu war, die Atmosphäre unter den Kollegen war weder freundschaftlich noch human. Jeder war darauf bedacht, nur sich selbst zu präsentieren. Versuchte ich mich über interne Abläufe zu informieren, erhielt ich stets ausweichende oder keine Antwort. Dieses Problem bemerkte Herr Kleber, nahm sich als Einziger Zeit, mich in die Gewohnheiten dieses Orchesters einzuführen. Auch er zeigte sich sehr enttäuscht über seine Kollegen, entschuldigte sie jedoch, da jeder noch andere Aufgaben nebenher zu erfüllen hat. Die hatte Herr Kleber ebenso, und wie mir später bekannt wurde, noch wesentlich mehr mit seiner Musikschule und als Dozent an der Musikhochschule. Eines Tages sprach er über die schreckliche Erkrankung seiner Frau, er wirkte so deprimiert und hoffnungslos, da legte sich meine Hand ohne mein Zutun auf seine, streichelte teilnahmsvoll darüber, was ihn so berührte, dass er zu weinen begann und seinen Kopf an meine Schulter legte. Diese Geste erweckte in mir noch mehr Mitgefühl, ich strich ihm trostvoll über sein Haar und drückte ihn fest an mich. Hätte ich geahnt, was das bei David für einen Eindruck erweckte, wäre meine Resonanz zurückhaltender ausgefallen. Muss aber im Nachhinein gestehen, auch in mir wuchs ab diesem Zeitpunkt die Zuneigung zu ihm und ich ließ es zu, dass sie sich täglich vergrößerte.«

Dallmairs innerste Stimme meldete sich inbrünstig mit dem Hinweis »Ach, ich hätte es ebenfalls zugelassen«, er ließ jedoch sofort den Kommissar wieder zu Wort kommen.

»Für Sie und David entwickelte sich dieses Gefühl zu einem Verhältnis, das im Verborgenen praktiziert wurde. Kam Ihnen niemals der Verdacht, dass Ihr Mann davon erfuhr?«

»Ja, Sie sprechen das an, was mir so viel Angst einflößte, denn ich kam immer unregelmäßiger nach Hause. Kaum betrat ich unsere Wohnung, schon stürzte er auf mich zu und ließ seinen Grobheiten freien Lauf. Hure, Schlampe und weitere abscheuliche Beschimpfungen schrie er mir zu. Er gab mir niemals eine Chance, mich zu rechtfertigen, natürlich wären es nur Lügen gewesen, die ich ihm aufgetischt hätte, aber nicht einmal das wollte er hören. Also ich kann mir nicht vorstellen, dass er von unserem Verhältnis erfahren hatte, dazu hätte er seine Arbeit unterbrechen müssen und das ist fast ausgeschlossen. Er ist als Baggerführer bei der Alpenkies AG beschäftigt, sein Aufgabengebiet befindet sich in unmittelbarer Nähe des Sylvensteinspeichers, dort ist er verantwortlich, das Isarbett von Kiesanschwemmungen zu befreien. Seine Arbeitszeit beginnt ab 7 Uhr und endet um 17 Uhr, da bleibt ihm keine Möglichkeit zum Nachspionieren. Wenn ich unsere Wohnung zur Orchesterprobe verlasse, befindet er sich bereits zwei Stunden an seinem Arbeitsplatz. Selbstverständlich kehrte ich, bevor David und ich uns näher kamen, vor meinem Mann nach Hause zurück und empfing ihn mit dem Essen. Er hätte mir höchstens abends zu den Konzerten folgen können, jedoch hätte er niemals Erfolg gehabt, da ich unverzüglich nach Beendigung heimfuhr.«

Nach einem kurzen Blick in sein Notizbuch interessierte sich Dallmair noch für die Fahrzeuge von Frau Hauser und ihrem Ehemann.

»Ich benutze einen Golf.«

Dallmair unterbrach Frau Hauser und erkundigte sich nach der Farbe.

»Also, wir besitzen zwei Autos, ich einen roten Golf und mein Mann, ist seit Jahren ein Fan für Unimogs. Der mit seinem Spleen fährt mit solch einem Riesenfahrzeug durch die Gegend, dass ihm die Spritkosten beinahe seinen Lohn auffressen.«

»Und dieser Unimog besitzt eine Ausstattung wie ein Safarifahrzeug?«, fragte Dallmair nach.

»Jeder bei uns im Ort fragt sich, weshalb der so ein Fahrzeug benötigt, wenn er nur in die Arbeit und wieder nach Hause fährt. Der Gipfel von Prahlerei, er ließ sich Kamele, Löwen, Elefanten und eine Savannenlandschaft auf sein Fahrzeug malen.«

Zufrieden und von Frau Hausers Ausführungen sehr angetan, grübelte Dallmair nach weiteren ungeklärten Fragen, ehe er sie verabschiedete.

»Frau Hauser, Ihre Offenheit hat sehr dazu beigetragen, dass wir jetzt ein weitaus klareres Bild in Händen halten. Sollten Sie noch in der Lage sein, drei Fragen zu beantworten, wäre ich Ihnen im Namen meiner Kollegen sehr, sehr dankbar. Frage 1: Hat Ihr Mann eine Verletzung an der Hand? Frage 2: Haben Sie mit David vor seinem Haus eine heftige Auseinandersetzung gehabt? Frage 3: Ist Ihnen bekannt, dass Frau Kleber ermordet wurde und David schwer verletzt im Krankenhaus liegt?

Fast ein Schrei, eher ein Japsen entkam Frau Hauser, als Dallmair die 3. Frage vortrug. Ihre Augen weit aufgerissen, starrte sie den Hauptkommissar an, versuchte zu sprechen, doch stattdessen presste sie nur bruchstückhafte Wörter heraus.

»Wa... wa... warum de... denn?

Dallmair beruhigte sie, war schon dabei, Frau Hauser zu umarmen und zu trösten, versuchte es dann doch mit besänftigenden Worten, die wohl das Gegensätzliche zustande brachten. Sie stellte ihr Instrument beiseite, sprang auf, platzierte sich vor Dallmair und begann heulend und kreischend auf ihn einzuschimpfen.

»Sie, Sie haben mich die ganze Zeit nur ausgenützt. Erst jetzt am Schluss lassen Sie die Katze raus und ich falle darauf rein. Ja, glauben Sie denn, ich hätte Ihnen das alles erzählt, wenn ich vom Tod von Davids Frau und seinem Krankenhausaufenthalt gewusst hätte? In Ihren Augen ist jetzt doch mein Mann der Verdächtige. Sie sind eine ganz hinterhältige Person, der ich vertraute. Von mir erfahren Sie keine Silbe mehr.«

Sie griff nach ihrem Cello und Bogen und verließ schluchzend den Konzertsaal. Zurück blieb Dallmair, der darüber nachdachte, weshalb sich

Frau Hauser so stark ereiferte. Wollte sie ihren Mann schützen und die Verletzung verheimlichen, oder lag das Geheimnis an der heftigen Auseinandersetzung zwischen ihr und David damals vor seinem Haus? Von der Ermordung seiner Ehefrau war sie bestimmt von David unterrichtet worden. Jedoch vom Aufenthalt in der Klinik sowie seinen lebensbedrohenden Verletzungen konnte sie noch nichts wissen. Oder doch?

12

»Schönen guten Morgen miteinander, seid ihr auch schon alle wach, bring euch sechs frische Hörnchen vom Bäckermeister Bach. Für die Eva zwei, fein gefüllt mit Nougat-Brei, für den Detlev eins, denn sonst blieben mir nur zwei.«

»Morgen halte ich euch frei, kaufe in der Metzgerei acht Weißwürste, für uns drei, der Peter bekommt nur zwei, dem Detlev gönn ich drei.«

»15 kleine Negerküsse, Entschuldigung, Mohrenköpfe, pardon, schwarze Männer purzeln vom Tablett, sechs fing Peter auf, mit sieben lief der Detlev weg, der Rest fiel in den Dreck.«

Ein schallendes Lachen drängte durch den ein wenig geöffneten Türspalt, der sich immer mehr vergrößerte, bis die drei ihren oberen Dienstherrn und Chef Herrn Michael Engel, Erster Polizeihauptkommissar vom Präsidium Rosenheim, in der Tür erkannten.

»Entschuldigt bitte, meine Frau und ich sind auf der Heimreise, da mussten wir einfach anhalten und die neuen Räume des Kommissariats begutachten und natürlich unser starkes Trio besuchen. Oder wie habt ihr euch damals bezeichnet?«

Wie aus einem Mund ertönte:

»Die drei Musketiere.«

»Richtig«, bestätigte Engel. »Ich erinnere mich sehr gerne an unsere damalige gemeinsame Aktion und habe inzwischen dieses erfolgreiche kriminalistische Vorgehen von euch dreien in das polizeiliche Schulungsprogramm eingebaut.«

Er erkundigte sich nach dem aktuellen Fall und dessen Ermittlungsstand. Als ihm der Name Kleber sowie sein Beruf Musiker vorgetragen wurden, stutzte Engel und hinterfragte den Namen.

»Spielt dieser Kleber nicht im Münchner Impressionismus-Orchester als Oboist?«

Dallmair bejahte und fügte noch hinzu, dass Kleber ein früherer Freund von ihm ist und ihn vor der Ermordung seiner Ehefrau aufsuchte und um Hilfe bat.

»Ach, das ist schrecklich, so ein erstklassiger Musiker«, schwärmte Engel. »Zur Adventzeit gastierte dieses fantastische Orchester in Rosenheim und dieser Ausnahmemusiker beherrscht sein Instrument dermaßen meisterlich, da muss man sich dafür begeistern. Was Pavarotti mit seiner Stimme vollbrachte, gelingt Kleber mit seiner Oboe. Ich wünsche es ihm und den Musikfreunden, dass er wieder vollkommen gesund wird.«

»Und wie steht's mit Ihnen, Herr Engel, haben Sie die Schussverletzung inzwischen vollkommen auskuriert?«, erkundigte sich Dallmair.

»Nur der Magen erinnert mich ab und zu daran. Wenn von Hautzenberg nicht so fachgerecht erste Hilfe geleistet hätte, würde ich euch von oben bei den Ermittlungen zusehen. Jetzt muss ich mich aber wieder verabschieden, meine Frau wartet im Auto, sonst erfolgt eine Schimpfkanonade. Ich melde mich in den nächsten Tagen aus Rosenheim. Bleibt gesund und seid vorsichtig.«

Fünf Minuten nachdem Engel sich verabschiedet hatte, betrat Herr Krüger das Kommissariat.

Dallmair stellte Klebers Musikerkollegen Eva und Detlev vor, bat ihn, vor seinem Schreibtisch Platz zu nehmen, und begann unmittelbar mit der Befragung.

»Herr Krüger, gehe ich recht in der Annahme, dass Ihnen meine Person als Polizeizugehöriger bereits vor unserer Begegnung im Konzertsaal bekannt war?«

»Ich hatte mit Ihnen noch nie zu tun, Herr Hauptkommissar.«

»Meine Frage lautete: Hatten Sie bereits vor dem gestrigen Treffen Kenntnis, dass ich Angehöriger einer Polizeiabteilung bin?«

»Ich verstehe Ihre Fragerei nicht. Weswegen sollte ich Sie bereits von früher kennen?«

»Aha«, überlegte Dallmair, »der möchte mich nicht verstehen, da muss ich einen Gang höher schalten.«

»Sie verstehen mich sehr wohl, Herr Krüger, Sie als Musiker besitzen sicher eine sehr gute Aufnahmefähigkeit, deswegen antworten Sie entweder mit Ja oder Nein, und wenn Ihnen das wirklich zu schwer fällt, dann antworte ich für Sie.«

»Ja, wo sind wir denn hier? Ich dachte, wir leben in einem freien Land, es kommt mir vor, als wenn die Diktatur wieder ihren Einzug hält. Ich lasse mich zu keinem Ja oder Nein zwingen.«

»Also dritten Gang einlegen«, sagte sich Dallmair und brüllte dementsprechend los.

»Wenn Sie das als Diktatur bezeichnen, so befanden Sie sich noch nie in einem dieser Länder. Dort hätten Sie bereits bei der ersten Frage schmerzliche Erfahrungen gemacht. Jetzt reißen Sie endlich Ihren Mund auf und antworten, ansonsten verlegen wir die Vernehmung in den dafür vorgesehenen Raum.«

In der Hoffnung, Krüger zeigte sich dadurch eingeschüchtert, verzog er seinen Mund zu einem zynischen Lächeln, das sich bald zu einem hämischen Gelächter entwickelte. Ohne sich aus der Ruhe bringen zu lassen, blickte Dallmair Krüger abwartend in die Augen, musterte dessen Mimik, von der er eine Spur an Angst ablesen konnte. »Irgendwann vergeht ihm sein Lachen schon«, spekulierte Dallmair. Um die Zeit nutzvoller zu gestalten, erhob sich der Hauptkommissar, schlenderte gelassen um den Schreibtisch, hielt neben Krüger an, packte blitzschnell dessen Hand und drehte sie um.

»Oh, Sie haben sich verletzt, das muss Sie doch beim Musizieren sehr beeinträchtigen. Ist Ihnen deshalb gestern das Solo missglückt? Kleber wäre das nicht passiert.«

Augenblicklich veränderte sich Krügers Aussehen und hasserfüllte Gesichtszüge traten hervor. Dallmair bemerkte die Anspannung und brüskierte ihn noch stärker.

»Ihr Kollege Herr Kleber bespielt seine Oboe mit solcher Hingabe und Leidenschaft, als würde er durch das Instrument seine innersten Gefühle zum Ausdruck bringen. Das zeichnet in besonderer Weise einen Herzblutkünstler aus. Ich durfte gestern Ihr Vorspiel miterleben und muss ehrlich gestehen, Klebers Qualität wird für Sie unerreicht bleiben.«

»Wann explodiert er endlich?«, überlegte Dallmair. »Soll ich ihn weiter foltern, was schon beinahe als Körperverletzung ausgelegt werden könnte?« Weiter brauchte er nicht nachzudenken, Krüger stand bereits vor dem Ausbruch. Die Hände zur Faust geballt, schnellte er hoch, versuchte eine blitzschnelle Gerade auf Dallmairs Schädel zu landen, wurde jedoch von Detlev mit einem Handkantenschlag auf seinen Arm gehindert, so dass der Schlag ins Leere ging und von der Schubkraft zu Boden geschleudert wurde. Dallmairs trockener Kommentar zu Detlev:

»Dein Gespür, brisante Situationen punktgenau einzuschätzen, unterband einen Veilchenstrauß in meinem Antlitz.«

»Dass du immer untertreiben musst«, gab Detlev ironisch zurück. »Ich verhinderte ein Veilchenbeet in deiner Visage.«

Krüger rappelte sich inzwischen wieder auf, ließ sich in den Stuhl plumpsen, rieb sich den schmerzenden Arm und wartete bangend darauf, wie sich Dallmair nach seinem Aussetzer verhalten würde. Zu seinem Erstaunen bewirtete ihn Dallmair mit einer Tasse Kaffee, legte noch ein Nusshörnchen dazu, forderte ihn mit einer Handbewegung auf zuzugreifen, und als er zögernd das Gebäckstück zum Mund führte und abzubeißen versuchte, vernahm er Dallmairs Behauptung, die ihn wie einen Dolchstoß traf.

»Herr Krüger, ich verhafte Sie wegen des Verdachts, die Ehefrau von Herrn Kleber ermordet zu haben, und wegen des Verdachts des versuchten Mordes an Herrn Kleber.«

Entgeistert sahen Eva und Detlev zu Peter, konnten seine Entscheidung nicht verstehen, ohne ausreichende Beweise eine solche Maßnahme zu ergreifen. Eva versuchte ihn auf sich aufmerksam zu machen, um eine Aussprache zu ermöglichen, jedoch Peter ließ sich davon nicht irritieren. Er klärte Krüger über seine Rechte auf und legte noch schärfer los.

»Sie sitzen hier nicht im Konzertsaal, in dem Sie sich nach dem Dirigenten und den Noten zu richten haben, Sie befinden sich hier bei der Vernehmung der Kriminalpolizei und hier gelten unsere Anweisungen. Sie alleine haben es in der Hand, meinen Verdacht zu entkräften, doch wenn Sie weiterhin der Auffassung sind, dass Ihr Schweigen Ihnen mehr Vorteile bringt, können Sie in der Zelle darüber nachdenken.«

Die erhoffte Einsicht blieb aus. Krüger saß im Stuhl, die Beine lässig ausgestreckt, seinen Blick auf die Zimmerdecke gerichtet und in Abständen leise ein Lied pfeifend, so als wenn ihm das alles egal wäre. Dallmair sah sich das noch einige Zeit an, beorderte dann einen Polizeibeamten herbei und ließ Krüger in den Vernehmungsraum führen. Sofort eilten Eva und Detlev herbei, versuchten Dallmairs Taktik zu hinterfragen, um sein ungewöhnliches Vorgehen zu begreifen. Wortlos verließ ihr Chef das Dienstzimmer und folgte Krüger zur weiteren Vernehmung. Eva und Detlev liefen ihm irritiert hinterher, platzierten sich vor dem Beobachtungsfenster, um Dallmairs weiteres Vorgehen zu studieren. Im Niedersetzen schlug Dallmair mit der Faust so kräftig auf den Tisch, dass sämtliche Utensilien darauf in Bewegung gerieten und Krüger erschrocken hochsprang.

»Hinsetzen und sprechen!«, brüllte Dallmair. »Reden Sie endlich. Was Sie mir erzählen, ist mir egal, aber machen Sie endlich Ihren Mund auf. Was haben Sie mit Ihrer Hand angestellt, sind das Verletzungsspuren von dem Mordmesser?«

Dallmair öffnete die Schreibtischschublade, holte diesen imbusähnlichen Metallstift hervor, den er an der Badezimmertür in Klebers Haus fand, hielt ihn Krüger unter die Nase und sagte ihm auf den Kopf zu:

»Dieser Stift ist ein Teil Ihres Messers, das Sie bei einem Internethändler bestellten. Es handelt sich hier um ein finnisches Fabrikat.«

Dallmair griff in seine Hosentasche und holte ein identisches Messer hervor, das er sich in einem Jagdgeschäft in München kaufte. »Die fachliche Bezeichnung lautet Einhandmesser. Es fällt unter das Waffengesetz, das Tragen in der Öffentlichkeit ist verboten. Und Sie, Herr Krüger, stachen damit sechzehn Mal auf Frau Kleber ein, dabei verletzten Sie sich an der Hand, als die Klinge zerbrach.«

Draußen im Nebenraum vor dem Beobachtungsfenster sahen sich Detlev und Eva entsetzt an, konnten es nicht fassen, dass Peter, ohne den kleinsten Beweisgrund in Händen zu halten, Herrn Krüger des Mordes verdächtigte. Leise regten sich bei den beiden wahnwitzige Gedanken, die als Erste Eva zum Ausdruck brachte.

»Das ist kein Verrennen mehr, was Peter anstellt, das bezeichne ich schon als gefährlich irre, wir müssen ihn abbremsen. Ich gehe jetzt rein.« Ihre Hand festhaltend, redete Detlev auf Eva ein.

»Ich bin voll deiner Meinung, was der da drinnen aufführt, widerspricht unseren Bestimmungen. Warte noch fünf Minuten ab, bei der Vernehmung des Verdächtigen im letzten Fall ging er ebenfalls so vor und am Ende bekam er das von uns nicht für möglich gehaltene Geständnis. Warum nur wehrt sich Krüger nicht gegen Peters Vorwürfe? Es gehört doch zur menschlichen Logik, Anschuldigungen, auch wenn sie der Wahrheit entsprechen, als abwegig zu bezeichnen.«

»Detlev, Detlev, ich hoffe, dass du diese Logik nicht in unserer Beziehung anwendest.«

Zum Glück brauchte er sich keine Antwort zu überlegen, denn vom Vernehmungszimmer drang plötzlich Krügers Stimme zu ihnen.

»Herr Hauptkommissar, was Sie mit mir anstellen, ist sicher weitab von den geltenden polizeilichen Richtlinien und ich könnte deswegen gegen Sie vorgehen. Wenn Sie mir diesen Mord nachweisen können, so tun Sie es, aber behandeln Sie mich bitte nicht jetzt bereits als Schwerstverbrecher. Ja, ich gebe zu, dass ich Kleber für sein Können beneidete, ja sogar gehasst habe, doch deswegen einen Mord zu begehen, den Sie mir vorwerfen, finde ich einfach lächerlich. Das wissen Sie auch, dass ich nicht Ihr Mörder bin, und trotzdem quälen Sie mich mit Ihren Anschuldigungen. Natürlich wusste ich, wer Sie sind, ich stand damals bei den Neugierigen an der Straßensperre und sah Sie vorbeifahren, dabei wohne ich nicht in Dietramszell, sondern komme stets wöchentlich vorbei, da ich hier meinen Lottoschein aufgebe. Auch erfuhr ich erst aus der Zeitung von Klebers Wohnort. Und wenn Sie vermuten, meine Verletzung hätte ich mir mit dem Mordmesser zugeführt, so dürfen Sie sich bei meiner Ärztin erkundigen, die ich aufsuchte, nachdem ich mich bei der Gartenarbeit an einem Glassplitter verletzt hatte. Ja, und da wäre noch der Mordversuch, den Sie mir anlasten, das müssen Sie mir noch genauer erklären.«

Mit einem inneren Jubelschrei registrierte Dallmair Krügers Aufbegehren gegen seine ihm vorgeworfenen Anschuldigungen: »Man muss ihn nur zur Weißglut bringen und schon redet er wie ein Wasserfall und verplappert sich sogleich.« Nach kurzer Überlegung, wie er auf Krügers plötzlichen Sinneswandel reagieren könnte, setzte Dallmair die Vernehmung durch Anwendung einer geänderten Strategie fort.

»Ihre Einsicht, mit mir doch noch zu kommunizieren, ist der bessere Weg, für Sie und auch für mich. Eine Vernehmung dient nicht nur dem Kriminalisten, in besonderer Weise auch dem in Verdacht Geratenen. Meine Fragen bezwecken, ein besseres Verständnis für den Beschuldigten aufzubringen, ja ihn sogar zu entlasten. Aber dazu müssen Sie sich bereit erklären, offen und ehrlich mit mir zu sprechen. Sind Sie einverstanden, Herr Krüger?«

»Aber natürlich, ich bin doch in erster Linie daran interessiert, dass meine Unschuld bewiesen wird. Ich hoffe und bete, dass Sie mir dabei helfen, mich von diesen Verdächtigungen zu befreien.«

»Gut, dann setzen wir die Befragung fort. Sagen Ihnen die Namen Monika Hauser, Ludwig Löw und Bärbel Hofner etwas?«

Krügers Antwort kam postwendend und ohne nachzudenken.

»Die Monika, sie ist doch die neue Cellistin in unserem Orchester, ein bisschen schüchtern, aber ihr Instrument beherrscht sie ausgezeichnet. Die beiden anderen Namen sind mir absolut nicht geläufig. Sollte ich die kennen?«

»Ich fragte Sie nur, ob die Namen dieser Personen Ihnen etwas sagen, nicht, ob Sie sie kennen sollten. Möchten Sie nicht noch einmal darüber nachdenken, Herr Krüger?«

Es hatte den Anschein, dass er sich diese Namen durch den Kopf gehen ließ, er antwortete aber dann sehr impulsiv.

»Nein, bestimmt nicht, völlig ausgeschlossen, noch nie gehört.«

»So, so, noch nie gehört«, wiederholte Dallmair. »Ihr Wohnort befindet sich doch in Oberwarngau, so haben Sie es mir jedenfalls im Konzertsaal mitgeteilt. Dieser Ort ist so überschaubar, da kennt doch jeder jeden und da dürfte Ihnen Bärbel Hofner keine Unbekannte sein.«

Eva, immer noch vor dem verspiegelten Fenster stehend, bewegte bedächtig ihren Kopf hin und her und murmelte vor sich hin: »Peter, Peter, was bist du nur für ein hinterlistiger Fuchs.« Im Innersten aber tobte sie: »Das ist wieder diese verschwiegene Eigenschaft, die uns so auf den Geist geht. Anstatt uns von seinem Wissen etwas mitzuteilen, macht er wieder auf Alleingang.« Angespannt musterte sie Krüger, der mit dem Rücken zu ihr saß und, von Dallmairs Augen verborgen, seine Finger in seine Jacke verkrallte.

»Entschuldigung, Herr Hauptkommissar, was haben Sie mich gefragt? In Gedanken war ich für einen kurzen Augenblick bei meinen übenden Kollegen in der Philharmonie. Unser Dirigent wird wahnsinnig sauer sein, dass keine Oboe anwesend ist.«

»Der hat bestimmt bereits einen Ersatz für Sie, Herr Krüger«, bemerkte Dallmair mit spöttischem Unterton und wiederholte seine Frage. »Sie wohnen in Oberwarngau fünf Häuser von Frau Bärbel Hofner entfernt und doch ist Ihnen dieser Name nicht geläufig.«

»Ich kenne ja kaum die Bewohner vom Nachbarhaus. Wie sollte ich auch mit den Menschen im Ort in näheren Kontakt treten, wenn mein Beruf dies nicht ermöglicht? Morgens starte ich zur Probe und nachts nach dem Konzert komme ich zurück und ein Vierteljahr bin ich mit dem Orchester auf Tournee.«

»Und Sie erfuhren nicht, dass Frau Hofner ermordet wurde und ihr Haus nur noch eine Brandruine ist, ja, fahren Sie mit Scheuklappen durch die Ortschaft?«

»Ich war der Meinung, das Haus gehört dem Brandstätter von der Wäsche.« Ein kaum wahrzunehmendes Stocken seiner Stimme verriet seine Unbedachtsamkeit, er hatte sich jedoch wieder blitzschnell in der Gewalt. »....rei Holzkirchen. Vor dem Haus parkt immer der Firmenwagen, deshalb ist mir der Name bekannt, und von dem Mord an dieser, wie heißt sie gleich wieder, dieser Frau Hofner höre ich zum ersten Mal. Ach, ist das schrecklich, da wohnt man ein paar Häuser entfernt und in der Nähe wird eine Frau ermordet. Wie kam sie denn ums Leben, Herr Kommissar?«

Bereits als Krüger den Firmenwagen erwähnte, griff Eva zu ihrem Mobiltelefon, wählte die Nummer von Brandstätter und erkundigte sich bei ihm.

»Hier Oberkommissarin Melzer, Herr Brandstätter, ich störe Sie nicht lange, ich benötige nur die Auskunft, mit welchem Fahrzeug Sie nach der Arbeit nach Hause fahren. Benützen Sie dazu einen Firmenwagen mit Aufschrift?«

»Frau Oberkommissarin, von Ihnen lasse ich mich gerne stören. Aber ich finde es schon eigenartig, dass Sie das interessiert, was für ein Fahrzeug ich benütze.«

»Es handelt sich um eine Überprüfung einer Aussage, in der behauptet wird, dass dieses Fahrzeug abends vor Ihrem Haus parkt.«

»Wenn ich nachts meine Firma verlasse, da will ich an nichts mehr erinnert werden, was mit der Wäscherei zu tun hat, und deswegen fahre ich täglich mit meinem Privatwagen von und nach Holzkirchen.«

»Herr Brandstätter, in Ihrer Nachbarschaft wohnt doch ein Herr Krüger, sind Sie ihm in Oberwarngau bereits begegnet?«

»Sie wissen doch, dass ich nur zum Schlafen nach Hause fahre, ich weiß nur so viel von ihm, dass er in einem Orchester spielt, das hatte mir Frau Hofner einmal gesagt.«

Eva klopfte an der Vernehmungszimmertür, winkte Peter heraus, der zuerst ärgerlich reagierte, umso mehr zeigte er seine Freude, als Eva von dem Gespräch erzählte.

»Jetzt klopf ich es weich, dieses Lügenmaul, nun will ich alles erfahren, was sich hinter dieser Larve verbirgt. Danke für deine spontane Hilfe.«

»Aber vorher erklärst du mir, wie du auf Krüger gekommen bist, es bestanden doch überhaupt keine Verdachtsmomente gegen ihn«, fragte Eva voller Neugier.

»Später, später, Eva, wenn ich ihm mein Ass auf den Tisch knalle, verrate ich dir mein Geheimnis.«

Erwartungsvoll schielte Krüger zu Dallmair, der sich mit einem Schmunzeln ihm gegenübersetzte und die spannungsgeladene Unruhe an seinen Gesichtszügen ablas. Einen Augenblick ließ er Krüger noch zappeln, dann legte er mit Karacho los.

»Auf diesem Stuhl, auf dem Sie sitzen, saßen bereits unzählige Ganoven, die ihr Talent als Märchenerzähler zur Geltung brachten. Deswegen nennen wir diese Sitzgelegenheit Grimms Märchenthron. Nun taufen wir ihn in Krügers Lügengeschichten-Sessel um, denn Ihre Unwahrheiten überbieten die Ihrer Vorgänger. Ich zähle Ihnen nun Ihre unverschämten Lügen auf.«

»Lüge eins: Bärbel Hofner ist für Sie keine Unbekannte. Lüge zwei: Sie wussten sehr wohl die Adresse von David Kleber. Lüge drei: Vor Brandstätters Haus parkte niemals sein Firmenfahrzeug. Lüge vier: Ludwig Löw kennen Sie bereits seit Ihrer Schulzeit. Lüge fünf: Ihnen ist nicht nur Frau Hauser bekannt, auch mit ihrem Mann stehen Sie in Verbindung. Ich fragte Sie zwar noch nie danach, jedoch hätten Sie mich genauso angelogen. Einmal sagten Sie die Wahrheit, als Sie Ihre Aggression gegenüber David Kleber als Neid und Hass charakterisierten, und das war der Grund, dass ich mich genauer nach Ihnen erkundigte. Ihr aufgestauter Hass gegenüber Herrn Kleber uferte so aus, dass Ihnen nur eine Lösung einfiel. Mord.«

Bei jeder von Dallmairs vorgetragenen Widerlegungen von Krügers Unwahrheiten sackte dieser tiefer und tiefer in sich zusammen. Ungläubig starrte Krüger auf Dallmair, der ihn schonungslos entlarvte. Er ahnte bereits, was auf ihn nun einstürzte, Beruf, Haus, Freiheit, Ansehen, alles verloren. Den einzigen Ausweg aus seinem Schlamassel sah Krüger darin, in die Offensive zu gehen, um Dallmair wenigstens davon zu überzeugen, dass er nur der Planer und nicht der Täter war.

»Ja, ja und nochmals ja, ich log Sie an, jedoch ein Mörder bin ich nicht. Wie es so weit kommen konnte, dass ich mich immer stärker in diesen Hass hineinsteigerte, ist mir jetzt völlig unverständlich, und wenn dieser Unbekannte nicht plötzlich aufgetaucht wäre, niemals hätte ich mich dazu hinreißen lassen. Alles begann in einem Nachtlokal in Gmund am Tegernsee. Nach einem sehr anstrengenden Konzert sehnte ich mich noch nach Ablenkung und Zerstreuung. Also setzte ich mich an die Bar, trank einen doppelten Whisky. Nach dem zweiten bezahlte ich und wollte nur noch nach Hause in mein Bett. In diesem Moment forderte mich der Nebenmann auf, ihm noch Gesellschaft zu leisten. Eigentlich widerspricht es mir, auf solche Bekanntschaften einzugehen, doch dieser bat mich so freundlich und seine sympathische Art überzeugte mich. Wir quatschten über unsere Berufe und Politik, tranken Bier und Schnaps, kaum stand ein leeres Glas auf dem Tresen, wurde es gegen ein volles ausgewechselt. Ja und später fragte mich dieser Unbekannte, was ich für Probleme mit mir umherschleife. Er beobachtete mich bereits, als ich noch beim ersten Glas Whisky saß, muss wohl einen ziemlich abwesenden Eindruck bei ihm erweckt haben. Meine Redseligkeit, durch die Mengen von Alkohol, trieb mich dann dazu, mich über das angespannte Verhältnis mit Kleber auszulassen. Wahrscheinlich steigerte ich mich so in Rage, dass mir mein Nachbar plötzlich einen Vorschlag unterbreitete. Ich müsste sein Umfeld ausspionieren, das Weitere erledige er. Keinesfalls dürften wir gegen Kleber vorgehen, sagte er, denn dann fiele der Verdacht sofort auf mich.«

Mit einer Handbewegung stoppte Dallmair Krügers Redefluss und stellte eine Zwischenfrage.

»Sie sprechen stets von einem Unbekannten, auch solche besitzen einen Namen, also nennen Sie diese anonyme Person.«

»Herr Hauptkommissar, auch wenn Sie mir keinen Glauben schenken, er hat mir seinen Namen nie verraten. Das gehörte zu unserer Abmachung, sollte etwas schieflaufen, bliebe er für immer der Unbekannte.«

»Sprechen Sie weiter«, forderte Dallmair.

»Also setzten wir uns zusammen, später trafen wir uns stets in anderen Lokalitäten und planten unser Vorgehen. Wir kamen sehr schnell zu unserem Entschluss, Frau Kleber als Opfer auszuwählen, denn das würde Kleber am stärksten treffen. Nur das Wie bereitete uns Kopfzerbrechen, bis eines Tages plötzlich mein, nennen wir ihn einfach Kumpel auf etwas kam, das uns am allerbesten überzeugte, nicht in Verdacht zu geraten. Radioaktive Verstrahlung. Bereits am nächsten Tag kamen mir furchtbare Zweifel, auf so rabiate Weise vorzugehen, und ich bat ihn, sich eine humanere Methode zu überlegen. Er ließ sich jedoch nicht umstimmen und erklärte mir, diese harmlose Dosis löse bei der Ehefrau nur für einen kurzen Zeitraum Beschwerden aus, die Zellteilung werde gestört und nach einem halben Jahr habe sich die Radioaktivität von selbst aufgelöst.«

Erschrocken, wie arglos Krüger sich über diese gefährliche radioaktive

Substanz ausließ, stoppte er dessen einfältiges Geschwafel, um nähere Einzelheiten zu erfahren.

»So wie Sie über diese gesundheitsschädliche Materie sprechen, haben Sie keine Ahnung von den zerstörerischen Vorgängen im menschlichen Organismus und ebenso nicht Ihr sogenannter Kumpel. Ich bezweifle sehr, dass dieser in der Anwendung von diesem Stoff medizinisch bewandert ist, und diese Substanz gibt es sicherlich nicht im Supermarkt und ebenso nicht in der Apotheke zu kaufen. Also, wo befindet sich diese Bezugsquelle?«

»Herr Hauptkommissar, bei dieser Frage warte ich selbst noch auf die Antwort. Da ließ er sich nicht in die Karten schauen. Er sagte immer, je weniger ich weiß, umso weniger kann ich ausplaudern. Ich vermute aber, dass es mit der Klinik zusammenhängt, in der Frau Kleber sich wegen ihres Sturzes behandeln ließ. Denn als er davon erfuhr, sagte er: ›Prima, da finden wir beides, Patientin und …‹, weiter sprach er nicht.«

Mit einem befehlenden »Abführen!« an den Wachbeamten brach Dallmair die Vernehmung ab, wünschte Krüger guten Appetit, verließ den Vernehmungsraum, griff Eva um ihre Taille und sagte, ohne sie zu fragen: »Jetzt gehen wir fein essen. Wo befindet sich dein Schatz? Den wollen wir doch mitnehmen. Oder?«

»Die Klinik hat angerufen, Herr Kleber wünschte mit dir zu sprechen, sie wollten dich jedoch nicht stören, deswegen besuchte ihn Detlev. Ich rufe ihn an.«

»Nein, nein, wir fahren sowieso an der Klinik vorbei. Wollte mich ohnehin wieder einmal bei David blicken lassen und mich nach seinem Gesundheitszustand erkundigen.«

Während der Fahrt besprachen sie sich über die Ausführungen von Krüger, inwieweit sie für glaubhaft zu halten sind und der Unbekannte wirklich existiert.

»Als Täter kommt Krüger nicht in Frage«, äußerte sich Dallmair. »Er könnte vielleicht im Affekt einen Mord begehen, aber nicht dreimal mit solcher Brutalität, dafür fehlt ihm diese sadistische Veranlagung, dagegen bezweifle ich seine Behauptung, den Unbekannten namentlich nicht zu kennen. Wie denkst du darüber, Eva, besteht die Möglichkeit, radioaktive Substanzen in einer Klinik zu entwenden?«

»Soviel ich weiß, befinden sich solche unter strengem Verschluss und können nur von wenigen Mitarbeitern entnommen werden. Aber was geschieht mit den radioaktiven Abfällen, die sich in den Kliniken ansammeln? Diese werden zwar von Spezial-Recycling-Firmen eingesammelt, doch bestände eventuell die Möglichkeit, entweder vor oder während des Transportes einer kleinen Dosis habhaft zu werden.«

»Kannst du dich noch erinnern, als Krüger am Schluss der Vernehmung plötzlich abbrach. Da hat er sich, obwohl er das Wort verschluckte, zum zweiten Mal verplappert. Das heißt, sein Kumpel findet beides, Patientin und den krankheitsauslösenden Wirkstoff, in der Klinik. Aber wie du schon sagtest, existieren da äußerst scharfe Vorkehrungen. Also muss es einen Helfershelfer geben, der Zugang zu den radioaktiven Substanzen hat, und da kommt nur eine in Frage. Du kennst sie ebenfalls.«

Eva brauchte nicht lange zu überlegen, sofort sah sie diese Person vor sich. Die Kollegin von Bärbel Hofner, Mitarbeiterin in der Radiologie.

»Deswegen verabschiedete sie sich so plötzlich, als ich sie nach den Krankheits-symptomen fragte, die bei Frau Kleber nach der Computertomographie auftraten. Das würde heißen, Krügers Phantom hat einen Bezug zu dieser Klinikmitarbeiterin.«

»Ja, das ist meine Überlegung. Was noch unbeantwortet ist, wie die Substanz verabreicht wurde. Entweder intravenös oder als Zugabe in einem Getränk. Um mich darüber zu informieren, fahre ich morgen ins Klinikum St. Willibald nach München, um mit der Leiterin der Radiologie zu sprechen. Ich kenne sie bereits seit vielen Jahren, sie kaufte bei meinen Eltern, als sie noch ihren Lebensmittelmarkt in Harlaching besaßen, da lieferte ich den Kunden nach der Schule die Bestellungen ins Haus.«

Eva drehte ihren Kopf zu Peter und sah ihn fragend an.

»Das kannst du dir wohl nicht vorstellen, dass Kinder von Geschäftsleuten früher mitarbeiten mussten, sobald sie von der Schule nach Hause kamen.«

»Peter, das kann ich sehr wohl, doch damals zähltest du höchstens 12

Lenze und heute 33 mehr. Und du denkst, diese Radiologin arbeitet immer noch in diesem Krankenhaus? Ich glaube eher, sie sitzt jetzt mit ihresgleichen im Speisesaal eines Seniorenheims und schlürft ihr Süppchen.«

Bevor Peter sich vorschnell äußerte, überdachte er Evas Überlegungen und musste einsehen, dass inzwischen drei Jahrzehnte verflogen waren und die damalige Professorin Köster, Verantwortliche der Radiologie, inzwischen achtzig Jahre sein müsste.

»Da siehst du wieder einmal, wie hurtig die Jahre verschwinden«, war Peters lapidare Erklärung.«

»Weshalb ist hier kein Wachbeamter postiert?«, schimpfte Dallmair, als sie bei dem Zugang zur Intensivstation ankamen. Auf sein Läuten öffnete eine Schwester, begrüßte ihn mit »Hauptkommissar Dallmair« und verwies ihn zur Chirurgie im vierten Stock, da der Gesundheitszustand von Herrn Kleber sich so weit verbesserte, dass man ihn auf die Wachstation der chirurgischen Abteilung verlegt hatte.

»Wieso kennen Sie meinen Namen? Ich besuchte Herrn Kleber nur ein einziges Mal und kann mich an Sie nicht erinnern. Das müssen Sie mir jetzt aber ganz genau erklären.«

»Herr Kleber beschrieb mir Ihr Aussehen so perfekt und fügte noch hinzu: ›Mein Freund ist bei der Kripo als Hauptkommissar im Einsatz und vermutet hinter jedem Wort sofort etwas Verdächtiges.‹ Ja und noch etwas sagte er, ich soll mich Ihnen nur mit Samthandschuhen nähern, denn es besteht eine akute Gefahr, von Ihren Giftpfeilen torpediert zu werden. Genau das waren seine Worte.«

Gekränkt und ohne Verabschiedung machte Dallmair kehrt, eilte mit schnellen Schritten in Richtung Aufzug, ohne auf Eva zu warten, jedoch der behäbige Lift hinderte Dallmair, vor Eva zu entschweben. Ohne seinen starren Blick von den Hinweiszeichen abzuwenden, überwand sich Dallmair, über die kritische Bemerkung seiner Wesensart zu sprechen.

»Jetzt sag du nicht auch noch, Klebers Warnung wäre gerechtfertigt. Bei seiner Kopfverletzung ist sicher ein Schaden im Gehirn entstanden, so dass er sich nur eingeschränkt artikulieren kann.«

»Aber selbstverständlich war das eine maßlose Übertreibung von Kleber, der dich bestimmt noch nie in einer solchen Aktion erlebte wie dein Erzfeind Siedler von der Spurensicherung. Wenn du ihn danach fragen würdest, möchte ich mich nicht in deiner Nähe befinden.«

Die Fahrt in das vierte Stockwerk empfand Dallmair als eine Reise in die Ewigkeit. Stumm dastehend, die Kritzeleien an der Kabinenwand betrachtend, von Eva abgewandt, während ihre Augen auf ihm hafteten, vernahm er sogar ihre unausgesprochenen Gedanken, die sein Ego durchlöcherten. Ungeduldig wartete er, bis das träge Zuckeln des Aufzugs ein Ende hatte und sich die Kabinentür befreiend öffnete. Am Ende des Ganges durch einen wachhabenden Polizeibeamten hinweisend, standen sie vor Klebers Krankenzimmer, klopften und betraten den abgedunkelten Raum. Geräusche, die nur aus männlichen Kehlköpfen herrühren konnten, wechselten sich mit rasselndem und sägendem Lärmen ab. Im Stuhl sitzend, den Kopf nach hinten hängend, Detlev, Kleber im Bett. Ein sanfter Kuss auf die Stirn ihres schuftenden Holzfällers leitete die Aufwachphase von Detlev ein. Ein kurzer Ruck und er saß wieder aufrecht, von vorwurfsvollen Blicken Dallmairs traktiert, versuchte er geistesgegenwärtig sein Verhalten zu rechtfertigen.

»Bei dieser Dunkelheit hier im Raum lässt sich das nicht verhindern, dass man für zwei Minuten einnickt. Seine Kopfverletzung und die schwere Gehirnerschütterung lösten die Maßnahme der Verdunkelung aus. Gut, dass du jetzt gekommen bist, mir verschwieg Kleber, was ihn drängte, dich zu sprechen.«

Peter beorderte Eva und Detlev, sich abseits von Davids Bett zu platzieren, und ging daran, ihn aus dem Schlaf zu rütteln.

»David, David, ich bin's, Peter. Es muss ja etwas außergewöhnlich Wichtiges sein, dass du mich benachrichtigen ließest zu kommen. Bist du bereit, darüber mit mir zu sprechen?«

Noch etwas irritiert blickte David Peter an, hatte sich dann doch so weit gesammelt, um das Gespräch zu beginnen.

»Kannst du dich noch erinnern, als ich bei dir auf dem Kommissariat zum Fenster lief und hinausschrie: ›Du Scheusal, jetzt bist du fällig, ich bring dich um‹, oder so ähnlich. Dieses Scheusal folgt mir seit Wochen, ohne dass ich es zu Gesicht bekomme. Das klingt jetzt sicher so, als hätte ich einen Verfolgungswahn und sei reif für die Klapsmühle, doch du musst mir glauben, da versucht mich einer zu vernichten. Wenn das nicht bald aufhört, kann ich für nichts mehr garantieren. Ich kann nicht noch mehr verkraften.«

Seine immer schwächer werdende Stimme veranlasste Peter, nur noch das Notwendigste zu besprechen.

»Du hast in den vergangenen Wochen so viel Schreckliches erlebt, mehr, als ein Mensch ertragen kann. Doch ich verspreche dir, dass wir dieses Schwein sehr bald wegsperren. Es dauert nicht mehr lange. Hier bist du sicher, vor der Tür wacht 24 Stunden ein Polizist. Ich kann dich nur auffordern nachzudenken, auch wenn es noch so ein kleiner Hinweis ist, wie zum Beispiel ein Fahrzeug, ein eigenartiger Telefonanruf, eine zufällige Begegnung mit einem Unbekannten auf der Straße, Sparkasse, vor der Schule, beim Kirchenbesuch, in der Philharmonie, damals bei Christina in der Klinik, in der Nachbarschaft oder ein Wagen, der dir länger gefolgt ist, auch nähere Bekannte oder Verwandte musst du mit einschließen. Auch wenn es dir noch so unwichtig erscheint, denk darüber nach. Du darfst mich jederzeit anrufen, egal ob am Tage oder nachts.«

Auf dem Weg zu ihren Fahrzeugen fragte Eva diskret nach der Einladung zum Essen. Erst nachdem sie ihre Wagen erreicht hatten, kam die Antwort von Peter.

»Wenn du immer noch Lust darauf hast, dann gehen wir eben, kann ja auch nicht schaden, wenn wir endlich wieder einmal zusammen über diesen Fall diskutieren.«

13

Der zwölfte Glockenschlag der Klosterkirche in Dietramszell verhallte in der Nacht, als sich eine Gestalt die Einfahrt hinauf zu Klebers Haus schlich, immer darauf achtend, dass die Bewegungsmelder nicht ausgelöst werden. Im großem Bogen bewegte sich diese Person um das Gebäude, näherte sich der Rückseite, startete blitzschnell hin zum Scheinwerfer, der sofort durch seinen Lichtstrahl Haus und Garten erhellte, und zerschlug mit einem gezielten Schlag die Lichtquelle. In geduckter Haltung lauerte er darauf, dass Nachbarn eventuell auf das Geräusch des zersplitternden Glases aufmerksam wurden. Nichts regte sich, so ging er daran, die Verandatür mit einer Brechstange hochzuhebeln, versuchte es noch einmal und noch einmal, sie bewegte sich keinen Zentimeter. Er setzte das Eisen am Fenster an, drückte mit aller Kraft, dabei rutschte die Stange aus der Vertiefung des Fensterfalzes und flog lärmend auf das Pflaster der Terrasse. Mit Verzögerung gingen in den Nachbarhäusern Lichter an, Fenster wurden geöffnet, Bewohner blickten gebannt in die Nacht hinaus, um der Ursache des Lärms auf den Grund zu gehen. Der rechte Nachbar, Herr Hufnagl, bekannt für seine Beobachtungsgabe, löschte seine Beleuchtung, um hinter dem Vorhang verborgen weiter Ausschau zu halten. »Es muss etwas vorgefallen sein«, ging es ihm durch den Kopf, »sonst würden nicht die Nachbarshunde bellen, die sich ansonsten wie treuherzige Lämmer benehmen. Es hörte sich an, als sei Metall auf Beton oder Stein gefallen.« Zur Vorsorge ergriff Hufnagl sein Telefon, um schnellstens einen Notruf abzugeben, sollte er etwas Verdächtiges erspähen. Die Sicht aus dem Fenster ließ nur auf die Vorderseite und den zu ihm ausgerichteten östlichen Teil des Hauses von Kleber freien Einblick zu. In Gedanken befand sich Hufnagl bereits in seinem Garten, um durch die dicht bewachsene Hecke die Rückseite und das hintere Grundstück zu kontrollieren. Die Hunde hatten sich wieder beruhigt, die gespenstische Stille wurde nur durch das Rascheln des dürren Laubes, in dem sich der sanfte Wind verfing, verdrängt. Ja, jetzt ganz deutlich ein kurzes schleifendes Geräusch, als wenn Metall über Stein gezogen würde. Dann wieder Ruhe. Mit ein paar Sätzen war Hufnagl an der Haustür, schlich in geduckter Haltung durch sein Grundstück, stets anhaltend, um sich zu vergewissern, aus welcher Richtung das leise Schaben kommt. Noch wenige Schritte, dann erreichte er die Buchenhecke, spähte nach einem Durchblick und musste sich vorsehen, das trockene Laub nicht zum Rascheln zu bringen. Tatsächlich, jetzt sah er eine schwarz gekleidete Person, die sich am Kellerrost zu schaffen machte. Gebannt und erschrocken beobachtete er den nächtlichen Eindringling, wie dieser wiederholt versuchte das Gitter aus der Verankerung zu brechen. »Da wird er sich die Zähne ausbeißen«, flüsterte Hufnagl vor sich hin, »dafür hat Kleber schon gesorgt, dass jeder Zugang einbruchsicher ausgestattet wird.« Es hatte nun den Anschein, der Ganove kapituliert vor dieser uneinnehmbaren Hürde. Jedoch, was er jetzt vorhatte, ließ Hufnagl vor Schreck erschauern. Dieser Halunke griff zu einem Kanister, öffnete den Verschluss und schüttete den Inhalt in den Kellerschacht und den Rest über die Fensterfront, holte aus seiner Hosentasche ein Feuerzeug und war dabei, die brennbare Flüssigkeit zu entzünden. Da es zu spät war, um einen Notruf abzugeben, versuchte Hufnagl den Brandstifter daran zu hindern und vergaß die Gefahr, die er damit heraufbeschwor.

»Halt, Feuerzeug wegwerfen und mit erhobenen Händen das Grundstück verlassen!«, brüllte er aus Leibeskräften dem verdatterten Gauner zu, wiederholte noch lauter seine Aufforderung, mit dem Zusatz: »Feuerzeug wegwerfen, bei dem kleinsten Versuch, den Brand auszulösen, stecken fünf Kugeln in Ihrem Körper.« Was nun passierte, verschlug sogar dem mutigen Hufnagl die Sprache. Aus dem Hinterhalt erschien eine Frauengestalt, nur mit einem hellen Morgenmantel bekleidet, näherte sie sich langsam dem verstörten Schurken, der nach wie vor wie versteinert in Richtung Hufnagl starrte. Jetzt erkannte er die furchtlose Nachbarin Frau Wagner, die sich, mit einem Spaten bewaffnet, von hinten annäherte und bereits mit ihrer Waffe zum Schlag ausholte, jedoch unvorsichtigerweise mit ihren Schuhen das am Boden liegende Brecheisen bewegte. Der

Angegriffene vermochte sich noch zur Seite zu drehen, so dass der Schlag des Spatens statt am Schädel an seiner Schulter einschlug. Ohne den Aufprall zu registrieren, stürzte sich der Getroffene auf die Angreiferin, deren Waffe bereits zum zweiten Mal auf ihn niedersauste, und abermals wich er aus, dabei entriss er Frau Wagner den Spaten. Wieder verzögerte sich der Anruf um Hilfe, Hufnagl wühlte sich durch die Hecke, ohne Rücksicht, von Zweigen und Ästen verletzt zu werden, stürmte er auf das Kampfgeschehen zu, noch 20 Meter entfernt, schrie er:

»Spaten niederlegen, weg von der Frau, noch eine Bewegung, dann kracht's!« Mit einem Ruck drehte sich der Mistkerl um, Hufnagl griff instinktiv in seine Pyjamajacke, zog das Telefon heraus und benützte es als Pistolenattrappe. Eingeschüchtert von seinem plötzlichen Auftauchen, stand der Gewalttätige kurz bewegungslos Hufnagl gegenüber, bis er die auf ihn gerichtete Waffe als Täuschung wahrnahm. Hinter ihm Frau Wagner, vor ihm Hufnagl. Er blickte zurück und wieder zu Hufnagl, er spürte, gegen zwei solche beherzten Kämpfernaturen chancenlos zu sein, führte noch einige Täuschungsmanöver aus, um jäh davonzurennen. Er flüchtete durch den Garten, überkletterte den Zaun und verschwand im Dunkel der Nacht.

Hätte Frau Wagner ihren Nachbarn nicht aufgefordert, die Polizei zu verständigen, wer weiß, er hätte es vielleicht wieder versäumt.

14

Der Notruf erreichte die Zentrale um 0:39 Uhr. Die ersten Einsatzfahrzeuge trafen gegen 1:05 Uhr bei Klebers Haus ein. Täter geflüchtet, zwei Zeugen vernommen, Einbruchspuren im hinteren Bereich, Versuch, durch den Kellerschacht ins Haus zu kommen, gescheitert, Brennstoff in Form von Benzin an Türen und Fenstern sowie im Lichtschacht.

Bestürzt las Dallmair am Morgen den vorläufigen Einsatzbericht und war außer sich, dass ihn niemand benachrichtigt hatte. Er telefonierte sofort mit der Spurensicherung, ob dort bereits eine Meldung angekommen war. »Der Trupp wurde gegen sechs Uhr benachrichtigt und befindet sich noch vor Ort«, lautete die kurze Erklärung. Wären nicht Eva und Detlev ins Dienstzimmer gekommen, hätte Dallmair mit Gewissheit einen Tobsuchtsanfall erlitten.

»Ihr könnt gleich wieder umkehren, versuchte Brandstiftung am Haus von Kleber, wir starten sofort«, erfolgte die Kurzfassung Dallmairs von dem nächtlichen Ereignis.

»Ach, diese Gaffer schon wieder, haben die keine andere Beschäftigung?«, schimpfte Dallmair, als sie am Ort des Geschehens eintrafen. Die Spurensicherung war soeben dabei, ihre Taschen und Koffer in die Fahrzeuge zu laden, als ihr Chef Herr Siedler Dallmair und sein Team ankommen sah. »Die hätten auch nach uns eintreffen können, diese Schlafmützen«, moserte Siedler. Bereits auf Konfrontation eingestellt, näherte sich Dallmair dem Spurenermittlungschef und forderte von ihm erste Ergebnisse, dessen saudummes Geschwätz er bereits einkalkulierte.

»Guten Morgen, Langschläfer«, begrüßte Siedler Dallmair vorwurfsvoll. »Damit musst du dich schon bis nach unserem Frühstück gedulden, sind schließlich bereits drei Stunden im Einsatz, da hast du noch von ungelösten Fällen geträumt.«

Eigentlich war er es leid, stets auf Siedlers blöde Äußerungen zu reagieren, jedoch heute hatte Dallmair einen riesigen Nachholbedarf, seinem Ärger freien Lauf zu lassen.

»Unter 7,2 Milliarden Menschen habe ich das Pech, dem größten Arschloch zu begegnen. Wenn du über eine Blumenwiese gehst, wirkt deine Dummheit wie ein Unkrautvernichter, zurück bleiben nur noch Kompost und Scheiße. Doch eines muss ich dir zugutehalten, du bist der fähigste Spurenermittler auf diesem halben Quadratmeter, auf dem du stehst, und jetzt raus mit der Sprache, lieber Kollege.«

Vergebens wartete Dallmair darauf. Siedler stieg in das Fahrzeug und startete mit durchdrehenden Reifen. »So eine Mimose, da sagt man einmal die Wahrheit, bockt er wie ein Esel«, raunte Dallmair hinterher.

»Schafft mir endlich diese neugierigen Aasgeier vom Hals!«, schrie Dallmair den Polizisten zu. »Sind das lauter Arbeitslose oder Frührentner? Die sollen in ihren Fernseher reingaffen oder Kreuzworträtsel lösen, da stehen sie nicht im Weg.«

Von hinten näherte sich Dallmair ein junger Mann mit Notizblock und Aufnahmegerät, tippte dem Hauptkommissar auf die Schulter und hielt ihm seine Visitenkarte vor.

»Sind Sie taubstumm?«, fragte Dallmair noch angesäuert den wissbegierigen Reporter vom Südbayerischen Verlag.

»So früh am Morgen und schon so gut gelaunt. Das kann nur dieser Hauptkommissar Dallmair sein, von dem mir mein Redakteur so schöne Geschichten erzählte. Verzeihen Sie mir, dass ich Ihre Konzentration missbraucht habe, mein Name ist Felix und ich frage Sie nicht, ob Sie mir ein Interview geben, sondern beginne damit ungefragt. Sind Sie Analphabet, Herr Hauptkommissar?«

»Ja, sind denn heute nur Wahnsinnige unterwegs, warum fragen Sie so dämlich?«

»Herr Hauptkommissar, Sie sind doch auch unterwegs. Oder zählen Sie sich nicht zu dieser Gruppe? Und meinen Verdacht, dass Sie Analphabet sind, haben Sie damit bekräftigt, weil Sie den Text auf meiner Visitenkarte nicht lesen konnten.«

»So ein freches Bürschal, aber Schneid hat er«, dachte sich Dallmair.

Seine verärgerte Mimik wurde durch ein freundliches Schmunzeln abgelöst und er bemerkte, dass dieser junge Rotzlöffel dazu beitrug, dass er seinen Zorn und Groll ablegte. Mit einem Handschlag begrüßte Dallmair den Reporter, verlangte dessen Visitenkarte und las laut den Text.

»Felix Ganghoferl, Volontär, Südbayerischer Verlag. Sie stecken ja noch in der Ausbildung und werden bereits auf die Menschheit losgelassen. Ist das überhaupt statthaft?«

»Ganz recht, Herr Hauptkommissar, das ist quasi eine schulische Lernstunde und deren Ergebnis wird benotet. Ich dachte mir, Kripobeamte zeigen da großes Verständnis und deswegen bin ich da und warte auf Ihren Kommentar zu diesem versuchten Brandanschlag. Lieber wär mir so ein richtiger Mord gewesen, doch darauf kann ich auch noch warten.«

»Also gut, begleiten Sie mich zum Ort des Verbrechens, damit Sie Ihrem Ausbilder etwas vorweisen können. Woher wissen Sie eigentlich von diesem Anschlag?«

»Ihnen das zu erklären, das würde jetzt zu weit gehen, auf alle Fälle war es legal.«

Hinter Klebers Haus trafen sie auf Eva und Detlev, die bereits von Frau Wagner und Herrn Hufnagl die ersten Informationen über den nächtlichen Vorfall erhalten hatten. Dallmair drängte darauf, von den beiden Nachbarn nochmals das Geschehen detailliert vorgetragen zu bekommen. Mit Erstaunen nahm er die mutigen Einsätze zur Kenntnis und erkundigte sich, weswegen vorher kein polizeilicher Notruf abgegeben wurde.

»Bis die ersten Einsatzfahrzeuge eintreffen, wäre Klebers Haus bereits in hellen Flammen gestanden«, rechtfertigte sich Nachbar Hufnagl. »Ich kann doch keinen Alarm auslösen, wenn es ungewiss ist, dass sich eine Person auf Klebers Grundstück befindet. Auch wurde ich daran gehindert, als Frau Wagner plötzlich mit dem Spaten in der Hand auftauchte. Mensch, wenn die seinen Schädel voll getroffen hätte, die Wucht des Schlages hätte sein Gehirn auf die Hälfte dezimiert.«

»Herr Hufnagl, mit Ihnen zusammen würde ich gerne weiter auf Verbrecherjagd gehen«, schwärmte Frau Wagner. »Wie Sie diesen Wahnsinnigen durch Ihren Telefontrick täuschten und mich dadurch vor diesem Gangster retteten, das war mutig und heldenhaft.«

Fasziniert und voll Begeisterung lauschte Felix Ganghoferl den Ausführungen der beiden Nachbarn, konnte sich nicht mehr zurückhalten und mischte sich in die Unterhaltung ein.

»Sie standen doch dem Eindringling gegenüber, da könnte doch eine Beschreibung dieses Typen der Kripo sehr dienlich sein. Kleidung, Auffälligkeiten, sein Werkzeug. Ja und sprachen Sie nicht von einem Benzinkanister?«

Noch bevor die beiden Nachbarn antworteten, stoppte Dallmair den kriminalistischen Trieb von Ganghoferl und bat darum, die Befragung doch den Ermittlern zu überlassen.

»Ihr Interesse und die gekonnte Befragung sind zwar sehr lobenswert, doch dafür sind wir zuständig. Nun, Frau Wagner und Herr Hufnagl, was für Anhaltspunkte für eine detaillierte Personenbeschreibung können Sie liefern?«

Frau Wagner ergriff zuerst das Wort, wurde spontan bei ihrem Vortrag über die Bekleidung des Verbrechers von Hufnagl unterbrochen.

»Nein, Frau Wagner, die Hose war eine blaue Jeans, keine schwarze, und seine Lederjacke hatte die Farbe Hellbraun, nicht Beige. Seine Schuhe ….«

Hier bremste Frau Wagner ihren Nachbarn aus und behauptete:

»Aber bitte, das war nie und nimmer Hellbraun, Beige und nochmals Beige, und er trug solche Schuhe, wie sie Indianer und Indios benutzen. Na, wie heißen die gleich wieder? Ah ja, Mokkajeans …« Herr Hufnagl konnte sich nicht mehr zurückhalten.

»Also, was Sie für einen Unsinn quatschen, Indianer und Indios, so was lernt man schon im Kindergarten, dass Indianer und Indios ein und dieselben sind. Dann behaupten Sie noch, seine Fußbekleidung wären Mokkajeans. Auch Mokassins trug er nicht, sondern flache Sportschuhe mit dem rennenden Puma. Ich fände es besser, wenn Sie mir die Beschreibung überließen, da ich schließlich …« Frau Wagners Gesicht verfärbte sich blutrot, sie stand kurz vor dem Ausbruch, schnaufte einmal kräftig durch und donnerte los:

»Und ich wollte Sie zur Verbrecherjagd mitnehmen. Sie sind ja total farbenblind und haben keine Ahnung, was Kleidung betrifft. Im Grunde sind Sie daran schuld, dass mein Angriff auf dieses Individuum fehlschlug. Als Sie heute Nacht mit Ihrem schlabbrigen Schlafanzug auftauchten, der mich an eine Sträflingskleidung erinnerte, musste ich mir das Lachen so verkneifen und konnte mich nicht mehr auf den Spaten konzentrieren.«

»Schluss, Schluss und noch mal Schluss«, brüllte entnervt Dallmair. »Wir setzen die Befragung auf dem Kommissariat fort, aber ihr beiden zeitversetzt.«

Zu Ganghoferl gewandt, drohte er ihm, nichts davon in seinem Bericht zu erwähnen, ansonsten wäre es das letzte Mal, dass er ihm Einblick in seine Ermittlungstätigkeiten gewährt. Nach Besichtigung der Spuren des misslungenen Einbruchs verzogen sich Dallmair, Eva und Detlev in den hinteren Teil des Gartens, um über die Gründe des Brandanschlages ungestört zu debattieren. Derweilen ereiferten sich Hufnagl und Frau Wagner weiterhin über ihre gegenseitigen Ansichten. Nachdem Detlev seine Vermutungen vorgetragen hatte, es könnte sich um zwei unabhängige Täter handeln, die Klebers Privatsphäre zu zerstören versuchten, da die Abläufe der Verbrechen einen sehr breiten Zeitraum einnahmen, äußerte sich Eva eher skeptisch.

»Vergiss nicht die Aussage von Krüger, er sprach von einer langen Vorlaufzeit, bis sie ihre Pläne verwirklichten. Und wer sagt uns, dass der Unbekannte und Krüger nicht ein und dieselbe Person ist? Wer von uns hat denn seine Alibis überprüft? Keiner.«

Noch bevor Dallmair sich in die Diskussion einbringen konnte, preschte Ganghoferl mit einer Zwischenfrage dazwischen.

»Ich höre stets den Namen Kleber. Handelt es sich etwa um den Musiker Kleber, der in einem philharmonischen Orchester in München das Instrument Oboe so ausgezeichnet beherrscht und seine Frau durch Mord verlor? Entschuldigt, dass ich dazwischenfuhr, über dieses Verbrechen setzten wir uns im Unterricht auseinander und entwickelten darüber ein Täterprofil. Wir kamen zur Übereinstimmung, dieser Verbrecher besitzt ein hohes Potential an Gefühlskälte, Kaltherzigkeit und Rohheit, die in seinem Leben immer wieder zum Vorschein kommen musste. Also eine Person, die dadurch bereits häufig in Erscheinung trat.«

Staunend und verblüfft über Ganghoferls kriminalistische Theorie der Charakterbeschreibung des Täters zeigten Dallmair, Eva und Detlev ihre Zustimmung durch einheitliches Kopfnicken an. In Dallmair begann es zu rumoren. »Dieser Grünschnabel unterweist uns in der Logik kriminalistischen Denkens. Schnellstens müssen wir einen Erfolg vorweisen, nicht dass dieses Bürscherl uns die Arbeit abnimmt und plötzlich den Täter serviert.« Energisch wies er Eva und Detlev an, augenblicklich nach gewaltsamen, in der Datei aufgeführten Straffälligen zu forschen, deren Wohnsitz sich im Bereich Bad Tölz, Tegernsee, Holzkirchen und Miesbach befindet. Er selbst würde dem Fluchtweg des Fliehenden nachgehen, den dieser über den Zaun und die angrenzenden Wiesen und Felder genommen hatte. Vorher verabschiedete Dallmair Ganghoferl, um nicht noch einmal Belehrungen anhören zu müssen.

Die Spuren des niedergedrückten Grases führten über Ackerflächen, bis hin zum nahegelegenen Wald. »In der Dunkelheit wird der Flüchtende kaum in das Gehölz eingedrungen sein«, mutmaßte Dallmair und bewegte sich weiter am Waldrand in Richtung Straße. Kurz zuvor und kaum erkennbar gewahrte Dallmair im Unterholz einen gelben Gegenstand, drückte die Zweige zur Seite und erblickte einen Reservekanister. »Kann sein, muss aber nicht dieser besagte Kanister sein«, dachte sich Dallmair, »solche liegen häufig in der Landschaft.« Zur Sicherheit griff er zu und nahm ihn mit.

Zurück im Kommissariat, erkundigte er sich nach dem Stand der Durchsuchung der Verbrecherkartei.

»Du kannst dir sicher vorstellen, was da für eine Arbeit auf uns zukommt«, berichtete Eva. »Jetzt habe ich bereits 57 Gewalttäter registriert und Detlev auch schon 48 dieser Hitzköpfe und das bei der Hälfte, die uns zur Auswahl stehen.«

»War da nicht ein Gespräch, in dem ein Hitzkopf erwähnt wurde?«, überlegte sich Dallmair. Er dachte und dachte darüber nach, bis es ihm plötzlich dämmerte.

»Versucht es einmal mit dem Namen Hauser«, forderte er Eva und Detlev auf.

»Ich fand einen Helmut Hauser, wohnhaft in Dürnbach nahe Gmund am Tegernsee«, meldete sich Detlev. »Vorbestraft wegen Widerstand gegen Polizisten und Schlägerei bei einem Verkehrsunfall. Er prügelte den Unfallverursacher krankenhausreif.«

»Das könnte unser Mann sein«, befürchtete Dallmair. »Hier stimmt vieles zusammen, Schlägertyp, Auflehnung gegen die Staatsgewalt, aber was besonders auf ihn hindeutet, ist sein Wohnort. Ich könnte mir die letzten Haare vom Kopf reißen, war es doch Frau Hauser, die mir vor Tagen von ihrem hitzköpfigen Mann erzählte.«

»Aber da wusstest du von seinem Wohnort noch nichts«, besänftigte Eva ihren Chef.

»Natürlich war mir der bis dahin unbekannt, aber das gehört doch zu den ersten Ermittlungen, bei Vernehmungen die Adresse abzufragen. Er ist als Baggerführer unterhalb des Sylvensteispeichers beschäftigt, um das Isarbett von Kies und Geröll zu befreien, hier kann er sich seinen Frust wegbaggern. Für heute ist es zu spät, ihn an seinem Arbeitsplatz aufzusuchen, jedoch morgen um 6 Uhr stehen wir bei ihm zu Hause auf dem Teppich. Und jetzt holt Krüger zur Vernehmung. Detlev, du besuchst unseren Gerichtsmediziner und fragst, wann die Blutgruppenbestimmung und DNA von den Spuren auf dem Messer vorliegen, und du, Eva, kommst mit zur Vernehmung.«

Kaum hatte Krüger Platz genommen, überfuhr ihn Dallmair mit Fragen, die ihm den Schweiß aus den Poren drückten.

»Sie hatten jetzt genug Zeit zum Nachdenken, nun verlange ich von Ihnen Fakten und keine Unwahrheiten. Sie geben nun sofort den Namen Ihres sogenannten Unbekannten preis. Also, wie lautet sein Name? Wer besorgte die radioaktive Substanz? Wer verübte heute Nacht den Brandanschlag auf Klebers Haus? Gehe ich recht in der Annahme, dass der Wohnort der Person, die Sie uns verschweigen, circa 8 Kilometer von Ihrem Haus entfernt liegt?

In Krüger ging es drunter und drüber, seine Gedanken wirbelten in seinem überforderten Gehirn durcheinander, Fiktionen tauchten auf und erloschen sogleich. Sein Herz pumpte und raste, seine zurechtgelegten Antworten erschienen ihm nur als Wortfetzen. Er fand auf keine dieser Fragen eine ausweichende Antwort. Als Dallmair dann noch mit Nachdruck die Enthüllung seiner Unwahrheiten forderte, stürzte sein aus Lügen errichtetes Kartenhaus in sich zusammen.

»Herr Hauptkommissar, ich bestehe darauf, mit einem Anwalt zu sprechen, bis dahin hören Sie von mir kein Wort.«

»Schön, dass Sie nach dem Überdenken Ihrer Auswegslosigkeit zu dieser Einsicht kamen. Ihren Wunsch nach einem Rechtsvertreter erfüllen wir Ihnen. Wie ich aus Ihrer Bitte heraushöre, hatten Sie noch keinen Kontakt zu einem Anwalt. Ich könnte Ihnen jetzt eine Reihe von Fähigen empfehlen, jedoch überschreitet das meine Befugnisse. Morgen erkundigen Sie sich und bis dahin unterhalten wir uns noch. Sie sind doch sicher einverstanden?«

»Nur unter einer Bedingung, wenn Sie das Aufnahmegerät abschalten«, forderte Krüger.

»Na gut, einverstanden.« Dallmair griff sich den Recorder, bewegte den Schalter auf aus,

stellte ihn wieder zurück auf den Tisch, um ihn mit dem kleinen Finger, für Krüger nicht einsehbar, wieder in Bewegung zu setzen.

»Ich besorge für uns drei Kaffee, inzwischen unterhält sich Oberkommissarin Melzer mit Ihnen«, sagte Dallmair, stand auf und verließ den Raum, um vom Nebenzimmer das Gespräch zu verfolgen.«

»Mein Chef hat mich Ihnen schon vorgestellt, dann können wir zwei ein wenig darüber plaudern, was uns bedrückt. Mir persönlich sind die Vernehmungspraktiken unseres Hauptkommissars oft zuwider. Er verrennt sich manchmal derart, dass ich schon nahe daran war, ihn aufzufordern, die Befragung zu beenden. Sie müssen ja Schreckliches durchlebt haben, wie er Ihnen diese Fragen an den Kopf warf. Wie kann man darauf nur eine Antwort finden? Eine Frage lasse ich mir eingehen, doch er beschoss Sie wie mit einem MG und jagte gleich vier Stück heraus. Ich dränge Sie nicht, doch wenn Sie über Ihren Kumpel etwas loswerden möchten, so höre ich Ihnen gerne zu.«

Verwundert über Eva Melzers Einfühlungsvermögen sowie ihre

Freundlichkeit und verständnisvolles Mitgefühl, ließ er sich erweichen, einiges über seinen Kumpan preiszugeben.

»Frau Oberkommissarin, Ihr Redestil befindet sich auf einem völlig entgegengesetzten Niveau als der Ihres ruppigen Chefs. Da kann ich viel freier reden, ohne Angst haben zu müssen, vom nächsten Tiefschlag getroffen zu werden. Ja, ich gebe es zu, dass ich bereits zwei Jahre mit dieser namenlosen Person befreundet bin. Wir sprachen uns in dieser Zeit jedoch nur mit unseren Vornamen an, was Sie sicher nicht glauben können, es entspricht aber der Wahrheit. Er stellte sich als Hugo vor, bewohnt in der Nähe vom Tegernsee ein Häuschen und ist mit einer Musikerin verheiratet. Da sprang ich natürlich sofort an, versuchte herauszubekommen, ob sie in einem Orchester oder einer kleineren Gruppe spielt. Da wurde er stets zornig und sagte: ›Das braucht dich nicht zu interessieren, ich will von dir auch nichts wissen, was du so treibst.‹ ›Auch recht‹, dachte ich, ›wenn er sich so geheimnisvoll über seine Partnerin auslässt, steht's mit der Beziehung nicht zum Besten.‹ Aber da war ich sehr verwundert, als er damals auf mein seelisches Tief einging und unbedingt den Grund meiner Probleme erfahren wollte.«

»Das finde ich ebenfalls sonderbar, Herr Krüger«, stimmte die Oberkommissarin zu. »Versuchen Sie sich an ein Gespräch zu erinnern, in dem Sie über Ihren Beruf, Kollegen, oder Kolleginnen, über Ihre tägliche Fahrt zur Philharmonie nach München oder etwa über die allabendlichen Konzerte berichteten. Ich denke nämlich, er wusste genau, in welchem Umfeld Sie tätig sind.«

»Sie könnten recht haben, Frau Oberkommissarin. Vor Weihnachten trafen wir uns zufällig bei der Tankstelle in Weyarn, kurz vor der Autobahnauffahrt. ›Hast du schon Weihnachtsurlaub?‹, fragte ich ihn. Darauf er: ›Ja man muss sich nur den richtigen Beruf auswählen, um solche Tage mit einer ausgiebigen Freizeit zu verbinden‹. Weiter bemerkte er zynisch, mit meinem Beruf würde er nie tauschen, stets Abend für Abend, Wochenende für Wochenende und Feiertag für Feiertag zu opfern, nur dass Menschen hysterisch jubeln und ihre eiskalten Hände erwärmen können. ›Die sind doch behämmert, wenn man so eine Holzblechmusik hören will, dafür hat man doch CDs und Radios und zahlt keine 80 €.‹«

»Also hatte er Einblick in Ihre Tätigkeit und das bereits, bevor er Sie ansprach«, folgerte Eva Melzer. »Und wer könnte ihn davon unterrichtet haben?«

»Das kann ich mir beim besten Willen nicht vorstellen«, entgegnete Krüger überfragt.

»Sagten Sie nicht, seine Frau ist Musikerin? Eins und eins ist …?«

Mit offen stehendem Mund blickte Krüger die Oberkommissarin fragend an, versetzte seiner Stirn plötzlich einen Klaps und fragte unsicher:

»Ja, denken Sie wirklich? Aber dann benutzte er mich ja nur als Vorwand, um an sein Ziel zu kommen, und ich war so blöd, ihm von meinem Hass auf Kleber zu erzählen. Ich kann›s einfach nicht glauben, die feinfühlige und musische Hauser und er so ein Grobian und hinterhältiger Kerl. Dann muss ja sie ihn über mich eingeweiht haben. Aber warum denn? Sie hatte doch überhaupt keine Anhaltspunkte, wie meine innere Einstellung zu Kleber aussah.«

»Herr Krüger, unterschätzen Sie nicht den weiblichen Durchblick. Wir sehen mit Augen und Gefühlen und diese gebündelten Sinne werden von unseren Gehirnen bearbeitet und als Resultat in Form von Scharfsinn wiedergegeben. Ich gehe davon aus, dass Frau Hauser mit ihrem Mann über diese Erkenntnis sprach. Und wenn Sie annehmen, Herr Hauser hatte von Ihrem Aussehen keine Ahnung, so täuschen Sie sich. Aufnahmen von den Musikern eines Symphonieorchesters finden Sie im Internet und hängen sicher bei jedem Mitwirkenden in seiner Wohnung.«

Mit drei Bechern Kaffee betrat Hauptkommissar Dallmair mit Verspätung das Vernehmungszimmer, entschuldigte sich damit, der Automat auf diesem Stockwerk sei defekt, er habe daher in das untere gemusst. Scheinheilig informierte er sich über Ergebnisse in seiner Abwesenheit, warf Eva einen giftigen Blick zu, den sie sofort einreihen konnte, und verschwand wieder mit den Worten:

»Frau Oberkommissarin, wenn Sie noch Nachforschungsarbeit betreiben möchten, wünsche ich viel Vergnügen, ich verabschiede mich in den Feierabend, und vergessen Sie nicht, morgen Punkt sechs Uhr vor Hausers Wohnung.«

15

Mittwoch, 15. 01. 2014, 5:08 Uhr. Sie verbrachte eine unruhige Nacht, schreckte erneut wieder auf, blickte zu ihrem Wecker und hätte noch 30 Minuten in der wohligen Wärme verbringen können, doch sie ließ es nicht zu, erhob sich und ging ins Bad. Noch drei Stunden, dann startete der Flieger, der sie und das Impressionismus-Symphonieorchester nach Berlin bringen sollte. Frau Hauser zog den Rollladen hoch, blickte aus dem Fenster zu den nahegelegenen Bergen, die sich schwarz vor dem nachtblauen Firmament abzeichneten. Ein Poltern gegen die Badtür ließ sie zusammenzucken und die folgenden groben Beschimpfungen versetzten sie in Angst und Panik.

»Raus, seit wann stehst du früher auf als ich? Mach endlich die Tür auf, du blöde Kuh, bevor ich sie eintrete.«

Sie verhielt sich still, wollte nicht wie jedes Mal nachgeben, stellte sich unter die Dusche und genoss die wohltuende Wärme von dem an ihrem attraktiven Körper herabfließenden Nass. »Zwanzig Minuten lass ich ihn jetzt schmoren«, sagte sie sich, doch bereits nach einer Minute stand er vor ihr, die Badezimmertür aus Schloss und Angeln gerissen, packte er sie und schleuderte ihren nackten Körper gegen das Waschbecken, fasste sie an den Armen und zog die am Kopf Blutende über die am Boden liegende Tür aus dem Badezimmer und ließ sie liegen. Seelenruhig betätigte er die Wasserhähne und wusch sich. Beim Herauskommen stieg der Gewalttätige achtlos über seine Frau, versetzte ihr noch einen Stoß mit dem Fuß, brüllte ihr auf dem Weg zum Schlafzimmer noch schauderhafte Worte zu, zog sich an und verließ die Wohnung.

30 Minuten später betätigte Dallmair die Klingel, drückte ein zweites Mal energischer, pochte gegen die Tür und schrie: »Kriminalpolizei, Herr Hauser, öffnen Sie!« Mit fünfzehnminütiger Verspätung trafen Eva und Detlev ein. Ohne auf ihre Entschuldigungsschwafelei einzugehen, beorderte er die zwei zur Rückseite des Hauses, pochte nochmals, jedoch wesentlich

kräftiger, an die Tür, fackelte nicht lange, zerschlug das Glas, drückte den Türgriff und betrat die Wohnung. Er durchsuchte die unteren Räume, bemerkte am Küchentisch eine halbgeleerte Tasse Kaffee, deren Inhalt sich lauwarm anfühlte, begab sich zum oberen Stockwerk und erblickte, noch auf den letzten Stufen sich befindend, den am Boden liegenden nackten Körper von Frau Hauser. Sein gellender Pfiff bewirkte, dass Eva und Detlev herbeistürzten, sofort die Notlage einschätzten und den Rettungsdienst verständigten. Eva griff sich eine Bettdecke, schob sie der Bewusstlosen unter ihren Körper, deckte sie zu und versuchte die Ohnmächtige durch Zurufe wach zu bekommen. Eine riesige Blutlache breitete sich weiter aus, immer noch quoll aus ihrer Kopfwunde diese rote Flüssigkeit. Im Badschrank fand Dallmair Verbandsmaterial, fertigte daraus einen Bauschen aus Mull und drückte ihn sanft auf die Wunde. Währenddessen bemühte sich Eva weiterhin, Frau Hauser aus ihrer Besinnungslosigkeit hervorzuholen. Zuerst ein Röcheln, gefolgt von etlichem Räuspern, erweckte Frau Hauser aus ihrer Ohnmacht. Ihr erster Gedanke galt dem heutigen Konzert in der Deutschen Oper in Berlin. Sie versuchte sich zu erheben, es blieb beim Versuch, Kopf und Rücken schmerzten, ihre Beine bewegungslos. Mit beruhigenden Worten ließ Eva Frau Hauser wissen, der Notarzt sei bereits verständigt und sie müsse sich jetzt vollkommen entspannt verhalten und auf keinen Fall unkontrollierte Bewegungen vornehmen. Inzwischen benachrichtigte Detlev die Spurensicherung, pochte auf baldiges Eintreffen und vergewisserte sich bei Dallmair über das weitere Vorgehen.

»Soll ich Unterstützung anfordern, die uns bei der Festnahme von Hauser zur Hand geht? Sein Arbeitsgebiet befindet sich in der freien Landschaft, die ihm nach allen Seiten Fluchtmöglichkeiten offen lässt. Besondere Erschwernis sehe ich darin, ihn von seinem Bagger herunterzubekommen, mit dem er mitten im Fluss arbeitet.«

»Denkst du, dass sich dieser Aufwand lohnt? Er wird seine Mittagszeit kaum auf seinem unterkühlten Arbeitsplatz verbringen. Der ist sicher nicht der einzige Beschäftigte dieser Firma, die betreiben bestimmt in unmittelbarer Nähe einen Aufenthaltsraum, in dem sie sich warme Speisen zubereiten. Du kannst dich schon einmal nach diesem Ort erkundigen.«

Die erste vage Vermutung des inzwischen eingetroffenen Notarztes löste bei Eva und Dallmair Bestürzung aus. Der Sturz führte unglücklicherweise genau auf den Punkt, hinter dem das Kleinhirn seinen Sitz hat. Wird dieses beschädigt, hat das Auswirkungen auf den Bewegungsablauf von Armen, Händen, Oberkörper und Beinen. Ein genaues Bild würden Untersuchungen mit CT und neurologische Tests ergeben.

Kurz nach dem Abtransport der Schwerverletzten traf das Spurensicherungskommando unter Leitung ihres Chefs Herrn Siedler am Unglücksort ein. Um ein Aufeinandertreffen mit ihm zu verhindern, verzog sich Dallmair in die Küche und schloss die Tür. Von draußen drangen die stets blöden Bemerkungen von ihm zu Dallmair. »Nein, nein, heute nicht«, schwor sich Dallmair, »wenn ich jetzt zu ihm rausgehen würde, gäbe es mit Sicherheit eine Leiche zu bestaunen.« Er sah sich in der außerordentlich reinlichen und modernen Küche um, entdeckte an der Magnetwand ein Foto, es zeigte das Symphonieorchester mit voller Besetzung. Beim Entfernen des Bildes fiel ein zweites Foto zu Boden, das sich dahinter versteckte, es zeigte David als vergrößerten Ausschnitt vom Gruppenbild. Er blickte auf die Rückseite und gewahrte ein schwarzes Kreuz, dem mit Rotstift beigefügt worden war: »Kleber + Löw + Hofner + Kleber.« Er verglich das kleine Bild mit dem großen, entdeckte auf Klebers Stirn eine winzige Einkerbung, konnte jedoch das Zeichen nicht klar erkennen. »Also muss ich doch diesen Schaumschläger belästigen«, ärgerte sich Dallmair. Er eilte zu Siedler, der sich soeben mit dem Blut am Waschbecken beschäftigte, bat ihn überhöflich um ein Vergrößerungsglas, bekam es sonderbarerweise ohne dumme Bemerkungen ausgehändigt, jedoch als Dallmair das Bad wieder verließ, traf ihn eine dieser boshaften Anspielungen.

»Mir sind schon Menschen begegnet, die wegen ihrer Verklemmtheit auf eine Brille verzichten, und ein Jahr später sah ich sie mit weißem Stock und Binde am Arm.«

»Bleib ganz ruhig, nicht aufregen«, sagte Dallmair seinem Gewissen. »Wenn ich mich jetzt umdrehe, bekommt das Waschbecken den zweiten Schädel zu spüren.«

»Das sieht aus wie ein Kreuz«, noch zweifelte er, doch als er später Eva das Bild vorhielt, bestätigte sie seine Vermutung. Sofort erteilte Dallmair Eva eine Anweisung.

»Sorge dafür, dass bei Kleber ein weiterer Wachbeamter postiert wird, einer vor, einer im Krankenzimmer. Keine Schlafmützen, sondern fähige und aufgeweckte Polizisten, am liebsten wäre mir, wenn du vor der Klinik Ausschau halten würdest. Los, beeile dich, ich hab so ein mulmiges Gefühl im Magen. Halt, nimm das Bild von Hauser, das sich an der Magnetwand befindet und zeig es jedem, der auf dieser Station Dienst tut.«

Dallmairs Befürchtungen bekamen von Detlev die Bestätigung. Er gab per Handy die Nachricht durch, Kleber habe vor drei Wochen gekündigt, weil er einen ruhigeren und saubereren Arbeitsplatz gefunden habe. Dallmair informierte Detlev über seine Vermutung und beorderte ihn zur Bewachung zum Haus von Kleber, es könnte ja die Möglichkeit bestehen, dass dieser hassgeschädigte Hauser einen zweiten Anschlag plant. Bevor er zur Klinik nach Miesbach startete, trichterte er den anwesenden Polizeibeamten ein, sehr wachsam das Haus sowie die Umgebung zu beobachten und beim kleinsten Verdacht Verstärkung anzufordern.

Mit Blaulicht raste Dallmair Richtung Miesbach, wurde von ungeschickten Autofahrern des Öfteren ausgebremst. Auf der Gegenfahrbahn hinderte ihn der Ausflugsverkehr der Wintersportler am Überholen. Bedrohliche Gedanken über das nächste Vorgehen Hausers durchschwirrten sein Gehirn. Genauso gut könnte er den Schwiegereltern etwas antun, die Klebers Kinder in Obhut hatten. Weiß der Teufel, was dieser Satan als Nächstes im Schilde führte. Plötzlich schoss ihm ein erneutes Versagen seines Teams und von ihm durch den Schädel. »Was bin ich nur für ein Hornochse!«, schrie er laut und schlug mit der Faust aufs Lenkrad. Keiner hatte sich informiert, welche Fahrzeuge die Hausers besitzen. »Bereits in der Nacht des versuchten Brandanschlages hätten wir parkende Autos im Umkreis notieren müssen, stattdessen laufe ich sinnlos durch Äcker und Wiesen.« Seine Selbstvorwürfe lenkten Dallmair für einen kurzen Augenblick dermaßen ab, dass er mit Müh und Not einem Auffahrunfall entgehen konnte. Er riss den Lenker im letzten Moment nach rechts, rutschte über die Straßenbegrenzung den Abhang hinab, setzte auf dem vorbeiführenden Radweg auf und wurde in den angrenzenden Acker geschleudert. Geistesgegenwärtig drückte er das Gaspedal, bevor das Fahrzeug zum Stehen kam, und pflügte sich durch den Morast wieder auf den Weg. »Blöd, blöder, Peter!«, schrie er voller Zorn, gab Vollgas und raste unter der Schlagzeugbegleitung der schmutzauffangenden Radkästen gen Miesbach weiter.

»Hier alles noch ruhig, keine besonderen Vorkommnisse«, meldete Eva aus der Klinik. »Personal informiert und darauf hingewiesen, auf eine fremde männliche Person zu achten, die sich als Mitarbeiter des Hauses verkleidet Zutritt verschaffen möchte.«

»Prima, Eva, Gott sei Dank hast du alles im Griff«, entgegnete Dallmair. »Was ich von mir nicht behaupten kann. Treffe ein, wenn ich meine Fahrkunst nicht überschätze, in fünf Minuten.«

Die letzte Fahrtstrecke nutzte Dallmair, um die Polizeibeamten vor Hausers Wohnung zu erreichen, damit sie sich bei den Nachbarn über die Fahrzeugmarken erkundigen. Bei Eintreffen vor der Klinik erfolgte die Durchsage:

»Herr Hauptkommissar, bevor i Eana de Automarkng sog, muass i Eana des song, wos de Nachbarn gsogt ham. De ham nämlich gsogt, se wundan se üba gonix mea, wos in dem Haus ois passiert. Do gähts manchmoi drunta und drüba. Da Hausa muass so a groba Lackl sei, wia dea sei Frau ofaht, so gäht man net amoi mit am Viech um, hams gsogt und fiachtn dean se de zwoa Nachbarn a voa eam, dea is ja so wos von gschäat, letztmoi hod a voa eanam Gartnzaun hibieslt, de Sau, hams gsogt.«

»Kommen Sie zur Sache«, bat Dallmair den Beamten. »Das können Sie mir im Revier auch berichten.«

»Wias mona, Herr Hauptkommissar. Eiso, de Frau Hausa fahrt mit am schwarzn Mercedes A 45 und ia Mo hod an oidn grüna Toyota Geländewong FJ 40, dea muass so dreckat sei, hams gsogt, de Nachbarn, dass ma des Fahrzeignummanschuidl nimma lesn kon.«

»Das ist nun die Frage, mit welchem der beiden Autos Hauser unterwegs ist«, überlegte sich Dallmair, informierte sofort die am Eingang wartende Eva und erkundigte sich nochmals bei diesem Beamten.

»In da Garaschn stät dea Mercedes drin«, bekam Dallmair zur Auskunft.

»Eva, du beobachtest weiterhin das Vorfeld der Klink, ich halte Ausschau auf dem Klinikgelände und umliegenden Parkzonen nach diesem verdreckten Wagen.«

Aufmerksam registrierten die Wachbeamten vor Klebers Krankenzimmer jede sich nähernde Person. Die Hand an ihrer Waffe, verfolgten sie das emsige Hin und Her der Ärzte und Schwestern, die, angesteckt von der spannungsgeladenen Atmosphäre, ihre Nervosität nicht verbergen konnten. Ihr Arbeitsablauf sollte so normal wie möglich erfolgen, auch Krankenbesucher hatten weiterhin Zugang zu Patienten, um keinen ungewöhnlichen Eindruck zu erwecken. Hauseigene Handwerker und Techniker bekamen striktes Verbot, diese Station aufzusuchen. Auch wurde vorgesorgt, dass kein falscher Polizist zu Kleber eindringen kann, dafür benötigten die Wachbeamten ein Codewort. Der Klinikchef Professor Dr. Kledorfer informierte die diensthabenden Beamten darüber, dass sich Staatssekretär Dr. Ringburg vom Gesundheitsministerium bereits vor drei Tagen angesagt hatte, um heute eine Begehung der Räumlichkeiten der Klinik abzuhalten. Es bestünde dabei die Hoffnung auf staatliche Finanzierungshilfe für Modernisierung und Ausbau der Klinik. Deswegen sei der Besuch des Staatssekretärs trotz des Polizeieinsatzes vorrangig, erklärte Prof. Dr. Kledorfer.

»Hallo, Frau Melzer«, tönte es über den Vorplatz des Klinikgebäudes. Die Oberkommissarin drehte sich zu der Person und erblickte ihren Kollegen Linkswadl. Vom Kommissar-Lehrgang zurückgekehrt, bot er sich wieder für den Dienst an.

»Kommissar Linkswadl zur Stelle, erwarte Einsatzbefehl.«

»Gratulation, Herr Kommissar, Prüfung bestanden«, freute sich Eva Melzer. »So kannst du mich für fünf Minuten vertreten, muss dringendst aufs Porzellan.«

Es erfolgte eine schnelle Einweisung und im Laufschritt verschwand Eva Melzer im Eingang. Linkswadl prägte sich in der Zwischenzeit das Bild von Hauser ein, stutzte für einen Augenblick und überlegte laut. »Wo ist mir dieser Typ schon mal begegnet? Das war doch …« Er zermarterte sich sein Gehirn, aber es fiel und fiel ihm nicht ein, noch dazu da er von Dallmair beim Nachdenken gestört wurde.

»Hallo, Linkswadl, was stehst du hier so einsam rum, und wo ist Eva?« Der frischgebackene Kommissar wiederholte seinen Erfolg vom Lehrgang, erklärte Dallmair, weswegen Eva nicht anwesend war, und bekam den ersten Anschiss als Kommissar.

»Was nützt da die ganze Planung, wenn jeder macht, was er will, so lange hätte sie auch noch aushalten können, bis ich wieder eintreffe, und Sie erwartete ich erst morgen wieder zurück.«

»Herr Hauptkommissar Dallmair, weswegen regen Sie sich so auf? Frau Kommissarin Melzer hat mich vorbildlich eingewiesen und das Bild des Verdächtigen ausgehändigt. Auf dem Kommissariat fand ich niemanden vor, so fragte ich im Polizeirevier nach und erhielt die Auskunft von diesem Einsatz. Natürlich möchte ich euch dabei unterstützen und deswegen bin ich da. Aber wenn es Ihnen nicht passt, verschwinde ich wieder. Jedoch zuvor teile ich Ihnen noch mit, dass mir dieser Ganove bereits begegnet ist, nur wo und wann, ist mir noch schleierhaft.«

»Hoppla, habt ihr zu viel beleidigte Leberwürste bei eurem Lehrgang zu essen bekommen?«, kritisierte Dallmair den frischen Kommissar. »Sicher ist dort auch das Thema behandelt worden: Respekt vor einem Vorgesetzten.«

»Ganz richtig, Herr Hauptkommissar Dallmair, jedoch der Inhalt des Lernstoffes ›Anerkennung von einem Vorgesetzten‹ nahm einen wesentlich größeren Stellenwert ein. Hier unterrichtete uns ein pensionierter Hauptkommissar, der uns vor uneinsichtigen und ichbezogenen Chefs warnte, und dieser empfahl uns, die Voreingenommenheit solcher Vorgesetzten stets zu hinterfragen, bis diese an ihrer Antwortfindung ersticken.«

Das saß. Wie ein Schlag in die Magengrube fühlte sich Linkswadls Vortrag an. »Das kann ja heiter werden mit einem solchen Jungspund im Team, der verdirbt mir die zwei anderen zum Schluss auch noch«, moserte Dallmair innerlich vor sich hin. Mehr Zeit zum Grübeln ließ Linkswadl nicht zu. Er stupste Dallmair und schwenkte seinen Kopf in die Richtung zum Eingang und fragte seinen Chef:

»Kennen Sie diesen piekfeinen Herrn mit der Aktentasche und dem hellen Trenchcoat? Dass so ein feiner Herr im Januar einen solch leichten Mantel trägt?«

»Sicher ein Pharma-Vertreter«, vermutete Dallmair.

Im selben Augenblick kehrte Eva wieder von ihren Dringlichkeiten zurück und stellte dieselbe Frage.

»Ist euch dieser elegante Herr aufgefallen? Könnte dieser angekündigte Ministerialrat aus dem Gesundheitsministerium sein, der die Klinik inspiziert.«

»Und das ausgerechnet heute. Seit wann wusstest du von dem Besuch?«

»Als ich das Personal und die Polizeibeamten einwies, erschien Professor Dr. Kledorfer, informierte mich, dass heute ein Dr. Ringburg eintrifft und die gesamte Klinik begutachtet, um eventuell die Finanzierung zur Erweiterung und Modernisierung zu befürworten.«

Dallmair bewegte beinahe unsichtbar seinen Kopf langsam hin und her, so als würden seine Gedanken ihm etwas einzuflößen versuchen, um jäh loszubrüllen.

»Heute, heute, warum gerade heute? Nein, so viele Zufälle gibt es nicht. Eva, rufe sofort im Ministerium an und verlange Herrn Dr. Ringburg, sollte er nicht zu sprechen sein, dann eben die Sekretärin. Irgendjemand wird schon Auskunft geben, ob ein Ministerialrat Dr. Ringburg im Gesundheitsministerium bekannt ist, und wenn ja, wo er sich jetzt befindet. Los, Linkswadl, wir rennen diesem galanten Beamten hinterher.«

»Bitte warten, Sie werden verbunden, bitte drücken Sie die Eins, wenn Sie verbunden werden möchten, leider spricht der Teilnehmer, rufen Sie zu einem späteren Zeitpunkt an«, und dazwischen diese zum Wahnsinn treibende Warteschleife, gefüllt mit nervtötender Musik, die das Trommelfell zerfrisst. Eva Melzer zitterte bereits vor Wut, konnte es nicht begreifen, eine fähige Person zu erreichen. Aus Verzweiflung probierte sie ihr Glück beim Pförtner des Ministeriums.

»Gesundheitsministerium, Pförtner Ganslmeier.«

Wie ein Wasserfall ratterte Eva Melzer ihren Text herunter und siehe da, die Auskunft kam postwendend.

»I hob scho Angst ghabt, Sie höan gonimma auf Frau Melza. Eiso, bei uns gibt's an Dr. Ringberg, aba i glaub, dea is heit untawegs. Genaua kon des Eana sei Sekretärin song, wo se dea heit rumtreibt. I vabind Eana glei direkt.«

Und wirklich, am andern Ende meldete sich die Vorzimmerdame, hörte sich die Fragen von Eva Melzer ohne Zwischengequatsche an, die Antwort kam spontan.

»Sie sind Kriminalkommissarin und doch ist es mir nicht gestattet, Auskunft über meinen Vorgesetzten zu geben. Das ist eine Vorsichtsmaßnahme, die Sie bestimmt akzeptieren.«

Völlig entnervt brüllte Eva Melzer in ihr Handy.

»Wenn Sie glauben, ich spioniere Ihrem Chef hinterher, um rauszufinden, ob er fremdgeht oder soeben mit Ihnen ein Schäferstündchen praktiziert, so kann ich Ihnen sagen, das ist mir scheißegal. Es geht in meinem Fall um Mord. Wenn Sie weiterhin auf stur schalten, sind Sie dafür verantwortlich, wenn der Platz des ersten Oboisten im Impressionismus-Symphonieorchester für immer verwaist bleibt.«

Durch den Hörer drang ein schwaches Schluchzen, dann ein Räusperton und sie sprach endlich.

»Mein Vorgesetzter Herr Dr. Ringburg befindet sich seit heute Morgen bei einer Tagung in Landshut.«

Ohne Rücksicht auf die Besucher im Klinikum stürmte Eva Melzer zum vierten Stockwerk hoch, suchte Dallmair, fand ihn jedoch nicht, griff zu ihrem Mobiltelefon, statt ihres Chefs meldete sich die Mailbox, die plötzlich erlosch, keine Verbindung zu Dallmair. Sie lief zum Fenster, riss es auf, brüllte Linkswadl zu: ›Sofort zu mir!‹, hetzte zu den Wachbeamten, informierte sie von dem eingetretenen Notfall, gab Anweisungen, verstärkt auf der Hut zu sein und das Krankenzimmer von innen zu verbarrikadieren, forderte Verstärkung an und konnte nun nur mehr darauf warten, was auf sie zukommt.

Als Linkswadl eintraf, kam ihr der Gedanke, bei Prof. Kledorfer nachzufragen, wieder ergriff sie ihr Handy, schob es wieder in die Jackentasche und spurtete ins untere Geschoss zu Prof. Kledorfers Büro, stieß die Tür auf und starrte in die Mündung des Revolvers des angeblichen Prof. Ringburg. Geistesgegenwärtig warf sie sich zu Boden, rollte sich blitzschnell in Deckung, hörte ein Zischen und den Einschlag in der Wand des Flurs. Eiligst prägte sie sich die Bilder des kurzen Augenblicks in ihr Gedächtnis. Professor Kledorfer, sitzend am Schreibtisch, rechts neben ihm stehend der falsche Ringburg, bewaffnet mit schalldämpferversehener Pistole. Doch wer saß in dem Sessel links vom Schreibtisch? War es Kledorfers Sekretärin oder etwa eine männliche Person? Ja vielleicht sogar Dallmair? Sie quälte sich, ihr fotografisches Gedächtnis noch stärker in den Vordergrund zu zoomen, um wenigstens eine Besonderheit von dieser Gestalt zu erkennen, bildete sich ein, einen schwarzen Mantel oder Jacke gesehen zu haben. Ihr Chef trug heute doch seinen abgetragenen dunklen Stutzer, erinnerte sie sich. Wenn dies zuträfe, hätte dieses Ungeheuer zwei Waffen in Besitz. Plötzlich flog die Tür von Kledorfers Büro ins Schloss und das Klacksen der Verriegelung ertönte. Eva presste ihr Ohr dagegen, doch der Lärm auf dem Flur übertraf die leisen Geräusche dahinter. Was hatte er jetzt vor, da sein Ablauf gestört worden war? In ihrem Schädel spulten sich die verschiedensten Szenarien wie in einem Film ab, sie griff sich die wahrscheinlichsten Versionen heraus und ließ sie nochmals Revue passieren. Was kann er schon mit zwei Geiseln bezwecken? Er sitzt in diesem Raume fest, der einzige Fluchtweg durchs Fenster. Mit einer Geisel als Schutzschild durch die Klinik zu marschieren bedeutete für ihn ein zu großes Risiko, von einem finalen Todesschuss erlegt zu werden. Oder? Eva brütete kurz über eine aufkommende weitere Möglichkeit und kam zu einem überzeugenden Entschluss, an dessen Eventualität bisher keiner gedacht hatte. »Bis vor kurzem konzentrierten wir uns auf eine Person, eine zweite befindet sich bereits vor dem Eintreffen der ersten in der Klink.« Plötzlich erschauderte Eva Melzer, als in ihr ein furchtbarer Verdacht aufstieg. »Hat sich Hauser etwa bereits nach dem Ausscheiden von seiner vorhergehenden Arbeitsstelle als Mitarbeiter in dieser Klinik beworben und kennt inzwischen die Räumlichkeiten und Abläufe?«

Die Oberkommissarin packte sich eine vorbeieilende Krankenschwester, fragte sie nach der Personalstelle und rannte sogleich ins Erdgeschoss, stürmte ins Personalbüro und stellte sehr energisch diese Frage:
»Beschäftigt diese Klinik einen Mann mit Namen Hauser? Der Eintritt müsste vor drei Wochen erfolgt sein.«

Über das aggressive Auftreten erbost, reagierte die Angesprochene im selben Stil. Als Eva Melzer ihren Ausweis auf den Tresen knallte und kurz die Notlage erklärte, eilte die Klinikmitarbeiterin zu den Aktenschränken, suchte in den Unterlagen und kam mit der Akte Hauser wieder zurück. Sie blätterte darin und gab Auskunft.

»Herr Martin Hauser begann, so wie Sie bereits vermuteten, vor drei Wochen das Arbeitsverhältnis mit der Klinik. Sein Aufgabengebiet: technischer Hauswart, was bedeutet, er trägt die Verantwortung für die Funktion der Heizung und Warmwasserversorgung sowie der gesamten Beleuchtungskörper im Klinikgebäude und Schwesternheim.«

Eva Melzer hatte genug gehört, blickte noch in die Akte und war überzeugt, da das Foto Hauser darstellte, dass ihre Befürchtung zutraf. Ein Blick vor das Klinikgebäude offenbarte Eva die Ankunft von Polizeikräften und des Sondereinsatzkommandos unter Leitung von Hauptkommissar Joachim Langfurtner, dessen Mitwirken stets einen erfolgreichen Ausgang garantierte. Sie winkte die leitenden Beamten zu sich zur Lagebesprechung, die sich eine halbe Stunde hinzog. Alle waren sich einig, eine Evakuierung der Patienten lässt sich nicht durchführen, es würde dem Verbrecher ein Leichtes sein, bei dem auftretenden Durcheinander entweder zu entkommen oder seine geplante Tat auszuführen. Bis zum jetzigen Zeitpunkt funktionierte der Ablauf in sämtlichen Stationen reibungslos, jedoch das große Aufgebot an Polizei und vermummten SEK-Männern erregte Angst und Schrecken unter Mitarbeitern und Patienten. »Man muss sie informieren und beruhigen«, forderte Oberkommissarin Eva Melzer, »dies könnten ja unsere Polizeibeamten übernehmen«, schlug sie vor. »Wenn pro Stockwerk drei Mann die Anwesenden davon unterrichten, wäre das in circa 45 Minuten erledigt.« Eva wusste selbst, dass dies eine verdammt lange Zeit in Anspruch nimmt, bestand aber darauf, denn eine Panik unter

Schwestern und Patienten würde in einem Chaos enden, wenn es zum Einsatz mit Waffen kommen sollte. Hauptkommissar Langfurtner dirigierte seine Mannschaft zu den festgelegten Standorten, umringte das Gebäude, brachte Scharfschützen in Stellung. Drei Mann postierten sich vor dem Büro des Professors, horchten mit sensiblen Mikrofonen nach Geräuschen und Gesprächen, ihr Kopfhörer empfing jedoch nur Stille und Schweigen. Eva war dabei, in den vierten Stock zu rennen, um auch Kommissar Linkswadl von der neuen Lage zu berichten, plötzlich kam ihr Detlev in den Sinn. Zwischen den Etagen stoppte sie und wählte Detlevs Nummer.

»Detlev, wo steckst du denn? Hier ist der Teufel los, ich brauche dich, komm, so schnell du kannst.«

»Ich stehe vor Hausers Wohnung. Peter kommandierte mich hierher, sollte dieses Schwein zurückkommen. Das muss ja wirklich satanisch zugehen bei euch. Natürlich rase ich zu dir, möchte doch auch einmal den Mephisto zu Gesicht bekommen.«

»Detlev, treibe mich nicht zum Wahnsinn, mir ist absolut nicht nach Spaß zumute«, schimpfte Eva und beendete das Gespräch.

Wieder auf dem Weg nach oben, erblickte sie im dritten Stockwerk, bedächtig gehend und in ein Gebetbuch vertieft, einen Herrn in schwarzem Anzug und mit zierlichem Kreuz am Revers sowie mit weißem Kollar um den Hals. »Gewiss der Krankenhauspfarrer«, mutmaßte sie. Als Eva Melzer an ihm vorbeilief, grüßte er freundlich mit erhobener Hand und rief ihr nach: »Nicht so hurtig, Sie können der Zeit nicht entfliehen.«

»Ja, ja«, dachte sie sich, »vom Schäfchenhüten kommt man bestimmt nicht außer Puste.« Als Allererstes verlangte Eva von Linkswadl seine Mobilfunk-Nummer, die sie bei seinem Abschied zum Lehrgang gelöscht hatte, was ihr heute so manch Treppenstufen erspart hätte.

»Hier scheint, wie es aussieht, alles noch ruhig zu sein. Unten geht es drunter und drüber. Große Sorgen bereitet mir Dallmair, er ist wie vom Erdboden verschluckt.«

Was bei Linkswadl einen Lacher freisetzte.

»Das hört sich an, als wenn die Hölle sich aufgetan hätte, um sich neue, nein verschmutzte Seelen einzufangen.«

Als jedoch Eva von ihren Vermutungen und Erlebnissen berichtete, verstummte Linkwadls Lachen, stattdessen stiegen Angst und Sorge in ihm hoch. Er überlegte, schlug Eva vor, von dem Nebenzimmer ins Büro einzudringen, um Dallmair und den Professor zu befreien. Eva stand wie geschockt vor ihrem Kollegen und forderte ihn auf, seinen letzten Satz nochmals zu wiederholen.

»Vom Nebenzimmer aus könnten wir es versuchen.«

»Woher sind dir denn die Räumlichkeiten des Professors bekannt?«

»Das liegt nun bestimmt gute drei Jahre zurück. Ich ließ mir die Schulter operieren, die ich mir bei der Jagd auf einen flüchtigen Sexualtäter demoliert hatte, und da diese Operationen an der Schulter nur der Professor durchführt, bat er mich in sein Behandlungszimmer und dieses befindet sich rechts von seinem Büro, das mit einem Durchgang verbunden ist.«

»Weißt du, was das bedeutet?«, fragte Eva entsetzt. »Dieser Hauser konnte seelenruhig den Raum verlassen und wir Deppen halten vor der falschen Tür Wache.«

Eva Melzer gab über ihr Handy sofort den Befehl aus: »Türen aufbrechen und Geiseln befreien.« Der Leiter der SEK, an den der Befehl erging, versuchte die Oberkommissarin zu beschwichtigen, wollte er doch keine Menschenleben in Gefahr bringen. Erst nachdem Eva Melzer von dem zweiten Ausgang berichtet hatte, willigte er ein, wollte aber dennoch die Verantwortung nicht übernehmen.

»Herr Langfurtner, sollte etwas aus dem Ruder laufen, geht das auf meine Kappe. Warten Sie noch ab, ich möchte dabei sein.«

Mit Sprüngen über drei Treppenstufen eilte Eva ins Erdgeschoss und fieberte, was sie im Büro von Professor Dr. Kledorfer erwarten würde.

Ein kräftiger Schlag mit dem Rammgerät und die aufgestoßene Türe gab den Blick frei auf zwei armselige Gestalten, die zusammengekauert, verschnürt sowie geknebelt am Fußboden lagen und mit ihren flehenden Augen auf Befreiung warteten. Eva hatte das Klebeband kaum von Dallmairs Mund entfernt, schrie er los und bezichtigte diesmal sich selbst als unfähigen und hirnverbrannten Anfänger, der sich wie ein seniler Greis überlisten ließ. Auch nach dem Abnehmen der Fessel beschimpfte er sich und ließ sich auch von Eva und Langfurtner nicht beruhigen.

»Wie konnte ich nur so blöd und naiv sein, ich als dein Vorgesetzter benehme mich wie ein Neuling, wird höchste Zeit, dass ich in Pension gehe.«

Eva konnte das Gequatsche über sein Selbstmitleid nicht mehr anhören und gab ihm Kontra.

»Wenn du dich bisher als Übermensch gesehen hast, siehst du nun hoffentlich ein, dass in unserem sowie in jedem Beruf Fehler begangen werden, und so wird es auch in tausend Jahren sein und jetzt ist Schluss mit Selbstvorwürfen. Du und ich sowie die Kollegen dürfen glücklich sein, dass du überhaupt noch am Leben bist.«

Noch bevor Dallmair wieder in die alte Leier verfiel, berichtete Eva von dem neuesten Stand ihrer Ermittlungsarbeit und drängte Peter, sich über das Geschehen mit Hauser zu äußern.

»Wie ich höre, hast du inzwischen mein Kommando übernommen und, wie könnte es anders sein, mich ausgezeichnet vertreten, vielleicht ist es in deinen Händen bess…«

Energisch unterbrach Eva ihren Chef, dem immer noch Zweifel über seine Fähigkeit durch den Kopf rauschten. Ohne darauf einzugehen, forderte Eva von ihm, über die Vorkommnisse in Kledorfers Büro zu sprechen und endlich klare Anweisungen zu veranlassen.

»Ja, ist schon gut«, gab sich Peter einsichtig. »Als wenn er mich erwarten würde, empfing mich Hauser, der sein Aussehen verändert hatte, mit der Waffe zwang mich dieses Scheusal, mich in den Stuhl zu setzen, und fuchtelte warnend damit in meinem Gesicht umher. Kledorfer hatte er bereits festgebunden und ihm den Mund verklebt. Als er auf mich zukam, drohte er mir ein Loch im Kopf an, sollte ich mit irgendwelchen Tricks arbeiten. In der einen Hand die Pistole, mit der anderen band er mir zuerst die Hände auf den Rücken, befestigte das Klebeband und plötzlich standst du in der Tür. Wie du dich jäh hinter die Wand in Deckung rolltest, alle Achtung, echt akrobatisch. Nachdem er uns wie Rouladen verschnürt hatte, bewegte er sich in den Nebenraum, von dort vernahm ich so ein Rascheln, wie wenn er seine Kleidung wechseln würde. Und bevor er das

Zimmer verließ, hörte man ein Zischen, als wenn er einen Spray benützen würde. Ich dachte mir, der verändert damit seine Frisur.«

Ein Blick in das Untersuchungszimmer bestätigte die Vermutung von Dallmair. Es fand sich zwar keine Spraydose, Hauser hatte jedoch vergessen die Kappe davon mitzunehmen, die mit der Bezeichnung »Black« beschriftet war. Eva stieß auf schwarze Haare im Waschbecken und am Boden entdeckte sie einen dünnen Abziehstreifen und darauf weitere schwarze Härchen. Sie stieß ein langgezogenes »Aha« hervor und kommentierte dieses.

»Ein falscher Bart, Perücke oder gefärbte Haare, dann fehlt nur noch eine Brille und die Montur eines Sanitäters oder Arztes und schon läuft dieser Verkleidungskünstler unbemerkt durch sämtliche Räume der Klinik. Wer weiß, wo sich dieses Ungeheuer in diesem Moment aufhält? Den stört auch die Anwesenheit unseres Großaufgebotes nicht, der ist eiskalt wie ... Na, wie heißt dieses russische Scheusal?«

»Denkst du an Iwan den Schrecklichen?«, fragte Peter. »Aber das hilft uns jetzt auch nicht weiter, wenn wir uns mit allen Massenmördern befassen, wir müssen dafür sorgen, seine Taktik zu durchschauen. Welche Verkleidung könnte er sich zugelegt haben, um Vertrauenswürdigkeit auszustrahlen? Befindet sich Kommissar Linkswadl im Bereich der chirurgischen Station und mit welchen Aufgaben ist er betraut?«

»Er kontrolliert den Flur, achtet auf Personen, die sich vom Aufgang und Lift der Station nähern, und meldet Verdächtiges sofort an die SEK und an mich.«

»Wie seid ihr miteinander verbunden?«, fragte Peter. »Du trägst doch keine Funksprechverbindung an dir.«

»Hatten auch keine Zeit dafür, uns vor dem Einsatz welche zu beschaffen. Wir verwenden unsere Mobilfunktelefone«, gab Eva mürrisch zurück. »Hast du etwa daran gedacht?«

Solche Gegenfragen versetzten Peter stets so in Zugzwang, keine überzeugenden Antworten geben zu können, dass er das Thema zur Seite schob, um mit einem anderen davon abzulenken.

»Hol Linkswadl zu einer Lagebesprechung«, ordnete Peter an. »Schließlich muss er über die neue Situation aufgeklärt werden.«

Eva war schon kurz davor, Peter davon abzuraten, ihrer Meinung nach konnte man die neuen Erkenntnisse genauso gut übers Telefon besprechen, sie ließ es aber doch sein, um die Spannung zwischen ihr und Peter nicht auszureizen, und benachrichtigte Linkswadl.

»Wer hat denn dich hierher dirigiert?«, fragte Peter pampig, als Detlev eintraf.

Diesmal gab sich Eva so selbstbewusst, um keine weitere Beanstandung von Peter zu erfahren, und legte forsch los:

»Was nützt uns Detlev in acht Kilometern Entfernung, wenn hier wichtigere Aufgaben anstehen als vor Hausers Wohnung? Deine Abwesenheit zwang mich dazu, diese richtige Entscheidung zu treffen, und ich wette, du hättest ebenso gehandelt, auch wenn du dich jetzt vielleicht darüber aufzuregen versuchst.«

Das saß, es folgte keine Zurechtweisung von Dallmair, der sich schuldbewusst abwendete.

16

Nachdem er das Krankenzimmer Nummer 8 auf der Station verlassen hatte, brachen die Patienten in Lob und Wohlgefallen über den Besucher aus. »Ein sehr liebenswürdiger Herr, dieser Priester, und wie er die Worte Jesu so verständlich erklärte. Ach, hätten wir nur ebenfalls so einen Pfarrer mit diesem Einfühlungsvermögen in unserer Gemeinde, die Gottesdienste wären endlich wieder stärker besucht.« »Ich wusste ja gar nicht mehr, wie ein Beichtgespräch abläuft, der sagte zu mir: ›Sprechen Sie das aus, was Ihnen Ihr Herz vorsagt.‹« »Für mich war es besonders ergreifend, als ich nach Jahren wieder das Vater unser und Ave Maria mit Hochwürden und euch beten durfte.« »Mich fragte er, warum ich nicht an Gott glaube. Woher wusste er, dass ich Atheistin bin? Dann sagte er: ›Du kannst dich gegen Jesus noch so wehren, den trägst du seit Geburt mit dir herum, horche in dich, so spricht er mit dir.‹« Alle Frauen fühlten sich durch sein Gespräch so bereichert, nur die Patientin rechts am Fenster gab sich kritisch.

»I woas net, wos ihr an dem Pfarra für an Narren gfressn habts, dea kon doch net amoi des Kreizzeichn richtig.«

Er schloss die Tür von Krankenzimmer Nummer 9 und begab sich zum nächsten. Die Wachbeamten vor Zimmer 10 erhoben sich, musterten ihn, und noch bevor sie ihre Waffen in Bereitschaft brachten, sprach sie der Priester an:

»Das muss ein besonders wertvoller Mensch sein, der gleich von zwei Beamten Personenschutz erhält. Ich möchte euch nicht daran hindern, die Aufgaben zur Zufriedenheit der Vorgesetzten auszuüben, deshalb versuche ich auch nicht lange euch zu überreden, mir den Eintritt zu gewähren. Gott beschütze euch bei der Ausübung eurer Pflicht.«

Er setzte seinen Weg zu Zimmer 11 fort, klopfte, öffnete und trat mit einem christlichen Gruß ein. Er fand ein Vierbettzimmer vor, belegt mit drei jüngeren männlichen Patienten, zwei davon mit Kopfhörern, der dritte glotzte hinauf zum Fernseher. Sie würdigten ihn keines Blickes, obwohl er jeden Einzelnen begrüßte, beachtete ihn keiner. Er stellte sich vor die Balkontür, war dabei, sie zu öffnen, als ihn plötzlich ein Gegenstand am Kopf traf. Erschrocken blickte er zu den Jugendlichen, von denen zwei sich weiterhin ihrer Berieselung hingaben, wogegen der Bildschirmgaffer sich aufgesetzt hatte und ihn drohend anschrie:

»Hei, du Prediger, Fenster zu, uns fragen, ob aufmachen, wir nein sagen. Du wieder aus Zimmer gehen und uns nicht bequatschen. Wir dich nicht bitten zu uns kommen, du sofort gehen, sonst Mohammed dich tot machen. Christen schlechte Menschen, immer nur Sex und saufen.«

Ruckartig erhob sich einer der Ohrstöpsel-Jungs, riss sich seine Beschallung vom Kopf und forderte seinen Zimmergenossen auf, das Gesagte zu wiederholen, was dieser mit noch aggressiverer Leidenschaft ausführte. Er hatte sein beleidigendes Gerede noch nicht beendet, als ihm sein Gegenüber ins Wort fiel:

»Spiel dich nicht als Ordnungshüter auf, schließlich war unser Jesus 500 Jahre vor deinem Mohammed geboren. Wenn ihr eure Schriften genau kennen würdet, wäre euch schon längst ein Licht aufgegangen, was Frauen und deinen Allah betrifft. Aber dies kehrt ihr alles schön säuberlich unter den Teppich, deswegen seid ihr auch so eifrige Teppichknüpfer. Wenn die Christen nur ein kritisches Wort über euren Glauben abgeben, wetzt ihr schon die Säbel, jedoch ihr …«

»Hallo, Jungs, Mittagsessn, Schluss mit eiren Diskrepanzen«, forderte Schwester Helga die Patienten auf. »Und Sie, Herr Pfarra, schamas eana, Sie stänga nua so rum und song gonix. Wo is denn Eana Voagänga, da Pata Lukas?«

»Ach, Schwester Helga, das ist eine traurige Botschaft, die Sie jetzt erfahren. Unser guter in die Jahre gekommener Pater Lukas erlitt gestern beim Abendessen einen Schlaganfall und liegt in der Klinik der Barmherzigen Brüder.«

»In die Jahre gekommen, dass i net glei lach, so a junga schena Pata und an Schlaganfoi, i glaub, den ham Sie go net kennt, sonst dans net an soichan Schmarrn daherredn. Und wie hoassn nacha Sie?«

»Ich übe nur für einige Tage die Vertretung aus, bis unser Bischof einen geeigneten Nachfolger benennt.«

»Wias hoassn, mächt i wissen, net, wia lang dass Sie bei uns no missionian.«

»Sie sind aber ein forsches Mädchen, also gut, dann stelle ich mich Ihnen vor. Pfarrer Mair ist mein Name, Mair mit a i, und ich wurde vorübergehend von der Pfarrei Sankt Michael für die Krankenhausseelsorge abgestellt.«

»Ja, wo gibt's denn in unsara Gegend a Pfarrei, de Michael hoaßt? Des miaßns wissn, i kenn olle Kircha in unsam Umkreis. Eiso, wenns mi frong, nacha kommt mia eana Gred scho a bissal komisch voa.«

»Schwester Helga, seien Sie doch nicht so skeptisch, ich bin sehr überrascht, dass so jungen Menschen wie Ihnen und dem jungen Patienten ein so gefestigter christlicher Glaube anhaftet. Um Ihnen Ihr Misstrauen zu beseitigen, die Pfarrkirche Sankt Michael ist in München beheimatet. Ich empfinde meine Entsendung hierher als ein Gottesgeschenk, hier in diesem wunderbaren Fleckchen Erde zu praktizieren.«

»In Münchn kenne me net so guat aus, aba wenn Sie des song, werds scho stimma. Muass jetzt weida, net dass de andan a koits Essn kriang, und Sie lassn de junga Leit jetzt essn.«

Er wünschte gesegneten Appetit, um sofort die Bitte auszusprechen, doch die Erlaubnis zu bekommen, auf den Balkon zu treten, um frische Luft zu schnappen.

»Herr Pfarrer, ich kann Sie sehr gut verstehen«, entgegnete der junge Mann, der sich für seinen Glauben einsetzte. »Bei diesem knoblauchgeschwängerten Gestank hier im Zimmer sehnt sich eine katholische Lunge nach Regenerierung.«

Er sah ihm noch nach, wie der Priester auf den Balkon trat, die frische Luft in sich einsog und rechts hinter der Fassade verschwand.

Mit neuen Instruktionen kehrte Kommissar Linkswadl von der Lagebesprechung auf die Station zurück, erkundigte sich bei den Wachbeamten über eventuelle Ereignisse, die ihre Aufmerksamkeit erweckt hatten. Außer einem Priester, der Patienten in deren Zimmern aufsuchte und sich nun bereits zwanzig Minuten auf 11 befand, gab es keine Auffälligkeiten. Das Klappern des Essenwagens, den Schwester Helga auf dem Flur von Zimmer zu Zimmer schob, verursachte das einzige Geräusch auf dieser Etage. Wäre da nicht ihr ständiges Kopfschütteln und ihr leises Vor-sich-Hinmurmeln gewesen, Kommissar Linkswadl hätte sie, ohne nachzufragen, weiterarbeiten lassen.

»Na, Schwester Helga, worüber machen Sie sich denn solche Gedanken?«

»Ach, Herr Kommissar, des is go net da Rede wert und doch muass i mi no imma üba den neia Seelsorga wundan?«

»Wieso neuen, seit wann betreibt er den Dienst hier im Krankenhaus und wieso wundern Sie sich über ihn?«

»I hob den heit zum erstn Moi gseng, hob zwar gestan mein freia Dog ghabt, aba wos mi gstöat hot, dea hot unsan Pata, dea so viele Jahr Seelsorga bei uns war, ois oidn Mo bezeichnet, dawei is des a junga und boidschena Kerl.«

Sofort klingelten bei Linkswadl Alarmglocken, er verständigte alle Einheiten, hetzte zu Zimmer 11, riss die Tür auf, lief zum offen stehenden Balkonfenster, reckte seinen Kopf in beide Richtungen, sah für einen kurzen Augenblick, wie sich der vermutliche Pfarrer an der Balkontür zu Zimmer 10 zu schaffen machte, zog sich wieder zurück, forderte die drei jungen Patienten auf, sofort ihr Zimmer zu räumen, und erwartete auf dem Flur das Eintreffen der Kollegen und SEK-Männer. Minuten verstrichen, endlich vernahm er im Treppenhaus das Poltern der hochstürmenden Einsatzkräfte. »Ich muss handeln«, schoss es ihm durch seinen Schädel, er rannte durch Zimmer 11, zog seine Waffe, trat blitzschnell auf den Balkon, erkannte die Gefahr, in der Kleber sich befand. Hauser zielte bereits auf Kleber, Linkswadl drückte ohne Warnung ab, ein Schrei, der gezielte Schuss durchschlug Hausers Hand, prallte auf die Pistole und schlug als Rückpraller ein weiteres Loch in Hausers Pranke, wobei die Schusswaffe über das Geländer geschleudert wurde. Endlich kam der Befehl »Feuer frei« für die Scharfschützen auf dem gegenüberliegenden Gebäude, jedoch Hauser duckte sich unter die Beton-Balustrade des Balkons, zog in diesem Augenblick die erbeutete Waffe von Dallmair und feuerte mit links auf Kommissar Linkswadl. Zu spät bemerkte dieser Hausers Vorhaben, um Schutz aufzusuchen, die abgefeuerte Patrone steckte bereits in seiner Schulter. Geistesgegenwärtig ließ er sich ins Zimmer fallen, der zweite Schuss ließ die Glasscheibe zersplittern und zerfetzte den Fensterrahmen.

Im Inneren des Krankenzimmers Nummer 10 saß der Wachbeamte mit dem Rücken zum Fenster und wurde erst vom Lärm der abgefeuerten Patronen aufgeschreckt, registrierte noch einen dunklen Schatten, der sich zu Boden senkte. Reaktionsschnell ließ er die Rollläden herunterkrachen, schob Kleber samt seinem Bett auf die gegenüberliegende Seite des Raumes, dabei riss er ihm die Infusionsschläuche aus dem Venenkatheter, nahm Kontakt zu seinen Kollegen im Flur auf, entfernte die Barrikade an der Tür. Im selben Augenblick trafen die anstürmenden Einsatzkräfte ein, stürmten zur Balkontür, rissen sie auf, fanden aber nur eine große Blutlache am Boden und eine sich vom grauen Pflaster abzeichnende rote Tropfenspur, die bis zum Balkonende führte. »Hauser auf der Flucht«, ertönte es aus den Mobiltelefonen der Fahnder.

»Scheiße, Scheiße und nochmals Scheiße!«, brüllte Dallmair und konnte es nicht fassen, wie dieses brutale Schwein von der doch übersichtlichen und ausweglosen Plattform verschwinden und sich in Luft auflösen konnte.

»Jedes Krankenzimmer auf den Kopf stellen, Lifte und Treppenabgänge sperren«, befehligte der Hauptkommissar und wies den leitenden SEK-Führer Langfurtner an, den Außenbereich durch seine Mannschaft rigoros abzuriegeln sowie Fluchtmöglichkeiten aus Fenstern und Kellerschächten im Auge zu behalten.

Mit einem Aufschrei entdeckte Eva den am Boden liegenden Linkswadl, beugte sich über ihn, nahm seinen Kopf in die Hände und gewahrte erst jetzt den sich ausbreitenden roten Fleck auf seinem Jackett. Erfüllt von Angst, schrie sie nach Ärzten und Schwestern, drückte ein Kopfkissen auf seine Wunde und brüllte noch lauter nach Hilfe. Vor den herbeigerufenen Ärzten stürmten Dallmair und Detlev hinzu, der seinen Unmut darüber, dass Eva seinen Kollegen so liebevoll in Händen hielt, nicht unterdrücken konnte und ihr eifersüchtige Vorhaltungen entgegenschleuderte.

»Du brauchst ihn noch nicht zu beweinen, noch lebt er. Oder hab ich da etwas versäumt, von dem du mich noch nicht unterrichtet hast?«

Betroffen blickte Eva zu Detlev hoch, war außer sich, dass er diese Situation so einschätzte, und stauchte ihn zusammen.

»Jetzt wurde mir bewusst, was für ein Arsch du bist, in dem sich nur hirnlose Masse hin und her bewegt. Anstatt Hilfe zu holen, redest du nur Scheiße.«

Dallmair versuchte die spannungsgeladene Situation zu entschärfen, schickte Detlev zu der Sondereinheit, um sich über Fahndungsergebnisse zu informieren, kniete sich zu Kommissar Linkswadl, fasste ihn an den Händen und lobte ihn für seine Rettungstat. Dieser flüsterte seinem Chef den Grund seines Vorgehens zu.

»Hauser war kurz davor abzudrücken, musste ihn doch daran hindern, auf Kleber zu schießen. Seine Hand war von der Patrone so beschädigt, konnte nicht ahnen, dass er trotz der Verletzung noch in der Lage war, eine weitere Waffe abzufeuern.«

Hauptkommissar Langfurtner und seine Mannen verfolgten indessen die Blutspur, die Hauser auf seiner Flucht hinterließ, am Ende des Balkons führte sie durch eine offen stehende Glastür zu einem Behandlungsraum, durch ein angrenzendes Labor hinaus zum Treppenhaus, in dem eine Putzkolonne ganze Arbeit leistete. Der deutschen Sprache nur mit holprigen Worten mächtig, gaben sie den Verfolgern die verschiedensten Hinweise.

»Mann Treppe hoch«, »Mann Treppe runter rennen« oder: »Mann nicht da, plötzlich in Luft«.

Sie hetzten vom obersten Stockwerk bis runter in die Kellerräume, in denen sich Küche, Heizung, Verbandsvorratslager und die Physiotherapie befanden, durchsuchten jede Ecke und jeden Winkel, Hauser blieb verschwunden. Sie wiederholten den Vorgang noch einmal, als ein Beamter seinen Chef zu sich beorderte. Im Heizungsraum einzelne rote Tropfen auf dem staubigen Boden, sie zwängten sich an riesigen Warmwasserspeichern vorbei und standen unverhofft vor einer Stahltüre, die ins Freie führte. Wieder diese Blutspritzer, die sich vom Gebäude entfernten und auf dem Personalparkplatz abrupt endeten. Ein abgegebener Funkspruch an die Wache bei der Ausfahrt mit der Frage: »Hat soeben ein verdächtiges Fahrzeug das Gelände verlassen?«, wurde negativ beantwortet. Durch einen Zuruf aus dem ersten Stock erhielten sie von einem Augenzeugen ein Zeichen, das zur Grundstücksgrenze führte. Eine fahrzeugbreite Öffnung klaffte in der Umzäunung, ein dahinter parkendes Auto war durch die Wucht des Aufpralls auf die Straße geschleudert worden, von Hausers Fahrzeug keine Spur, außer abgerissenen Seitenspiegeln, Teilen der Verkleidung und Glasscherben der Lichter.

»Meldung an Hauptkommissar Dallmair. Hauser durchfuhr mit Fahrzeug Abzäunung, befindet sich auf der Flucht. Bitte um Hinweis, welches Fabrikat fährt Flüchtender.«

Umgehend meldete Dallmair:

»Toyota Geländewagen FJ 40, Farbe Grün, muss sich um sehr altes Modell handeln, gebe Kennzeichen nach Erhalt durch. Veranlasse Fahndung.«

»Eva, wer von euch hat sich um das Fahrzeugkennzeichen von Hausers Toyota gekümmert?«

Ein kurzes Durchblättern in ihrem Notizbuch und schon präsentierte Eva die angeforderte Nummer.

»Der Geländewagen MB A 17, der Mercedes von Frau Hauser MB E 851, das Baujahr des Toyota 1977, also ein jeepähnliches Fahrzeug mit geschlossenem Aufbau.«

Nach Durchgabe der Daten und Einleitung der Fahndung kamen Dallmair Zweifel, den Fluchtwagen auf öffentlichen Bundesstraßen zu sichten. Deswegen benachrichtigte er die Polizei-Hubschrauberstaffel und bat um ihre Mithilfe und legte ihnen nahe, besonders Nebenstraßen im Auge zu behalten. Zu Eva gewandt, ließ er sich über seine Bedenken bezüglich Hauser aus.

»Da kann dieser Mistkerl noch so hart im Nehmen sein, bei dieser Verletzung und seinem Blutverlust klappt er irgendwann zusammen. Was ich befürchte, er bringt einen Arzt in seine Gewalt und zwingt ihn, seine Verwundung zu versorgen. Ich müsste mich schon sehr irren, wenn dieses Schwein nicht seine ehemalige Arbeitsstätte ansteuert, dort kennt er jeden Winkel und jedes Schlupfloch, nicht zu vergessen die nahe liegende Staatsgrenze. Wo befindet sich eigentlich sein Werkzeugraum?«

Eva dachte kurz über Dallmairs Erwägungen nach und stimmte ihrem Chef unter Vorbehalt zu.

»Bei deinen Überlegungen zu Versteck und Arbeitsstätte bin ich deiner Meinung, jedoch was seine Verletzung betrifft, da wird ihm ein praktizierender Arzt nicht helfen können und das weiß er auch. Die Patrone von Linkswadl hat ihm mit großer Gewissheit zwei bis drei Finger zertrümmert und mit Sicherheit eine Arterie zerfetzt, die den riesigen Blutverlust begründet. Also ich vermute, der wird seine Hand nie mehr gebrauchen können, auch wenn Spezialisten ihn operieren sollten, und nun erkundige ich mich bei der Verwaltung nach dem Lageort seiner Werkzeuge.«

17

Im 10 Kilometer entfernten Pörnried steuerte ein Autofahrer die Klinik St. Ulrich an, parkte sein Fahrzeug in der Tiefgarage und schleppte sich, zermürbt von unerträglichen Schmerzen, zur Notaufnahme. Es bedurfte nur eines Blickes auf die Verletzung, und der Vorgang für eine Notoperation wurde eingeleitet. Im Handumdrehen verabreichten die Ärzte schmerzstillende sowie kreislaufstärkende Infusionen, wodurch der Patient so weit in der Lage war, über die Ursache der Verletzung Auskunft zu geben. Mühevoll brachte er den Hergang des Unglücks über seine Lippen.

»Beim Einlegen einer Gliederkette in ein Zahnrad setzte sich aus ungeklärten Gründen die Mechanik der holzverarbeitenden Maschine in Bewegung und quetschte meine Finger in den Zahnkranz und bewegte sie eine volle Umdrehung. Erst dann war meine Hand wieder befreit.«

Dem Arzt erschien der Hergang plausibel, nur nach seiner Meinung müssten die betroffenen Finger außer Brüchen und Durchlöcherungen auch Quetschspuren aufzeigen. »Die schwache Kettenspannung war ausschlaggebend, dass dies zum Glück nicht geschah«, erklärte der Patient dem Arzt, der sich damit zufriedengab und nur noch nach den Personalien fragte.

»Hubert Kirchlechner, Schliersee, Spitzingstraße 9. Habe leider in der Aufregung meinen Ausweis und die Karte der Versicherung vergessen«, rechtfertigte sich Kirchlechner.

»Aber bitte machen Sie sich doch jetzt darüber keine Gedanken, Herr Kirchlechner«, entgegnete der behandelnde Arzt. »Da es sich bei Ihnen bestimmt um einen betrieblichen Unfall handelt, benötige ich die Anschrift Ihres Arbeitgebers.«

Mit schmerzverzerrter Stimme wiegelte Kirchlechner ab.

»Nein, nein, der Unfall geschah zu Hause in meiner Werkstatt und der Arbeitgeber bin ich selbst.«

»Ach, das muss ja furchtbar sein für Sie, ich rechne mit mindestens einem halben Jahr, bis Sie wieder einigermaßen Ihrer Arbeit nachgehen können, und das mit Bestimmtheit sehr eingeschränkt«, äußerte sich bedauernd der Chirurg und ließ Kirchlechner in den OP bringen.

Die SEK-Mannschaft beendete ihren Einsatz im Klinikum und es kehrte wieder Normalität ein. Hauptkommissar Dallmair und Oberkommissarin Eva Melzer hatten ihre Durchsuchung von Hausers Arbeitsraum abgeschlossen, in dem zum großen Teil Beleuchtungsmaterial, Werkzeuge und ausgediente medizinische Geräte lagerten. Eine Skizze an der Wand über der Werkbank war das Einzige, was Aufmerksamkeit erweckte. Diese Zeichnung stellte die Staumauer des Speichersees in der Nähe des ehemaligen Arbeitsplatzes von Hauser dar, auf der mit roter Farbe die Schleusentore gekennzeichnet waren. Eine weitere Skizze befand sich dahinter, auf der man die Innenansicht der Talsperre mit Zu- und Durchgängen sowie der Technik erkennen konnte.

»Was bezweckt Hauser mit diesen Entwürfen und weswegen markiert er die Schleusen?«, sagte Dallmair und sah dabei Eva fragend an.

»Denkst du dasselbe wie ich?«, war Evas Resonanz. »Weswegen interessiert sich ein Außenstehender für ein solches Bauwerk? Also für mich ist das sonnenklar, da kommt nur Sabotage in Betracht und das traue ich diesem Irren sofort zu.«

»Weißt du denn, was das bedeutet, wenn so eine Staumauer in die Luft fliegt? Da reißt es sämtliche Ortschaften entlang der Isar bis hin nach München ins Verderben. Wir müssen sofort sämtliche Verantwortlichen alarmieren, von den Betreibern des Staudamms bis hin zur bayerischen Staatsregierung. Auf jeden Fall spreche ich mit den Ingenieuren dieser Talsperre heute noch.«

»Na, na, Peter, so eilt es ja auch wieder nicht. In seinem Zustand kann er sich nicht einmal die Schnürsenkel selber binden, wie sollte er sich da Tonnen von Dynamit beschaffen und an den neuralgischen Punkten anbringen, aber bei deinem herzgeliebten Freund Siedler könntest du dich erkundigen, was für eine Menge Sprengstoff man bräuchte, um einen solchen Betonklotz zu sprengen.«

»Ich weiß nicht, ob dieser Ignorant dazu fähig ist, aber das mach ich jetzt. Wenn er nicht dazu imstande ist, dann poliere ich ihm wegen des Kanisters seine Glatze. Volle drei Tage braucht diese behinderte Schildkröte, um darauf Spuren zu analysieren. Was sind das nur für Forensik-Spezialisten, die in unseren Katakomben hausen, unseren Rechtsmediziner mit eingeschlossen, da stehen ihnen die modernsten Hilfsmittel zur Verfügung, na ja, sind eben Beamte. Du erkundigst dich inzwischen, wie die Fahndung nach Hauser verläuft.«

Auf dem Weg zu seinem Fahrzeug entdeckte Dallmair Detlev auf einer Klinik-Parkbank sitzend, seinen Kopf in die Hände gestützt, glotzte er abwesend in die Gegend.

»Hast du schon Feierabend?«, rüffelte ihn Dallmair.

Ohne seinen Schädel aus seiner Halterung zu erheben, jammerte er.

»Ich lass mich versetzen, es hat keinen Sinn mehr.«

Dallmair, bereits genervt vom heutigen Debakel, konnte und wollte nicht noch zusätzlich Seelentröster und Psychiater spielen. Ohne jegliche Rührung informierte er sich, zu welchem Zeitpunkt er die Versetzung in die Wege leiten sollte. Von Dallmairs gefühlloser Äußerung verletzt, sprang Detlev mit einem Satz hoch, stellte sich breitbeinig vor seinen Chef und donnerte los:

»Wusst ich's doch, dass ihr alle darauf wartet, mich endlich loszuwerden, das kannst du sofort als Kündigung ansehen. Oberkommissar von Hautzenberg verabschiedet sich hiermit vom Dienst vom Kommissariat Miesbach, auf Wiedersehen, Herr Hauptkommissar Dallmair. Grüßen Sie Kommissar Linkswadl und Oberkommissarin Melzer.«

Dallmair konnte sein Lachen nicht verbergen, dachte sich nur: »Detlev benimmt sich wie ein kleiner Junge, dem man sein liebstes Spielzeug entwendet hat.« Anstatt nun einfühlende Worte zu wählen, reagierte Dallmair sehr erbost.

»Recht hat Eva gehabt, als Sie dich als Arsch bezeichnete. Anstatt dich bei ihr zu entschuldigen, flennst du wie ein enttäuschtes Mädchen. Ja, glaubst du denn, dass sich zwischen Eva und dir etwas änderte, nur weil sie dich als Arsch bezeichnete? Wenn du jetzt aufgibst, dann bist du wirklich einer. Und eines lass dir noch gesagt sein, ich spreche nicht gerne über die Fähigkeiten meiner Mitarbeiter, aber dass uns die oberste Polizeibehörde für unsere erfolgreiche Verbrechensbekämpfung als Team auszeichnete, liegt sicher nicht nur an mir. Ich fahre nun ins Kommissariat und bestätige deine Kündigung.«

Auf der Fahrt dorthin erinnerte ihn sein unterversorgtes Organ, sofort Nahrungsaufnahme zu betreiben. Er kaufte sich in der Metzgerei Huber vier Semmeln, belegt mit panierten Schnitzeln, steckte sich eine davon in den Mund und startete.

Noch bevor er sich weiter mit seiner Brotzeit beschäftigte, eilte er ins Kellergeschoss, betrat ohne Gruß den Arbeitsbereich von Siedler, legte ihm die Zeichnungen auf den Tisch und fragte ihn, was er davon halte. Erstaunt darüber, dass sein ewiger Kritiker Dallmair ihn um Rat aufsuchte, stieg sein Selbstbewusstsein und er gab voller Stolz sein Urteil darüber ab.

»Mein erster Eindruck über diese Skizze weicht sicher nicht von deiner Vorstellung ab, was sich der Zeichner dieses Plans dabei gedacht hat. Diesen Koloss ernsthaft zu beschädigen, dazu benötigt man circa 250 Kilogramm Dynamit. Wirkungsvollere Stoffe wie TNT oder etwa CL-20, auch als HNIW bezeichnet, haben eine weitaus stärkere Sprengkraft, jedoch die Kosten dafür sind immens und daher nicht realisierbar. Der einzige Schwachpunkt, den dieser mir und dir bekannter Staudamm aufweist, befindet sich in den Schleusenkammern, die mit einem Bruchteil von der Menge des Dynamits zerstört werden könnten. Es käme zwar nicht zu einer solchen Katastrophe, aber wenn man bedenkt, plötzlich und ohne Vorwarnung rauschen 450 Kubikmeter pro Sekunde in die Isar, ohne die Wassermassen stoppen zu können, bis der Speichersee sich geleert hat, ist das Flussbett der Isar nicht breit genug, um diese Flut zu bewältigen. In deiner Haut möchte ich nicht stecken, es ist wohl am besten, du informierst sofort die Verantwortlichen, dass sie dir im Falle eines Desasters keinen Strick drehen können.«

Dallmair ließ sich Siedlers Vortrag nochmals durch sein Gehirn galoppieren, als ihm jäh ein neuer Gedanke in den Kopf schoss.

»Wir gingen bis jetzt davon aus, er bringt die Ladung im Inneren der

Anlage zur Explosion, aber es könnten noch etliche andere Varianten in Frage kommen.«

»Dir schwebt wohl die Sprengung im Außenbereich im Kopf umher. Dazu müsste er einen 10-Tonner mit Sprengstoff an den Fuß der Staumauer fahren und dann ist es nicht gewiss, einen derartigen Schaden zu verursachen. Der Durchmesser an dieser Stelle misst mit Bestimmtheit 20 bis 30 Meter und mehr.«

»Das wäre auch eine Möglichkeit, doch an die dachte ich nicht. Mein Gedanke wäre, er nutzt den Druck der Wassermassen aus und bringt den Sprengstoff mit einem Boot zur Oberkante der Mauer und zündet an dieser Stelle. Oder er plant es an den beiden Enden, die in den Felsen ragen.«

»Hm, man könnte fast annehmen, du steckst dahinter. Seitlich eine Sprengung zu vollziehen, ist ausgeschlossen, dazu benötigt man unzählige Bohrlöcher, ansonsten verpufft der Sprengstoff. Aber die Idee auf der Wasseroberfläche halte ich für die allerbeste. An diesem Punkt ist der Staudamm am verwundbarsten.«

Nach diesem informativen und harmonischen Gespräch verzichtete Dallmair darauf, wegen des Benzinkanisters nachzufragen, um Siedler nicht in Verlegenheit zu bringen. Stattdessen griff dieser das Thema auf.

»Irre ich mich, oder hast du mich auch deswegen besucht?« Er hielt Dallmair den Kanister hin und begann mit seinen Ausführungen.

»Fingerabdrücke und DNA-Spuren stammen von einem gewissen Hauser, der in der Datei vermerkt war. Die wenigen Tropfen des Inhalts reichten aus, um eine Übereinstimmung mit der brennbaren Flüssigkeit am Haus von Kleber zu analysieren. Bei dem Kraftstoff handelt es sich um Super-Benzin 95 Oktan, Marke Bavaria Petrol.«

Auf dem Weg zum Rechtsmediziner Professor Wunder sinnierte Dallmair über seine ewigen Diskrepanzen mit Siedler, er fand ihn heute doch ausgesprochen sympathisch.

»Könnte es sein, dass die Ursache bei mir zu finden ist?«, fragte er sich, verwarf diesen Gedanken sofort wieder, als er in der Rechtsmedizin ankam.

Professor Wunders Helfer spülten soeben Reste von Blut vom Seziertisch, reinigten Instrumente und kehrten herabgefallene Haut- und

Fleischreste auf eine Schaufel und kippten sie in die dafür vorgesehene Restmülltonne. Einen Autofahrer ohne Gurt mit Mobiltelefon am Ohr und überhöhter Geschwindigkeit habe es am Brückenpfeiler zerrissen, bekam er, ohne nachzufragen, vermittelt.

»Unser Chef musste nach München zu einem Vortrag, er ließ ausrichten, die Ergebnisse der Blutanalyse, auf die Sie warten, liegen auf seinem Arbeitstisch«, verkündete, ohne aufzusehen, der mit menschlichen Überresten beschäftigte Gehilfe.

Während Dallmair ins Kommissariat eilte, überflog er Professor Wunders Bericht, der aufzeigte, dass die Blutspur am Mordmesser mit der DNA von Hauser mit Sicherheit identisch ist. An seinem Schreibtisch legte er sich zuerst die restlichen drei Schnitzelsemmeln zurecht, griff sich eine Flasche Spezi und genoss mit geschlossenen Augen seine wohlverdiente Brotzeit. Dabei zwängte sich stets die Frage nach dem jetzigen Aufenthaltsort Hausers dazwischen. Sämtliche umliegenden Ärzte sowie Kliniken bekamen eine Warnmeldung mit Namen und Bild. Polizeibeamte durchforsteten die Notaufnahmen, hinterfragten jede Handverletzung, brachten Suchmeldungen an, die auf die Gefährlichkeit des Verunglückten hinwiesen. Es müsste doch längst eine Rückmeldung eingegangen sein, überlegte sich Dallmair. Entweder arbeiteten manche Beamte nicht gründlich, oder Ärzte nahmen den Aufruf zu lasch. Dallmair drückte sich die letzte Semmel in den Mund, nahm einen Schluck Spezi, damit sie flotter in die Speiseröhre gelangte, dabei rutschte ein Bröckchen in die Luftröhre, das einen heftigen Hustenanfall auslöste, und seine geliebte Schnitzelsemmel lag aufgeweicht auf dem Bericht von Wunder. Das Kratzen im Halse hielt an und ein röchlerisches Bellen zwang Dallmair zum Waschbecken, um sich vom Rest zu entledigen. Zu allem Unglück ratterten gleichzeitig das Amtstelefon sowie sein musizierendes Handy, das ihn zum Abnehmen aufforderte. Beinahe stimmlos und nach Luft schnappend meldete sich Dallmair an beiden Geräten.

»Peter, brauchst du Hilfe?«, drang Evas Stimme angsterfüllt aus dem Mobiltelefon.

»Hauptkommissar Dallmair, das klingt wie ein Herzinfarkt, soll ich die Rettung benachrichtigen?«, dröhnte es aus dem Amtsapparat.

»Alles in Ordnung«, hauchte Dallmair in die Telefone. »Selber schuld, stopfte mir mein Lieblingsgericht in den Mund, vergaß dabei, dass zu eng ist der Schlund.«

Statt Worten ertönte Gelächter, wieherndes aus dem Handy, zurückhaltendes vom Festnetz.

Dallmair nutzte die Zeit, um seine Unpässlichkeit wieder in Ordnung zu bringen, räusperte sich und fragte:

»Wer von beiden Anrufern lässt mir die wichtigere Nachricht zukommen?«

»Das bin ich«, schrie Eva spontan. »Eine Autofahrerin erkannte den gesuchten Wagen von Hauser, als er von Miesbach aus über Parsberg die Leitzachstraße fuhr. Er fiel ihr wegen der unsicheren Fahrweise auf. Bei Hundham bog sie nach Bad Feilnbach ab, er setzte seine Fahrt Richtung Fischbachau fort. Soeben kommt eine weitere Meldung, ich ruf dich wieder an.«

»Na, Hauptkommissar Dallmair, bin ich jetzt an der Reihe? Erster Hauptkommissar Engel aus dem Präsidium Rosenheim. Über euren mysteriösen Fall unterhalten sich sämtliche Polizeidienststellen Können Sie darüber bereits etwas Positives berichten? Mir wurde soeben zugetragen, dass Ihnen dieser Hauser durch die Lappen ging. Kann ich mir bei dieser übermächtigen Präsenz von 12 SEK-Leuten und vier Kommissaren kaum vorstellen, dass es Schwierigkeiten macht, einen Verbrecher einzufangen, noch dazu wenn er sich in einem überschaubaren Gebäude aufhält. Die morgigen Presseberichte werden uns zum wiederholten Mal als unfähig kritisieren. Sie wissen, was dies bedeutet, also legt euch in die Riemen und verhaftet endlich diesen Schweinehund, ansonsten schicke ich drei Mann aus meiner Abteilung. Ich hoffe, wir haben uns verstanden?«

»Arschloch!«, brüllte Dallmair durch das Dienstzimmer. »Was ist nur in den gefahren? Vor einem Jahr überschüttete er uns mit Lobeshymnen, vor ein paar Tagen beförderte er uns alle drei und jetzt tut er so, als wären wir die größten Deppen. Er lässt sich nicht einmal erklären, weswegen die Fahndung schieflief, und knallt einfach, ohne sich zu verabschieden, den Hörer drauf.« Dallmair griff zum Telefon, gab die Nummer seines

Freundes beim Kommissariat in Berchtesgaden ein und war schon gespannt, was er davon hielte.

»Grüß dich, Xaver, ja, ja, ich weiß, hab mich schon ewig nicht mehr gemeldet. Was mich heute dazu veranlasste, war ein Telefonanruf von unserem Engel aus Rosenheim. So wütend habe ich den noch nie erlebt, er wirft mir Versagen bei einer Aktion vor. Ist dir unser neuester Fall von dem Dreifachmörder schon bekannt?«

»Nur aus da Zeitung, Peta. I vermute, warum du danach frogst. Alle Polizeidienststellen san scho saua über seine zweifelhaften Anrufe. Da kam sicha Druck vom Innenministerium, die Verbrechensaufklärung schnella voranzutreiben, um im Vergleich mit andare Bundeslända bessa dazustehen, wos dea Statistikmakulatua einen Vorteil erbringt. Aiso grüble net weita, du gehörst sowieso zu unseren Besten. Es gäbe dafür no a andere Erklärung, wos i so ghört hob, is eam sei Frau davoglafa, do muss er halt sein Frust an uns auslassn.«

Kaum legte er den Hörer auf, meldete sich Eva, um die nächsten Neuigkeiten zu erzählen.

»Zeugen meldeten sich, sie sagten aus, sie hätten Hausers Toyota von Fischbachau kommend in die B 307 abbiegend Richtung Schliersee fahren sehen. Auch sie wurden durch die schlingernde Fahrweise des Autos aufmerksam. Ich denke, in seinem Zustand konnte er unmöglich noch länger sein Fahrzeug beherrschen.«

Dallmair blickte kurz auf die Landkarte und äußerte seine Vermutung.

»Hauser hätte die Möglichkeit, von Hundham nach Bad Feilnbach zu fahren und dort die Klinik aufzusuchen. So fuhr er im großen Bogen wieder zurück über Schliersee Richtung Miesbach. Davor befindet sich nur noch ein Krankenhaus und dieses ist nach meinem Wissen die Klinik in Pörnried. Von dort erhielt ich jedoch die Rückmeldung, dass kein Notfallpatient, auf den die Beschreibung zutrifft, aufgenommen wurde. Mir ist bekannt, dass diese Klinik für die Handchirurgie einen ausgezeichneten Ruf besitzt, und dies wird Hauser mit Bestimmtheit wissen. Mach du dich auf den Weg dorthin und lass dich von vier Polizeibeamten begleiten, ich komme schnellstens nach.«

18

Nach schweißtreibenden drei Stunden nahm sich der operierende Unfallchirurg seinen Mundschutz ab, schlüpfte aus dem grünen OP-Kittel und sagte zu den Umstehenden: »Puh, hatte der Glück, dass wir ihm nicht alle Finger amputieren mussten. Ab in den Aufwachraum und der Nächste bitte.«

Dem Pfleger schärfte er ein: »Patient schläft bis 19 Uhr, frühester Besuch morgen Mittag.«

Bei der Auffahrt zur Notfallhilfe parkten sie ihre Fahrzeuge, zwei Polizisten postierten sich am Eingang, Oberkommissarin Melzer, gefolgt von weiteren zwei Beamten, eilte zur Patientenaufnahme, forderte die Namensliste aller Unfallopfer der vergangenen vier Stunden und versuchte in den OP-Saal vorzudringen.

»Halt, können Sie nicht lesen?«, brüllte eine junge Ärztin, die sich im Gespräch mit einer Schwester befand. »Auch wenn Sie von der Kripo sind, haben Sie nicht das Recht, während einer Operation einzutreten. Sie laufen direkt von der Straße in den keimfreien chirurgischen Bereich und wir stehen dann in der Kritik, wenn unsere antiseptischen Maßnahmen nicht eingehalten werden. Was oder wen suchen Sie überhaupt?«

»Entschuldigen Sie«, entgegnete Eva Melzer kleinlaut. »Hier auf dieser Liste sind alle Unfallopfer der letzten vier Stunden vermerkt. Wir suchen jedoch einen Herrn Hauser, der sich unseres Wissens hier behandeln ließ. Sie würden uns sehr helfen, einen der Verletzten zu benennen, dessen rechte Hand Einschusslöcher aufweist.«

»Dafür bin ich nicht zuständig«, äußerte sich die junge Ärztin. »Der operierende Chirurg kann Ihnen vielleicht dazu mehr sagen, aber wie Sie schon sehen, ist er bei der Arbeit.«

Oberkommissarin Eva Melzer ließ sich so nicht abspeisen und verlangte den leitenden Arzt dieser Station. Mit einem Handzeichen Richtung Schwingtür des Operationssaals beantwortete die Ärztin Eva Melzers

Frage. Empört über die überhebliche Art, wie sie abgefertigt wurde, verschärfte sie ihr Vorgehen.

»Wenn Sie denken, ich mache mich hier nur wichtig so wie Sie, warte ich eben und ruhe mich aus und inzwischen begeht euer Patient den vierten Mord. Könnte gut sein, dass er Sie als nächstes Opfer auswählt.«

Ohne auf die Resonanz der Ärztin zu achten, wandte sie sich von ihr ab, ließ sich phlegmatisch in einen Stuhl fallen, in der Hoffnung auf eine Reaktion der Medizinerin.

Aufgeschreckt von Eva Melzers Drohung, eilte diese durch die Schwingtür und kam alsbald wieder zurück.

»Doktor Schwaiger lässt ausrichten, in zwanzig Minuten steht er zur Verfügung.«

»Es geht um jede Minute«, brüllte Hauptkommissar Dallmair, als er in der Nothilfe eintraf und die letzten Worte der Ärztin vernahm.

»Weißkittel sind eben eine andere Kategorie als wir von Ungeduld Geplagten«, beruhigte Eva Melzer ihren Chef, der hektisch und kopfschüttelnd von einem Ende des Flures zum anderen marschierte und immer wieder auf die Schwingtür des OPs starrte, bis endlich Doktor Schwaiger heraustrat.

»Sie möchten mich sprechen? Was für ein Anlass liegt vor, dass Sie sich unbedingt mit mir unterhalten möchten?«

Dallmair begann zu erklären, weswegen sie diese Hektik auslösten, wurde jedoch von Eva beiseitegedrückt und sie übernahm das Gespräch.

»Hier auf dieser Patienten-Liste befindet sich zwar nicht die Person, die wir suchen, wir sind uns aber sicher, dass einer davon sich unter falschem Namen anmeldete. Seine Handverletzung, verursacht durch die Munition einer Schusswaffe, lässt keinen Zweifel aufkommen, dass dies der gesuchte Dreifachmörder ist. Was uns besonders stört, ist das träge Verhalten der Ärzte auf Anfragen der Polizeibehörde. Wir wiesen ausdrücklich in unseren Fax-Schreiben und telefonischen Aufrufen darauf hin, jeden Verwundeten zu melden, auf dessen Verletzung unser Hinweis zutrifft. Und nun sagen Sie uns den Namen des Patienten und sein Krankenzimmer.«

Der Chirurg, von Eva Melzers provozierenden Anschuldigungen in Rage versetzt, konterte ebenso scharf:

»Ich verbitte mir diese haltlose Kritik an meinen Berufskollegen und an mir, besonders von Menschen, die keine Ahnung vom Ablauf im medizinischen Bereich besitzen. Wir arbeiteten bisher sehr kooperativ mit der Polizeibehörde zusammen, doch das grenzt schon an Unverschämtheit, was Sie sich erlauben. Ich kann sehr gut eine Schussverletzung von einem Unfall unterscheiden, und dass sich in dieser Klinik Patienten unter falschen Namen einschleichen, ist völlig ausgeschlossen, noch dazu mit den neuen aussagekräftigen Versicherungsausweisen.«

Hier hielt Doktor Schwaiger kurz inne, dachte an den handverletzten Herrn Kirchlechner, verwarf den aufkommenden Gedanken sofort, um seine Schimpfkanonade fortzusetzen. Oberkommissarin Melzer stoppte ihn.

»Na, Herr Doktor, hatten Sie doch kurz Zweifel, an wen dachten Sie soeben?«

»Über meine Gedanken brauchen Sie sich Ihren hübschen Kopf nicht zu zermartern, mit denen komme ich schon klar.«

»Auch gut, dann überprüfen wir die Personen, die diese Liste beinhaltet. Die weiblichen können wir vergessen, verbleiben noch fünf männliche Patienten.« Eva Melzer wandte sich an die Bearbeiterin der Unfallberichte und verlangte einen Ausdruck aller fünf Behandelten.«

Fragend schielte die Angesprochene zu ihrem Chef, Doktor Schwaiger, der widerwillig mit einem Kopfnicken zustimmte.

»Herr Hauptkommissar, Herr Hauptkommissar Dallmair«, rief aufgeregt ein durch den Eingang laufender Polizeibeamter. »In der Tiefgarage parkt der gesuchte Toyota. Ganz am Ende, hinter einem Kliniktransporter versteckt.«

»Klasse gemacht«, zischte Dallmair erfreut. Seine gute Laune steigerte sich noch, als ihm Eva den Ausdruck überreichte und auf den Patienten zeigte, bei dem der Vermerk zu lesen war: »Versicherungskarte wird nachgereicht«.

»Na, Herr Chefchirurg, Schussverletzung und Arbeitsunfall haben wohl wenig gemeinsam, das sieht ganz danach aus, als versuchten Sie diesen Hubert Kirchlechner aus der Schusslinie in Deckung zu bringen. Sind Sie mit ihm befreundet oder verbindet Sie sonst etwas mit ihm, dass Sie ihn vor uns verstecken?«

Seine Blässe unterschied sich kaum noch von dem Weiß seines Kittels, verlegen druckste Doktor Schwaiger herum und versuchte sich auf seine Art zu rechtfertigen.

»Wenn mir dieser Kirchlechner, oder wie er heißt, den Vorgang seines Unfalls so realitätsecht erklärt, ich konnte mich direkt hineinversetzen, wie seine Hand sich im Zahnkranz verfing und dadurch diese Verletzung entstehen konnte. Dadurch weckte sich in mir auch kein Verdacht, es könnte eine andere Ursache dahinterstecken. Es besteht keinerlei Freundschaft oder etwas Ähnliches. Sie müssen mir das nicht glauben, doch es ist die Wahrheit.«

»Also dann, führen Sie uns zu seinem Zimmer«, forderte Dallmair.

»Nein, das ist ausgeschlossen, dem Armen musste ich zwei Finger amputieren und er bekam eine langwirkende Narkose, von der er frühestens um 18 Uhr erwacht. Morgen früh habe ich nichts dagegen.«

»Wenn Hauser im Tiefschlaf liegt, stören wir ihn sowieso nicht, wir wollen uns nur überzeugen, ob es sich bestimmt um Hauser handelt.«

Dr. Schwaiger führte Dallmair und Eva zum Aufwachraum, öffnete die Tür, sie warfen einen Blick auf den Schlafenden, den sie als Hauser identifizierten. Dallmair befahl, zwei Wachen vor dem Zimmer, zwei auf dem Balkon, wogegen Schwaiger Einwand erhob.

»Herr Dallmair, das halte ich für eine Überreaktion, wie sollte Kirchlechner, oder wie sein richtiger Name auch ist, in seinem Zustand überhaupt an Flucht denken, wenn er wieder bei sich ist und bemerkt, dass er zwei Finger weniger besitzt? Auch muss täglich ein Verbandwechsel erfolgen und die Wunde inspiziert werden, und in diesem Nachthemd davonzurennen, fällt ihm bestimmt nicht ein.«

Eva Melzers Zwischenruf, wo seine Kleider sich befänden, beantwortete Dr. Schwaiger nur mit einem Achselzucken.

»Im Aufwachraum befinden sie sich jedenfalls nicht«, äußerte sich Eva Melzer. »Wer hat sie ihm denn ausgezogen, das konnte doch nur im OP geschehen oder bei der Voruntersuchung? Wir sind nämlich noch auf der Suche nach der Pistole, entweder steckt sie in seinen Kleidern oder in seinem Fahrzeug. Schon deshalb treffen wir diese Sicherheitsmaßnahmen und gehen auch davon aus, dass dieser harte Hund auch trotz seiner Verwundung und Handicap nicht davor zurückschreckt, zu entkommen und weitere Verbrechen zu begehen.«

»Ein Kommissar von Hautzenberg verlangt nach Hauptkommissar Dallmair«, meldete die Dame von der Aufnahme. »Vorne am Tresen befindet sich der Apparat, aber beeilen Sie sich, das ist unser Notfalltelefon und es darf nicht blockiert sein.«

Verwundert über Detlevs Anruf und darüber, dass er ihn vor allem in dieser Klinik vermutete, beschlich Dallmair ein sonderbares Empfinden.

»Wir hatten doch bereits alles besprochen, es fehlt nur noch deine Unterschrift auf der Bestätigung deiner Kündigung.«

»Ach, vergiss die Kündigung, ich bin bei der Durchsuchung des Laptops von Hauser auf getätigte Bestellungen gestoßen, die unsere gegenwärtigen Befürchtungen bei Weitem übertreffen. Er muss bereits im Besitz von Zeitzünder, Fernauslöser und elektrischen Sprengmechanismen sein. In der Chronik seiner Suchergebnisse befinden sich Dutzende von Unterweisungen, wie die verschiedenen Sprengstoffe ihre Wirkungskraft an diversen Baustoffen zur Geltung bringen. Das heißt, er könnte schon seit längerer Zeit die Vorkehrungen getroffen haben.«

»Dieser Geisteskranke!«, schnaubte Dallmair. »Sehr gut gemacht, Detlev, wir kommen in 30 Minuten zurück, dann unterhalten wir uns weiter. Denk dir schon mal aus, was du Eva erzählen könntest, damit endlich wieder Friede zwischen euch beiden einkehrt.«

»Hab ich mir inzwischen überlegt, Peter, hoffentlich geht sie darauf ein.«

Während der Rückfahrt lenkte Dallmair das Gespräch auf die gegenwärtige angekratzte Stimmung zwischen Eva und Detlev und schockte sie mit der Kündigung von Detlev.

»Hat dir Detlev schon sein neuestes Vorhaben verraten?«

»Der kann mir den Buckel runterrutschen«, entgegnete Eva ärgerlich. »Warum fängst du mit diesem Thema an? Da steckt sicher mehr dahinter. Du kannst dir deine salomonischen Bemühungen ersparen, er ist und bleibt ein Arsch.«

»Wenn du für ihn schon nichts mehr empfindest, so überrascht dich seine sofortige Kündigung wenigstens nicht mehr«, reizte Dallmair seine Beifahrerin. »Sein Kündigungsschreiben liegt bereits vor und meine Bestätigung darauf auf meinem Schreibtisch. Ist wohl für uns alle die beste Lösung, obwohl er ein erstklassiger Kriminalist und angenehmer Kollege ist, nein war.«

Eine kurze Fahrtstrecke saß Eva stumm und starr, von Dallmair abgewandt und in den Sitz gepresst, da, um sich mit einem Schlag aus ihrer Enttäuschung zu befreien.

»Und du hast ihm sicher noch dazu geraten? Was seid ihr Männer nur für begriffsstutzige Kreaturen, entweder verkriecht ihr euch oder rennt auf und davon, anstatt darüber zu reden oder wenigstens zuzuhören. Am liebsten würde ich euch zwei zusammen in eine Zelle sperren und vierzehn Tage mit dem Inhalt des Buches beschallen ›Mann oh Mann, das unerträgliche Wesen‹. Nein, ich fasse es nicht und eines dieser Geschöpfe wollte ich in mein Leben einbinden, ich muss wohl schon vollkommen verrückt sein. Was hat Detlev noch über mich gesagt oder hat er für mich einen Abschiedsbrief hinterlegt?«

Mit zusammengekniffenen Lippen amüsierte sich Dallmair über Evas Gefühlsausbruch. »Nur jetzt nicht schwach werden«, sagte ihm sein Inneres und so schürte er weiter.

»Wieso sollte er nach dieser Bezeichnung noch daran denken, dir Grüße zu übermitteln oder etwa sogar noch einen Abschiedsbrief zu schreiben? Hättest du ihm noch eine Nachricht hinterlassen, wenn er dich als Arsch bezeichnet hätte? Am besten wäre, ich hätte dich und Detlev vierzehn Tage eingeschlossen und euch Tag für Tag den Spielfilm Love Store vorgespielt, dass zwei erwachsene Menschen, die sich immer noch sehr lieben, endlich begreifen, wie schön es sein könnte.«

»Was verstehst denn du schon von einer Beziehung?«, spöttelte Eva. Weiter kam sie nicht, denn sie erinnerte sich an Peters Erzählung von einem Einsatz, bei dem seine Frau, die ebenfalls als Kommissarin tätig war, vor Peters Augen erschossen wurde.

»Tut mir leid, aber du bringst mich vollkommen durcheinander, wie soll ich bei deinem Gerede vernünftig denken können, ja, es tut mir auch leid, dass ich Detlev so grob anfuhr, aber er ist trotzdem ein Arsch, wenn er einfach abhaut und mich allein lässt. Da brauchst du gar nicht so verschmitzt zu lächeln, ich liebe nämlich diesen Arsch mit all seinen Fehlern und Macken nach wie vor.«

Dallmair schwieg, ließ Eva weiterreden, bis sie beim Kommissariat ankamen.

»Als Erstes brauche ich jetzt etwas zum Futtern und nachher besaufe ich mich«, verriet Eva beim Betreten des Dienstzimmers ihrem Chef. Völlig verdattert hielt sie inne, starrte zu ihrem Arbeitsplatz, rieb sich die Augen, trat einige Schritte näher, glaubte immer noch, dass ihre Sinne ihr einen Streich spielten. Aber nein, abgedeckt mit einer weißen Tischdecke, präsentierte sich ihr Schreibtisch wie ein Büfett eines Luxuslokals. Kerzenlichter flackerten über Tellern, gefüllt mit den verschiedensten Häppchen, Cocktailtomaten und Basilikumblättern auf Mozzarella, Gläser, die auf das Öffnen des Champagners warteten, und eine Platte, belegt mit in Streifen geschnittenen Schnitzelsemmeln. Das ganze Arrangement rundete ein prächtiger Blumenstrauß, in der Tischmitte stehend, ab. Sie war überwältigt von dem herrlichen Anblick, und Eva entwich ein in die Länge gezogenes »Wow«. Detlev, der sich bis dahin hinter der Tür verborgen hatte, trat zu Eva, kniete vor ihr nieder und flüsterte ihr zu: »Verzeih mir, aber ich kann dir nicht versprechen, dass es das letzte Mal war, dass ich dich darum bitte.«

»Mensch, was seid ihr für hinterlistige Kerle!«, brach es aus Eva hervor. »Peter entlockt mir meine tiefsten Geheimnisse und du denkst, ich falle auf deinen Versuch, dir zu vergeben, herein, was ich dennoch tue. Komm hoch, damit ich dich bestrafen kann.«

Sie packte Detlev, der keinen Versuch unternahm, sich zu wehren, und sich von Eva so stürmisch umarmen und küssen ließ, dass sie taumelnd beinahe auf dem gedeckten Schreibtisch landeten, während Peter sich genüsslich an den Schnitzelsemmelhappen verging.

19

Seine Hand strich fühlend über seine dick verbundene Rechte, er öffnete erschrocken seine Augen, starrte auf die Stelle, wo sich vor Stunden noch Zeige- und Mittelfinger befunden hatten. Er versuchte sich aufzusetzen, fiel wieder in sein Kissen. Nach und nach begriff Hauser, was geschehen war, blickte auf Schläuche, die durch den Verband hindurch ihren roten Inhalt in einen Beutel absonderten. Durch einen weiteren Schlauch tropfte wässrige Flüssigkeit in die Armarterie. Immer noch benebelt, plagte er sich, seine Gedanken zu aktivieren, bemerkte draußen am Fenster zwei Gestalten in Uniform, was ihn jäh in die Wirklichkeit zurückholte. Er konnte es kaum fassen, dass sie ihn trotz falschen Namens und detaillierter Schilderung des Unfallhergangs ausfindig gemacht hatten. Jetzt arbeitete sein Gehirn auf Hochtouren, er wägte ab, wie er aus dieser prekären Situation herausfinden könnte. Zwei weitere Beamte vermutete er vor dem Krankenzimmer, vielleicht auch am Eingang. Ihm wurde bewusst, früher als in zwei Tagen ließ sich ein Fluchtplan nicht verwirklichen, er benötigte noch die ärztliche Versorgung. Aber wenn man ihn bereits vorher auf eine Gefängnis-Krankenstation verlegen würde? »Kleider, wo sind meine Kleider?«, schoss es ihm plötzlich durchs Gehirn, ebenso dass sie mit Sicherheit sein Fahrzeug, in dem die Waffe versteckt lag, entdeckten. »Auch das Haus ist bereits durchsucht«, wurde ihm bewusst, »dann haben sie auch meinen Laptop inspiziert.« In seinem Schädel richteten diese negativen Überlegungen ein ungeordnetes Chaos an. Pläne zerstörten sich von selbst, neue wurden aussortiert, da nicht durchführbar, es fühlte sich an, als wenn sein überstrapaziertes Gehirn sich aufblähte und seine Schädeldecke zum Bersten bringen würde. »In den nächsten Stunden erscheinen sie und versuchen mich auszupressen, ohne Rücksicht auf meinen Gesundheitszustand.« Hauser schob seine Fluchtpläne zur Seite, bastelte an seinen Antworten auf die hinterlistigen Fragen der Kriminalbeamten, die auf sein Geständnis drängten. »Können die mich überhaupt überführen, haben sie dazu Beweise, bei welcher Ausführung meiner Morde beging ich Fehler, wurde Krüger, der Kollege meiner Frau, schon verhaftet und was könnte er über mich ausgesagt haben?« Fragen über Fragen quälten Hauser, er fand auf keine eine Antwort. Durch das Klacken des Schlosses wurde er aus seinen Überlegungen gerissen. Eine Schwester und ein Pfleger betraten das Zimmer, brachten eine neue Infusionsflasche an, prüften die Drainage mit dem ablaufenden Blut und erkundigten sich nach dem Befinden.

»Herr Hauser, wenn Schmerzen auftreten oder sollten Sie Hilfe benötigen, drücken Sie die Klingel. Ihr Abendessen wurde reserviert, Sie erhalten es in einer Stunde, wenn die Narkose einigermaßen nachgelassen hat.«

Ein Blick zur offen stehenden Tür bewahrheitete Hausers Prophezeiung. Zwei Wachbeamte standen, zu ihm ins Zimmer blickend, im Eingang und kontrollierten misstrauisch die Ausführungen der beiden Pflegekräfte. Mit schmerzverzerrtem Gesicht verlangte Hauser Auskunft über seine Garderobe.

»Ihre verschmutzten Kleider befinden sich in unserer hauseigenen Wäscherei, Sie erhalten sie nach der Reinigung in zwei Tagen zurück«, antwortete die Schwester.

Die Dienstzimmeruhr zeigte bereits 19:30 Uhr, Eva, Peter und Detlev saßen um die beinahe geleerte Tafel, auf deren Tellern nur noch Bruchstücke des üppigen Mahles lagen. Die Flasche Champagner bereits geleert, unterhielten sie sich angeregt und ein wenig beschwipst über das weitere Vorgehen im Fall Hauser. Eva, deren Kopf an Detlevs Schulter ruhte, erinnerte ihre Kollegen an Klebers damaligen Wutschrei vom Kommissariats-Fenster hinaus in die Nacht.

»Es ist an der Zeit, Kleber darüber zu befragen, wen er damit meinte, als er schrie: ›Du Scheusal, jetzt bist du fällig, ich bring dich um.‹«

Peter fügte noch hinzu, was Kleber im Zimmer schrie.

»‚Dieses verfluchte Schwein, muss er mir alles zerstören und entreißen, was mir am Herzen liegt?‹ Das heißt also, er kannte dieses Schwein, mit dem er mit Sicherheit Hauser meint. Ich befragte gestern den Arzt von David, wie lange er ihn noch in der Klinik behält. Er geht von zwei Wochen aus und schickt ihn dann in die Reha. Es wäre vielleicht von Vorteil, wenn du dich darüber bei ihm erkundigst, eventuell spricht er bei dir offener als mit mir, seinem Freund.«

»Ich denke, das spielt keine Rolle, ob du oder ich Kleber befrage. Es kommt auf den gewissen Zeitpunkt an, wann er sich entschließt, sein Geheimnis preiszugeben, um es auszusprechen. Wer weiß, was uns da noch für eine Überraschung bevorsteht? Meinst du, ich sollte den Namen Hauser vorher erwähnen oder erst, wenn Kleber sich dazu nicht äußert?«

»Ich würde es ihm auf den Kopf zusagen, der ist nun so weit genesen, dass man keine Rücksicht mehr nehmen muss. Pack deinen weiblichen Charme aus, das belebt seine Sinne und schränkt seinen Geist ein.«

Zu Detlev gewandt, dem der Alkohol die Augenlider niederdrückte, verwies Dallmair auf die morgigen Aufgaben.

»Hallo, Herr Graf, ich bitte um Aufmerksamkeit! Du setzt dich mit der Bereitschaftspolizei in Verbindung und forderst 30 Mann an, die den Staudamm und das nahe Umfeld nach Sprengstoff und alles, was damit in Betracht kommt, absuchen. Und jetzt gute Nacht und feiert eure Wiedervereinigung. Ich hoffe, ihr erkennt, was ich mit diesem Wort für einen Verschmelzungsprozess auslösen möchte.«

»Weißt du, was Peter abends am Schluss angesprochen hat?«, fragte Detlev seine Eva nach dem Abendessen.

»So genau kann ich dir das auch nicht beantworten, aber ich vermute, der dachte an den 3. Oktober 1990 und die Jahre danach.« Sie riss Detlev das Hemd vom Leib und feierte mit ihm beides zusammen.

Zehn Stunden später betrat Oberkommissarin Eva Melzer das Krankenzimmer von David Kleber, der sich noch mit seinem Frühstück beschäftigte. Mit harmlosem Geplauder versuchte Eva Melzer, mit Kleber ins Gespräch zu kommen.

»Bekommen Sie Besuch von Ihren Eltern und ihren Kindern? Meldeten sich Ihre Musikerkollegen oder Ihre Schwiegereltern?«

»Ach, Frau Melzer, fragen Sie doch gleich, was Sie wirklich interessiert und weswegen Peter Sie geschickt hat.«

»Na gut, ich versuchte nur einfühlsam vorzugehen, doch wenn Sie sich eine Vernehmung bereits zutrauen, bin ich darüber sehr erfreut und erspare mir das Vorgeplänkel. Was war der Anlass, dass Herr Hauser so brutal und hasserfüllt gegen Sie vorgeht?«

Vor Schreck entglitt Kleber das Messer, mit dem er Marmelade auf sein Brot strich, er wischte verlegen die klebrige Masse vom Tisch und bat um Wiederholung der Frage.

»Sie verstanden sehr gut, aber wenn Sie sich Ihre Antwort darauf vorher überlegen müssen, so erfülle ich Ihre Bitte. Was für Intrigen waren der Anlass, dass es zu diesem Hass gegen Sie kam?«

Er riss den Kopf hoch, starrte sie bestürzt an, sprachlos darüber, dass sie das Wort Intrige erwähnte. Eva Melzer nützte seine Fassungslosigkeit aus und setzte den nächsten Tiefschlag.

»Sie tragen eine gehörige Mitschuld an dem Tod Ihrer Frau sowie von Bärbel Hofner und Herrn Löw. Weshalb ließen Sie es so weit kommen und stoppten diesen Irrsinn nicht?«

In Kleber stürzten sämtliche Gedanken durcheinander, kein vernünftiger, der ihn aus seinem gegenwärtigen Dilemma befreien könnte, löste sich aus dem Gewirr von Panik und Betroffenheit. Stattdessen setzte Oberkommissarin Eva Melzer zum Finalstoß an.

»Ich sehe es Ihnen doch an, wie Sie mit sich kämpfen und weiter nach einem Ausweg suchen. Müssen Sie aber nicht, Hauser hat bereits für sich und für Sie ein Geständnis abgelegt, und wenn ich mit meinem Verdacht richtigliege, ist Ihr Kollege Krüger auch daran beteiligt.«

»Nein, nein, nein.« Dann herrschte wieder Ruhe. Kleber wirkte, als ob es ihn bald zerreißen würde, er hielt noch einen Augenblick inne, dann ergoss sich eine Sturzflut von Rechtfertigungen über Eva Melzer.

»Woher kommen all Ihre Gemeinheiten, die haben Sie sich doch nicht alleine ausgedacht.

Es reicht noch nicht, was man mir alles angetan hat, Ihre unhaltbaren Beschuldigungen übersteigen jede Legalität von Gesetz und Moral. Sie sind voreingenommen, intolerant und blind, die Wahrheit zu erkennen. Sagen Sie Ihrem Hauptkommissar, er soll sich um den Mörder meiner Frau kümmern und mich in Ruhe lassen. Ihr glaubt wirklich, ich hätte

Hauser überredet, diese Abscheulichkeiten zu begehen, und stecke mit ihm unter einer Decke, dabei kenne ich diesen Wüstling nur vom Hörensagen durch seine Frau Monika. Wir hatten öfters über dieses Ekel gesprochen, dabei ermunterte ich Monika, sich von ihrem Mann zu trennen, denn er würde sich niemals ändern.«

»Aber Herr Kleber, das sind doch alles keine Argumentationen, die dagegen sprechen, dass Sie in Verbindung mit Hauser stehen. Wenn man einer Person hinterherruft: ›Du Scheusal, jetzt bist du fällig, ich bring dich um‹, so vermutet der Zuhörer, demjenigen ist diese Person bekannt. Genauso schrien Sie: ›Dieses verfluchte Schwein, muss er mir alles zerstören und entreißen, was mir am Herzen liegt?‹ Solche Provokationen spricht man doch nicht bedenkenlos aus, da muss doch der Verdacht entstehen, dass Sie uns etwas verheimlichen. Wenn Sie bei Ihrer Aussage weiterhin darauf bestehen, mit Hauser nicht in Kontakt gestanden zu sein, wem galten dann Ihre Drohungen?«

Mühsam richtete sich Kleber mit Hilfe des am Galgen hängenden Haltegriffs auf, legte seinen eingegipsten Arm umständlich auf die Unterlage, warf einen verlegenen Blick zu Eva Melzer und entgegnete zaudernd:

»Solche Äußerungen beinhalten doch nur den momentanen Zorn, der zum Ausbruch kommt, wenn das Maß der aufgestauten Gefühle überschritten wird, und Sie legen mir deshalb die Schlinge um den Hals. Dieser Zustand findet doch in jedem von uns Menschen mehrmals täglich statt, ohne dass man dahinter Argwohn vermuten würde. Jedoch Kriminalisten hängen sich an solchen Phrasen auf, bohren und vertiefen sich weiter und weiter in diesen Irrgarten. Sollten Sie mir nach wie vor keinen Glauben schenken, so kann ich Ihnen und Ihrem voreingenommenen Chef auch nicht weiterhelfen. Nun liegt es an Ihnen, mir zu beweisen, was ihr euch in euren regen Fantasien zusammengereimt habt.«

»Womit er den bisherigen Stand unserer Ermittlungsarbeit klar beurteilte«, vergegenwärtigte sich Eva Melzer, als Kleber ihre Spekulation als Irrgarten bezeichnete. Für einen Augenblick verlor sie den Faden. Hatte sie sich tatsächlich von einer falschen Eingebung leiten lassen? Je mehr sie darüber nachgrübelte, umso stärker arbeitete ihr Gehirn über eine andere

Erklärung, was Hauser mit seinen Verbrechen bezwecken wollte. Hass, vielleicht auch Eifersucht oder Neid reichte bestenfalls für eine Mordtat aus, wägte Eva Melzer ab. Jedoch drei Morde, ein Mordversuch, Brandstiftung und der Überfall auf Kleber in seinem Haus, der von weiteren Tätern begangen wurde, weckten in ihr den Argwohn, dass es sich um einen weitaus komplexeren Fall handelte, als bisher angenommen. »Mit meinen unbewiesenen Vorwürfen lande ich keinen Erfolg mehr«, sinnierte Eva Melzer, »vielleicht probiere ich jetzt wieder die weiche Tour, um das Vertrauen ein wenig zurechtzurücken.«

»Herr Kleber, Sie bemerkten sicher meine kurze Unentschlossenheit, unsere Unterhaltung fortzusetzen, was sicherlich an Ihren logischen Argumenten lag, und doch bin ich der Überzeugung, dass Sie uns weiterhelfen können. Es muss eine Vorgeschichte stattgefunden haben, die das Auslösen dieser Verbrechen bewirkte. Ich möchte Sie jetzt nicht drängen, in Ihrer Vergangenheit nachzuforschen, was Ihnen aus heutiger Sicht seltsam und merkwürdig vorkommt. Nehmen Sie sich genügend Zeit, denken Sie intensiv nach, forschen Sie in der Verwandtschaft, über die Nachbarn, Bekannte, Musikerkollegen, Finanzinstitute, die Sie in Geldangelegenheiten aufsuchten, Freunde, zufällige Bekanntschaften, Gespräche, die Sie mit Fremden geführt haben, zufällige Begegnungen, die nun im Nachhinein alles andere als zufällig waren. Wenn Sie auf irgendwelche Auffälligkeiten stoßen, notieren Sie sie oder rufen Sie uns an.«

»Frau Oberkommissarin, so sind Sie mir weitaus sympathischer, als wenn Sie versuchen, mit Ihren sturen Indizien die Geister zu beschwören. Also dann zermartere ich mir mein Gehirn, um Ihnen, aber insbesondere mir einen Gefallen zu tun.«

Auf dem Weg zum Klinikausgang blieb Eva Melzer abrupt stehen, fragte bei der Information und eilte nochmals in die Chirurgische Abteilung, um ihrem Kollegen Linkswadl einen Besuch abzustatten. Vor dessen Krankenzimmertür wurde ihr bewusst, dass sie mit leeren Händen vor ihm stehen würde. »Ach, das versteht Linkswadl bestimmt«, dachte sie sich, gab sich einen Ruck und trat ein. Erstaunt fand sie ihren

Kollegen in Straßenkleidung und, die Tasche packend, auf dem Bett sitzend vor.

»Hey, bist du von Sinnen, nach zwei Tagen die Klinik zu verlassen?«, rief sie ihm verwundert zu.

»Warum kreuzt du denn hier auf, hab doch soeben Dallmair darüber informiert, dass ich nicht länger hierbleibe?«, entgegnete Linkwadl. »Da sitz ich lieber im Kommissariat, anstatt dem Gelaber der Ärzte und Schwestern zuzuhören.«

Ausführlich berichtete Eva von ihrem Besuch bei Kleber und den Bedenken, die sich plötzlich einschlichen.

»Mir ist es im Nachhinein richtig peinlich, Kleber mit diesen Beschuldigungen zu belasten, aber dieser Eindruck musste ja entstehen, wenn er mit solchen Drohungen umherschreit. Dallmair reagiert sicher wieder fuchsteufelswild, wenn ich ihm meine neue Theorie verkünde. Diese klingt zwar unglaublich, doch mein Bauch und mein Gehirn sind sich darüber einig, dass uns noch eine dicke Überraschung bevorsteht. Lache jetzt nicht, meine Ahnung geht in Richtung organisiertes Verbrechen oder so etwas Ähnliches.«

Kommissar Linkswadl legte sein letztes Kleidungsstück in die Tasche, zog den Reißverschluss bedächtig zu, so als wenn er in Erinnerungen suchen würde, um sich jäh über das Gefundene auszulassen.

»Ich bin zwar erst drei Tage von meinem Ausbildungslehrgang zurück, davon verbrachte ich zwei im Krankenhaus, deshalb sind mir die Hintergründe und eure bisherigen Ermittlungen nicht geläufig. Aber worauf ich hinausmöchte, bei dem Lehrgang freundete ich mich mit einem Kriminalkommissar Anwärter aus München an, der mir von einer unglaublichen Vorgehensweise einer Verbrecherbande erzählte, mit der seine Abteilung sich beschäftigt. Es existieren etliche Parallelen zu unserem Fall. Zwar wurden nur zwei Leichen aufgefunden, aber was mit unserem Tatbestand übereinstimmt, ist die Auffindung von radioaktiven Substanzen und ebenso die Brandstiftung. Sollte dein Verdacht sich bestätigen, hast du soeben Feuer an die Zündschnur gelegt, um die Bombe hochgehen zu lassen.«

Grauen und Entsetzen packten Eva Melzer, als Linkswadl das Wort Bombe erwähnte. Bis jetzt vermuteten sie einen Anschlag auf den Staudamm mit Sprengstoff in Form von Dynamit, ebenso könnte eine Bombe, abgeworfen von einem Flugzeug oder einem anderen Flugkörper, in Betracht kommen. »Aber wieso die bisherigen Verbrechen? Das ergibt doch überhaupt keinen Sinn«, rätselte Eva Melzer, wandte sich mit ihren Gedanken an Linkswadl, um dessen Einschätzung ihrer Theorie zu erhalten.

»Deine abwegigen Überlegungen finde ich gar nicht so utopisch, bedenke nur, wie vor 50 Jahren Anschläge auf öffentliche Bauwerke ausgeführt wurden, damals mit Molotow- Cocktails und am 11. September 2001 bereits mit Passagierflugzeugen. Kein Geheimdienst hatte so ein Attentat auf seiner Rechnung. Es gibt bestimmt eine logische Erklärung dafür, was die Morde mit dem, sagen wir mal: eher undurchführbaren und fiktiven Angriff auf den Staudamm in Verbindung bringt. Du gehst bisher vom Schlimmsten aus, die Skizze des Bauwerks und die Markierungen könnten ja auch eine andere Bedeutung haben. Jedenfalls besprechen wir unsere Bedenken sofort mit Hauptkommissar Dallmair, auch wenn er uns als fantasierende Jedi-Ritter bezeichnet. Siehst du, etwas Gutes hatte dein Besuch, nun muss ich meine Tasche nicht selber tragen und werde sogar noch chauffiert.«

Die Stirn in Falten, eine Hand am Kinn, den Zeigefinger über den Mund gelegt, vernahm Dallmair, ohne sie zu unterbrechen, die Ausführungen von Eva und Linkswadl. Nach Beendigung ihrer Hypothesen verweilte Dallmair einen Augenblick in einer Denkpause, um dann seine Meinung darüber zu äußern.

»Das ist zwar das Abwegigste, was ich bisher in meinem Polizeidienst gehört habe, aber gerade diese weitschweifigen Überlegungen helfen uns weiter. Großartig, mit welchem Elan ihr an unseren verzwickten Fall herangeht. Ich muss gestehen, in diese Materie bin ich noch nicht vorgestoßen. Also gehen wir wieder, dank euch, mit mehr Mut und Hoffnung auf Erfolg an unsere Ermittlungsarbeit und quetschen aus Krüger und Hauser ihre noch versteckten Geheimnisse heraus. Eva, du übernimmst Krüger, Linkswadl und ich fahren zu Hauser in die Klinik nach Pörnried.« Plötzlich stutzte Dallmair, musterte Linkswadl und fragte besorgt: »Entschuldige, ich verfüge einfach über dich. Ist es dir lieber, im Kommissariat Nachforschungen zu betreiben? Deine Verwundung liegt ja erst zwei Tage zurück.«

»Keine Bange, Herr Hauptkommissar, los, starten wir.«

Die wachhabenden Beamten öffneten mit gezogener Waffe die Tür des Krankenzimmers, Dallmair und Linkswadl erblickten das leere Bett, sahen zum verschlossenen Fenster, öffneten die Badtür, ebenfalls leer. Dann ging es blitzschnell. Die Schranktüren klappten auf, Hauser stürzte hervor, schlug Dallmair zu Boden, setzte den verdutzten Linkwadl mit einer Geraden außer Gefecht, rannte zur Tür, die von den Beamten im letzten Augenblick verschlossen wurde. Bei dem Versuch, Linkswadl die Waffe zu entreißen, versetzte der am Boden liegende Dallmair mit seinen spitzen Schuhen Hauser einen Schlag in den Unterleib. Ein schmerzhaftes Brüllen beendete Hausers Fluchtversuch. Linkswadl rappelte sich auf, legte Hauser Handschellen an und warf ihn aufs Bett. Mit einem »Alles in Ordnung« informierte Dallmair die Polizeibeamten vor dem Krankenzimmer und nahm sich Hauser vor.

»Gratuliere zu Ihrer schnellen Genesung, so dürfen Sie diese Suite bald gegen den Komfort einer Gefängniszelle eintauschen, in welcher Sie sich vor Ihren Hintermännern oder besser Ihren Jägern verbergen können. Aber diese scheuen sich auch nicht, Sie im Knast kaltzumachen, damit Sie ihre Geheimnisse nicht ausplaudern. Wer sich mit solch einer Clique einlässt, der muss damit rechnen, als Opferlamm geschlachtet zu werden.«

Die Hände an seinen schmerzenden Empfindlichkeiten, starrte Hauser angstbesessen zu Dallmair empor, konnte nicht begreifen, woher dieser zu der Erkenntnis gelangte, doch sogleich vermutete er einen Bluff des Hauptkommissars und ließ sich nicht in ein Gespräch verwickeln.

Dallmair nahm Linkswadl beiseite, flüsterte ihm eine Anweisung zu und befasste sich weiter mit Hauser.

»Ich nehme an, Sie sind jetzt um die 40, rechnen wir die von Ihnen begangenen Straftaten in Freiheitsstrafe um, besteht die Aussicht bei guter Führung, dass sich an Ihrem 80. Geburtstag das Gefängnistor für Sie wieder öffnet. Richter und Staatsanwälte sind gewillt, einem Angeklagten einen Bonus zu gewähren, wenn dieser sich zu bevorstehenden Verbrechen äußert. An was für ein Vorhaben ich denke, dürfte Ihrem klugen Kopf kein Rätsel aufgeben. Zeitzünder, Fernauslöser, Sprengstoff mit gewaltiger Auswirkung und Zerstörung sind Ihnen bestens bekannt und in Ihrer früheren Arbeitsstelle hatten Sie Umgang damit. Um diese Katastrophe zu verhindern, benötigen wir Ihre Hilfe, die Sie uns sicher gewähren.«

Dallmairs Augenzwinkern war das Zeichen für Linkswadls Auftritt.

»Ach, jetzt hätte ich es bald vergessen, Ihnen von den Münchner Kollegen eine Nachricht zukommen zu lassen. Gestern Nacht verhafteten sie die Mitglieder einer Bande, die Anschläge auf Versorgungseinrichtungen plante. Der Kopf dieser Organisation soll sich noch auf freiem Fuß befinden. Über seinen Aufenthaltsort ist so viel bekannt, er befindet sich im Tegernseer Raum. Besonders erfreut waren die Kollegen über die Offenheit der Inhaftierten. Sämtliche Kumpane bezichtigten ihren Anführer, den sie Hugo nannten, der Ermordung von fünf Personen und sie bezeichneten ihn als skrupellos und gefühlsarm.«

Vollkommen regungslos verfolgte Hauser Linkswadls Berichterstattung, der diese in gemäßigter Lautstärke, aber doch so hörbar, dass Hauser es verstand, vortrug. Nur bei der Erwähnung des Namens Hugo bildeten sich zwischen seinen Augenbrauen zwei Falten. Dagegen reagierte Dallmair bei Linkswadls Vortrag immer nervöser, weil er befürchtete, dass sein Kollege zu heftig auftrug. Seine Aufregung steigerte sich, als Linkswadl vor das Bett zu Hauser trat und ihm auf den Kopf zusagte, er sei dieser Hugo.

»Hugo Hauser, der skrupellose Mörder. Der perfekte Titel für einen Kriminalroman«, rief Linkswadl marktschreierisch durchs Krankenzimmer. »Jedoch bei Ihnen handelt es sich um keinen Roman, sondern um einen Tatsachenbericht, den Sie selbst verfasst haben. Sie können noch froh sein, dass Sie nur ein Leben besitzen, denn das Strafmaß, das auf Sie zukommen würde, wäre mit zweimal ›lebenslänglich‹ mehr als angemessen.«

Hauser schwieg weiter, nichts brachte ihn aus der Fassung, sein gleichgültiger Gesichtsausdruck ließ vermuten, dass ihm das Gerede zu belanglos erschien, solange keine Beweise für seine begangenen Verbrechen vorgelegt wurden. Linkswadl überließ nun Dallmair wieder die Vernehmung, sah sich im Zimmer um, warf einen Blick in den Kleiderschrank, in dem sich außer Hose, Hemd und einem olivgrünen Parka keine weiteren Kleidungsstücke befanden. Vorsichtshalber überprüfte er die Taschen der Jacke und verspürte in der Brusttasche zwei längliche Gegenstände. Ein Messer und eine Gabel mit Gravur des Krankenhauses kamen zum Vorschein und er präsentierte sie Hauptkommissar Dallmair, der sich mit dem verschwiegenen Hauser abmühte.

»Hugo Hauser«, schrie Dallmayr entnervt. »Reden Sie endlich, sonst verlieren Sie außer Ihren beiden Fingern noch Ihren Verstand. Ihr Gehirn ist bestimmt schon überhitzt von den hin und her rasenden Gedanken, die sich nicht befreien konnten. Wie haben Sie das angestellt, dass Ihnen Ihre Kleider ausgehändigt wurden? Obwohl ich ausdrücklich die Schwestern darauf hinwies, und mit diesem Essbesteck bereiten Sie Ihren nächsten Ausbruchversuch vor. Kapieren Sie doch endlich, es ist aus, Sie haben zu viel gewagt und alles verloren. Sie werden zur Rechenschaft gezogen. Sie sind der Schuldige. Sie allein tragen die Verantwortung für Ihre Verbrechen. Sie sind schuld, dass eine Familie zerstört wurde. Sie und nur Sie vernichteten fünf Menschenleben.«

Kraftlos ließ sich Dallmair auf den Stuhl plumpsen, schüttelte entmutigt seinen Kopf, um abrupt wieder aufzuspringen und den Verschwiegenen mit einem letzten Versuch zum Reden zu bringen.

»Schweigen ist Versteinerung, Reden ist Entlastung und sorgt auch bei Schwerstverbrechern für Befreiung und Erleichterung.«

Dallmair legte eine kurze Pause ein, in der Annahme, Hauser würde sich besinnen und seinen Mund öffnen, jedoch dieser behielt seine apathische Haltung bei und blieb stumm. Mit einem knallharten »Aufstehen anziehen!« schreckte Dallmair Hauser aus seiner Lethargie. Linkswadl warf ihm seine Kleider aufs Bett, löste die Handschellen, riss ihm sein Nachthemd vom Leib und schrie: »Los, los, wird's bald, das schöne Leben hat ein Ende, Fortsetzung in der Zelle.« Wie aus dem Nichts ertönte plötzlich Hausers Stimme.

»Ich weigere mich, benötige ärztliche Behandlung, das sind Stasi-Methoden, Sie handeln gegen Ihre Vorschriften, ihr verfluchten Dreckschweine.«
Ohne auf sein Gejammer einzugehen, klickte Linkswadl die Handschellen an Hausers Arm, warf ihm über den entblößten Körper eine Decke, Dallmair benachrichtigte die Wache und sie führten Hauser den Korridor entlang, vorbei an entgeisterten Schwestern und Pflegern, hinaus zum Polizeifahrzeug, das ihn beim Kommissariat ablieferte. Der herbeigerufene Stationsarzt rannte den beiden Kommissaren hinterher, versuchte mit ärztlichen Begründungen Einwand dagegen zu erheben und erhielt von Dallmair lapidar den Hinweis: »Die Versorgung des Verwundeten kann ebenso in seiner Gefängniszelle erfolgen.«

Währenddessen saß Oberkommissarin Eva Melzer mit Krüger im Vernehmungsraum. Die bisherigen belanglosen Aussagen Krügers erschienen Eva Melzer als zu inhaltlos und unbefriedigend. Es hatte den Anschein, Krüger beantworte Eva Melzers Fragen absichtlich oberflächlich, um ja nicht versehentlich dunkle Hintergründe offenzulegen. Auch Angst, etwas auszuplaudern und dafür von der Bande bestraft zu werden, könnte eine Rolle spielen. Sie sah ein, dass ihre Vernehmung bisher zu defensiv ausgerichtet war, ein etwas energischeres Auftreten könnte Krüger vermutlich aus der Fassung bringen. Also legte sie forscher los.

»Herr Krüger, in der zurückliegenden Befragung redeten Sie stets um den heißen Brei herum, anstatt in ihn einzutauchen und die brodelnde Wahrheit an die Oberfläche zu befördern. In der ersten Vernehmung drucksten Sie ebenfalls an der wirklichen Gegebenheit herum, um später Eingeständnisse zu machen. Also beantworten Sie ab sofort meine Fragen mit der Gründlichkeit, als wenn Sie auf Ihrem Instrument ein Solo vortragen. Ist Ihnen bekannt, dass Ihr Freund Hauser außer der Ermordung von Frau Kleber, Herrn Löw und Frau Hofner noch weitere Verbrechen plante?«

Bei dieser Frage änderte sich schlagartig seine Mimik, die rechte Hand befiel ein Zittern, das er durch Druck auf den Tisch zu verbergen versuchte. Stattdessen erklomm das Beben den Arm bis hinauf zur Schulter. Sein Schädel zuckte und vibrierte, als leide er an einer akuten neurologischen Erkrankung. Jetzt zähl ich ihn aus, durchfuhr es Eva Melzer und sie setzte zum K.-o.-Schlag an. In diesem Augenblick kam Kommissar von Hautzenberg herein, um Eva eine Nachricht zu überbringen.

»Jetzt nicht«, fauchte sie. »Warte draußen, bis ich hier fertig bin.«

»Hör mir doch wenigstens zu«, drängte Detlev und flüsterte, trotz protestierender Eva, seine Mitteilung in ihr Ohr. »Ich war doch heute draußen am Staudamm, sprach mit dem Ingenieur über unseren Verdacht eines Anschlags, dabei stellte sich heraus, dass der Vater von Kleber als 1. Ingenieur bis zu seiner Pensionierung dort beschäftigt war.«

Eva schob Detlev aus dem Vernehmungsraum und verlangte von ihm darüber eine vollständige Auskunft.

»Wie gesagt, Kleber ist Spezialist für Staudämme, besitzt Kenntnisse des gesamten Bauwerks, einschließlich Turbinentechnik und der Baudynamik. Was so viel bedeutet: Er ist informiert über das Tragsystem auf dynamische Lasten, wie Erdbeben, Schwingungen, Explosionen und Aufprall. Dallmair habe ich bereits unterrichtet und er ist schon in Begleitung von drei Polizeifahrzeugen auf dem Weg zu Kleber.«

»Ich fass es nicht, ich fass es nicht«, rief Eva auf und abgehend vor sich hin. »Ein Krimi im Fernsehen mit dieser Handlung, den Autor würde ich für bescheuert erklären.« Vor Detlev hielt sie an, drückte ihm einen saftigen Kuss auf seinen Mund und fragte ihn: »Gib mir bitte eine ehrliche Antwort. Hast du dir über mich schon einmal Gedanken gemacht, dass ich einfältig und begriffsstutzig handle? Ich will dich darauf hinweisen, ich denke da nur an das Berufliche, nicht das Private, wenn wir zusammen sind.«

Zuerst erfolgte ein mitfühlendes Bussi auf Evas Lippen, dann Detlevs Ansicht.

»Ach, mein Schatz, natürlich war mir das von Anfang an bewusst, dass in dir eine gewisse Verrücktheit verborgen ist, die ab und an durchbricht …« Ein Faustschlag auf seine Brust beendete Detlevs Umschreibung von Evas Geisteszustand, er ließ sich jedoch nicht abhalten, seinen Satz zu vollenden.

»Schau mal, diese momentane Unzurechnungsfähigkeit ist doch in jedem von uns beheimatet, deshalb führt dies öfters zu Missverständnissen in der Auslegung von Denkweisen zwischen Weiblein und Männlein.«

»Mensch, bist du klug, wie einfallsreich du deine Meinung umschreibst, vielleicht wäre es von Vorteil, wenn in Zukunft Kommissare Männer vernehmen und Kommissarinnen Frauen. Nein, nein, vergiss es, schließlich sind wir mit akustisch stärkeren Antennen ausgerüstet, die wesentlich tiefer ins männliche Gehirn eindringen, und deshalb setze ich die Vernehmung mit dem Herrn da drinnen fort.«

Bevor sie sich weiter mit Krüger beschäftigte, wägte sie ab, von Kleber senior etwas zu erwähnen, schob es dann doch beiseite und wählte ihre bisherige Strategie.

»So, Herr Krüger, nun konnten Sie ausgiebig darüber nachdenken, ich höre.«

»Frau Kommissarin, Sie unterstellen mir, Einsicht in die Planung der Verbrechen gehabt zu haben. Meine Aufgabe war doch nur, meinen Kollegen Kleber …« Mit einem »Bitte nicht schon wieder diese alter Leier« unterbrach Eva Melzer und forderte die klare Beantwortung ihrer Frage.

Wieder bemerkte Eva Melzer diese Zuckungen an Krügers Körper, schlug mit der flachen Hand auf den Tisch und forderte ihn auf, sich sofort darüber zu äußern.

»Sie, Sie, Sie wissen doch überhaupt nicht Bescheid, was mit mir geschieht, sollte ich auch nur die kleinste Belanglosigkeit ausplaudern. Mir wäre es lieber, ich wäre nicht über deren Vorhaben eingeweiht worden, aber die drängten mich dazu, immer und immer mehr von ihren wahnsinnigen Ideen zu erfahren, gleichzeitig drohten diese Irren, mir und allen, die etwas davon verraten, ein Loch in den Kopf zu jagen.«

»So weit wird es nach neuestem Stand unserer Ermittlungen nicht kommen, der größte Teil der Bandenmitglieder sitzt bereits, so wie Sie, behütet hinter dicken Mauern. Geben Sie sich einen Ruck und befreien Sie sich von der Vorstellung, bedroht zu werden.«

»Leicht fällt mir das bestimmt nicht und Ihnen kann es egal sein, was mit mir passiert. Also, aber das müssen Sie wissen und mir glauben, mein Beitrag ging nur dahin, Kleber eine auszuwischen, und was dabei herauskam, ist so unbeschreiblich wie ein böser Traum. Immer stärker wurde ich mit hineingezogen, wollte doch niemals mit Verbrechern zu tun haben, konnte mich aber nicht dagegen wehren und jetzt bin ich selbst einer. Hauser war der Hauptschuldige, hätte ich ihm von meinem Hass auf Kleber nur nichts erzählt, mein Leben wäre weiterhin ruhig und normal verlaufen.«

Eva Melzer forderte Krüger auf, doch endlich zur Sache zu kommen. »Die Vorgeschichte können Sie sich sparen, die kenne ich schon.«

»Was pressiert es Ihnen denn so?«, empörte sich Krüger. »Sie möchten etwas von mir erfahren, so müssen Sie mir auch die Zeit gewähren, es nach meiner Art und Weise vorzutragen.«

Mit einer besänftigenden Handbewegung zeigte sich Eva Melzer einverstanden.

»Frau Kommissarin, kann ich bitte ein Glas Wasser haben?«, bat Krüger unverhofft, krümmte sich, drückte seine Hände gegen die Brust, quälte sich, etwas auszusprechen. Es drangen nur undeutliche Wortfetzen hervor, was Eva Melzer als »Mein Herz« interpretierte. Sie zögerte noch, vermutete eine schauspielerische Glanzleistung, doch als Krügers Oberkörper auf den Tisch kippte, sein Kopf auf die Schreibtischplatte knallte, reagierte sie. Gleichzeitig stürmte Detlev herein, der den Vorfall vom Nebenzimmer aus beobachtete, und rief ihr zu: »Notarzt ist bereits verständigt.« Zusammen mit dem wachhabenden Polizisten legten sie Krüger zu Boden und bemühten sich unter Anwendung einer Herzdruckmassage den Bewusstlosen zu reanimieren. Währenddessen lauerte Eva auf Krügers Gesicht, sie war immer noch nicht überzeugt, dass Krügers Herzanfall nicht doch gespielt ist, und zwang Detlev, stärker auf das Brustbein einzuwirken, zusätzlich kniff Eva Krüger in seine Wampe. Ein langgezogenes »Auuuuu« sowie »Ihr groben Bullen« war der Erfolg ihrer ganz persönlichen Wiederbelebungsmethode. Eva hatte für heute genug und befehligte: »Bringt den Amateur-Mimen in seine Zelle, damit er weiter üben kann.«

20

Vier Fahrzeuge mit Blaulicht bogen staubaufwirbelnd von der Hauptstraße in eine schmale Nebenstraße ab, bei Hausnummer 29 kreischten die Bremsen, die Besatzung stürmte auf das Haus zu, verteilte sich im Grundstück von Kleber senior. Dallmair läutete Sturm. Zuerst drang laufendes Kindergetrampel nach draußen, dann wurde es ruhig und behäbige Schritte näherten sich der Eingangstür. Das Schloss aufsperrend, umständlich die Sperrkette lösend, öffnete Kleber und blickte erstaunt in die Augen von Hauptkommissar Dallmair und drei Polizeibeamten. Kleber reagierte ruhig, ohne von dem Aufmarsch der zahlreichen Polizisten beeindruckt zu sein, begrüßte er Dallmair und ließ ihn wissen:
»Bei mir ist alles in Ordnung, ich hab euch nicht gerufen. Versucht es drei Häuser weiter, da kommt es öfters zu lautstarken Auseinandersetzungen zwischen Sohn und den Eltern. Pfüa Gott.«

Den Versuch, die Haustür zu schließen, unterband Hauptkommissar Dallmair, er versetzte der Eingangstür einen Schubs, diese prallte auf Kleber, der beinahe das Gleichgewicht verlor, Polizeibeamte setzten nach, überwältigten Kleber und legten ihm Handfesseln an. Bei dem Versuch, ihm die Ursache und seine Rechte mitzuteilen, rannten erschrocken zwei Enkelkinder auf ihn zu und klammerten sich weinend an ihn. Mit aufgerissenem Mund näherte sich Frau Kleber, versuchte ihren Mann zu umarmen, wurde jedoch daran gehindert. Wortlos nahm sie die Kinder und ging mit ihnen in die Küche, aus der das Schluchzen der Frau und Schreien der Kinder in den Flur drangen. Dallmairs zweites Bemühen, Kleber den Grund ihres Kommens zu erklären, verhinderte er, indem er sich zu widersetzen versuchte und Dallmair beschimpfte.

»Nehmt eure dreckigen Pfoten weg, ihr gesetzlosen Dreckschweine, kümmert euch um die Verbrecher, Gauner und Betrüger und kriminelle Einwanderer, aber lasst unschuldige Bürger ...«

»Ruhe!«, brüllte Dallmair, dem die Geduld platzte. »Ja, was glauben Sie, was wir soeben durchführen? Wir betreiben Verbrecherbekämpfung bei Ihnen, Herr Ingenieur Kleber, und wenn es solche Typen wie Sie nicht gäbe, hätten wir viel mehr Zeit für kriminelle Einwanderer. Ich verhafte Sie wegen Verdachts auf Anstiftung zu drei Morden, die weiteren zwei, dafür sind die Münchner Kollegen zuständig. Des Weiteren wegen Verdachts auf versuchte Sabotage an staatlichen Einrichtungen und außerdem wegen Bildung einer kriminellen Vereinigung. Ich erlaube Ihnen, sich von Ihrer Frau und den Enkelkindern zu verabschieden, die Sie mit Sicherheit in Ihrem Zuhause nicht mehr besuchen können.«

Mit dem letzten Aufbäumen versuchte Kleber sich loszureißen und Dallmair anzugreifen, der Versuch scheiterte, dafür entlud er hasserfüllte Drohungen in Richtung des Hauptkommissars.

»Ich konnte Sie noch nie leiden, Sie widerwärtiges Kriposchwein, ohne einzigen Beweis führen Sie mich wie einen Verbrecher ab. Sie bestätigen meine Meinung, dass bereits wieder Nazimethoden in Deutschland herrschen, Sie wiederauferstandener Führer und Himmler in einer Person. So gut können Sie sich gar nicht verstecken, dass ich Sie nicht eines Tages zur Strecke bringe, Sie, Sie ...«

»Abführen«, befahl Dallmair, wandte sich von Kleber ab und betrat die Küche, um sich mit dessen Frau zu unterhalten.

Ein Kind auf ihrem Schoß, das andere stand daneben, von Frau Kleber an sich gedrückt, ein Bild, das Mitleid bei Dallmair aufkommen ließ. Drei Enkelkinder ihres Sohnes behüteten seit dem Tod ihrer Schwiegertochter Christina ihre Schwiegereltern. Schluchzend erwartete sie seine Fragen und Informationen, weswegen ihr Mann abgeholt wurde.

»Frau Kleber, Sie müssen mir glauben, dass es mir in Ihrer schwierigen Situation sehr schwergefallen ist, Ihren Gatten zu verhaften. Ich bin mir etwas unsicher, Ihnen den Grund dafür zu nennen, ich möchte Sie nicht noch zusätzlich in Aufregung versetzen, da mir Ihr Gesundheitszustand nicht bekannt ist. Wenn Sie einverstanden sind, warte ich noch ein paar Tage ab, bis ich vollkommen sicher bin, ob sich der Verdacht bestätigt.«

Offenbar apathisch, streichelte sie über die Gesichter der Kinder, die sich an ihre Oma schmiegten, und beantwortete Dallmairs Frage nur mit einem teilnahmslosen Kopfnicken. Auf seine Frage, wo Maria, das älteste Kind, sich aufhält, löste sich ihre Zurückhaltung.

»Gut, dass das Mädel die Verhaftung ihres Opas nicht mitbekam, sie befindet sich mit ihrer Schulklasse bis Freitag im Skilager bei Brixen im Tal.«

»Sie unterstützt doch Ihre Schwester bei der Aufsicht der Kinder«, erinnerte Dallmair Frau Kleber. »Könnte nicht sie auf die Kinder achtgeben, damit wir uns miteinander ungestörter unterhalten können?«

»Schön wär's, sie pflegt seit vorgestern ihren Mann, der vor ihrer Wohnung auf einer Eisplatte stürzte.«

Dallmair ging kurz nach draußen und kam mit einer jungen Polizistin zurück, die sich mit dem Buben und dem Mädchen sofort prächtig verstand, und führte sie rüber ins Wohnzimmer. Bereits bei der ersten Begegnung mit den Großeltern hatte Dallmair starke Differenzen zwischen dem Ehepaar bemerkt. Kleber trat sehr dominant gegenüber seiner Frau auf, sie dagegen zeigte stets ein unterwürfiges Verhalten, von Harmonie und menschlicher Wärme konnte keine Rede sein. »Vielleicht öffnet sich Frau Kleber, da ihr Mann sich nicht in ihrer Nähe befindet«, überlegte Dallmair und riskierte es mit direkten Fragen, die den Charakter ihres Mannes betreffen.

»In den vielen Jahren, ich schätze mal 40, die Sie mit Ihrem Liebsten verbrachten, sind Ihnen bestimmt einige Merkwürdigkeiten aufgefallen, über die Sie sich Gedanken machten. Besonders an der näheren Vergangenheit bin ich interessiert. Und stellten Sie eine Veränderung seines Verhaltens fest?«

Auf ihre Reaktion wartend, bezeichnete Dallmair ihren Gatten als Liebsten. Kaum fiel diese Bezeichnung, schon warf sie Dallmair einen vorwurfsvollen Blick entgegen und ihr Gesicht offenbarte sich noch besorgter, ja sogar Hass war darin abzulesen. Ihre Verfassung nutzte Dallmair, um ein weiteres Mal, noch eine Idee scheinheiliger, auf ihre Beziehung einzugehen.

»Sie dürfen es als großes Glück betrachten, einen solch besorgten Gatten an Ihrer Seite zu haben, der sich so aufmerksam um die Enkelkinder sorgt und Sie damit entlastet. Da könnte ich Ihnen von so manchen Geschichten lang verheirateter Paare berichten, bei denen es im Alter plötzlich streitsüchtig und disharmonisch zuging, ja sogar Trennung einer jahrzehntelangen Ehe war die Folge.«

Wie aus einer unter Druck stehenden Champagner-Flasche entwich der Überdruck aus Frau Kleber, sie schäumte vor Wut und Dallmair musste sich nur noch konzentrieren, dass er dem Inhalt ihrer Wortflut folgen konnte.

»Was Sie für einen Blödsinn daherzapfen, das bringt auch nur ein Mann zustande, der auf die Gefühle und Wünsche seiner Frau nur mit ›Was willst du denn, du hast ja alles‹ eingeht. Ganz zu schweigen von Zuneigung oder Verständnis. Ich würde mich nicht aufregen, wenn mein Mann senil oder anderweitig erkrankt wäre, aber dieser Unmensch drangsaliert und peinigt mich seit Jahren. Eigentlich müsste ich Ihnen dankbar sein, dass er endlich aus dem Haus ist. Ja, ich bin Ihnen dankbar, länger hätte ich ihn nicht mehr erduldet oder ich hätte ihn eines Tages ermordet, das Wie hatte ich mir bereits ausgemalt. Ich fand nichts Gutes mehr an ihm, er schwieg, wurde jähzornig, schlug um sich und demütigte mich in aller Öffentlichkeit. Von wegen sich um die Enkelkinder sorgen, wann denn, wenn er sich den ganzen Tag wo rumtreibt, und nachts bringt er so ekelhafte Typen mit nach Hause, sie gehen in den Keller und treiben so geheimnisvolle Machenschaften, dass es mir jedes Mal angst und bange wird. Ich lieg dann wach im Bett oder leg mich zu Maria, Daniel und Julia, dass ich sie sofort beruhigen kann, wenn die Horde besoffen das Haus verlässt. Neugierig wäre ich, was sich in dem Kellerzimmer abspielt, das er wie eine Festung abgesichert hat. Neulich schleppte er massenweise Kisten hinunter, zuvor schickte er mich mit den Kindern zum Spazierengehen, damit wir ihn ja nicht beobachten, was er auslädt. Er ist andauernd am Motzen, ich würde mein Haushaltsgeld verschwenden und für teure Klamotten ausgeben. Dabei muss ich mit immer weniger auskommen, noch dazu jetzt, wo die Enkelkinder bei uns wohnen. Dieser Mann entwickelte sich in den letzten Jahren zu einem solchen Ekel, wenn ich nur wüsste, weshalb. Ich traue ihm alles zu, ja sogar dass er zum Mörder wurde. Wer weiß schon, wer Christina getötet hat und David umbringen wollte?« Nach einer kurzen Pause fügte sie an: »So, jetzt fühl ich mich etwas wohler.«

Auch Dallmair musste eine Rast einlegen, um das Gesagte zu ordnen und Schlüsse für seine Ermittlungen daraus zu ziehen. Die Wandlung, die sich nach dem Befreiungsschlag bei Frau Kleber vollzog, löste in ihrem Gesicht Entspannung und sogar ein kleines Lächeln aus.

»Oma, Oma«, tönte es vom Flur herein und schon trampelten ihre Enkelkinder in die Küche und stürzten sich auf ihre Oma. »Die nette Polizistin hat uns ein neues Spiel gelernt, das musst du auch mit uns spielen«, riefen alle drei durcheinander. »Und sie sagte, wenn sie frei hat, dann kommt sie und spielt wieder mit uns.«

»Aber nur, wenn Sie nichts dagegen haben, Frau Kleber«, ergänzte die junge Polizeibeamtin. »Maria erzählte mir, sie habe den Eindruck, Ihnen wird es manchmal zu viel und Sie bräuchten zwischendurch Ruhe.«

Frau Kleber strich ihrer Enkeltochter Maria übers Haar, lächelte gerührt und stimmte wohlwollend zu, um sich aber doch noch an die hilfsbereite Polizistin zu wenden.

»Sie sind doch berufstätig und benötigen Ihre kostbare Freizeit zum Ausspannen, für Besorgungen und leben vielleicht mit einem Partner zusammen.«

»Das Letztere trifft nicht zu, Frau Kleber, und täglich würde ich sowieso nicht aufkreuzen, nur wenn durch vermehrte Dienstzeiten Freitage anfallen.«

»Sie wissen gar nicht, welche Freude Sie mir damit bereiten, dann können die Kinder und ich endlich David im Krankenhaus besuchen. Mein Mann war stets dagegen, wenn ich ihn darum bat.«

»Ja, das machen wir, Frau Kleber, mein Name ist Leopold, aber mir wäre es lieber, wenn Sie mich mit meinem Vornamen Traudl anreden.«

»Da sage noch einer, unsere weiblichen Polizisten wären kühl und gefühlsarm«, freute sich anerkennend Dallmair. »Doch jetzt wird's wieder dienstlich. Heute noch treffen unsere Spurenermittler ein, die Ihnen so manche Unannehmlichkeiten zufügen. Frau Kleber, haben Sie bitte ein Einsehen, dass Ihre Wohnung, insbesondere die Räume, die Ihr Mann benutzte, ausgiebig durchsucht werden. Dazu kommt, dass sich ein Spezialtrupp mit dem verschlossenen Keller beschäftigt.«

»Das ist das kleinste Übel, Herr Hauptkommissar. Was mir noch Sorgen bereitet, was wird, wenn man meinem Mann nichts nachweisen wird und er wieder zu mir zurückkommt?«

»Da kann ich Sie beruhigen, ich bin überzeugt, nach dem, was Sie über ihn aussagten, sehen Sie ihn frühestens bei der Gerichtsverhandlung und nachher nur, wenn Sie ihn unbedingt im Gefängnis besuchen möchten.«

Dienstag, 01. 2014, 16:45 Uhr, Vernehmung von Herrn Alfred Kleber, geboren 12. 7. 45, wohnhaft in Hoheneck, Isarstraße 29. Anwesend Hauptkommissar Dallmair und Oberkommissar Detlev von Hautzenberg.

»Herr Kleber, Ihre Berufsbezeichnung lautet Bau-Ingenieur für Hoch- und Tiefbau, Spezialgebiet Staudämme, Talsperren und Stauwehre. Ihr Fachwissen und Ihre Erfahrung galten in Europa als das Nonplusultra auf diesem Gebiet. Nun verbringen Sie bereits einige Jahre in Rente und könnten Ihren Lebensabend beschaulich und ohne Stress verbringen. Stattdessen vollziehen Sie einen Umbruch zu Ihrem vorhergehenden Dasein, indem Sie sich verbrecherische Eigenschaften zulegen. Ich zähle mal einige auf. Anstiftung zu Mord und Totschlag, Verdacht auf Zerstörung staatlicher Einrichtungen, Bandenbildung und Brandstiftung mit Todesfolge.«

Die Arme verschränkt und ohne Regung verfolgte Kleber die Anschuldigungen, die Dallmair vortrug. Schweigend und ohne darauf einzugehen, wartete er gleichgültig auf weitere Vorwürfe.

»Sie antworten wohl nie, bevor am Satzende nicht ein Fragezeichen erscheint? Nun bereite ich Sie schon einmal darauf vor. Ist meine Annahme richtig, dass Ihr Spezi Hugo Hauser Ihre Anweisungen ausführte?«

»Ich habe Ihnen schon einmal erklärt, was ich von Ihnen halte, nämlich nichts. Ein Polizist im Streifenwagen hat mehr Grips in seinem Schädel als der Hauptkommissar, der mir gegenübersitzt. Wo befindet sich denn Ihre Zauberkugel, die Ihnen die Beweise für die angeblichen Verbrechen liefert? Sie ermitteln wie ein Kanalarbeiter, dem die Scheiße bis zum Halse steht, entweder schnell den Stau beseitigen oder in der Brühe ersaufen.

Also machen Sie mich fix zum Opfer, dass Ihr Aufklärungsstau wieder in Fluss kommt und Ihr Häuptling Ruhe gibt. Und zu Ihrer dämlichen Frage, ich benötige keinen Hauser oder sonst jemanden, der mir die schmutzige Arbeit abnimmt, weil ich solche Aufträge nicht vergebe.«

»Dass diese Gauner immer dieselbe Leier anwenden, warum nicht sofort frisch und frei von der Leber weg, hätten ihn doch erst morgen vernehmen sollen, wenn sein Keller und Wohnung durchsucht wurden«, kommunizierten Dallmairs Gedanken, forderten ihn aber doch zum Weitermachen.

»Auch wenn Sie nicht als Hauptverdächtiger vor mir sitzen würden, Ihre Ausdrucksweise und Ihre Fäkaliensprache wären bereits ein Beweggrund, Sie als Verbrecher einzuordnen. Wie konnte sich Ihr Charakter nur so zum Negativen verändern? Ihre ehemaligen Kollegen bezeichneten Sie als einen außerordentlich freundlichen und sympathischen Kumpel, da muss es sich wohl um eine völlig andere Person handeln. Menschen, die Ihnen nahestehen, sprechen ebenso von einer Verhaltensveränderung. In Ihnen entwickelten sich Hass, Neid, Herzlosigkeit und Verbitterung, die sich zur Skrupellosigkeit auswuchsen. Mit solchen Individuen fällt der Umgang sehr schwer, darum brechen wir die Vernehmung ab und lassen uns überraschen, was uns in Ihrem Keller und der Wohnung erwartet.«

Ein kurzer Augenaufschlag und schon verfiel Kleber in die alte Position. Nur ein leises Vor-sich-Hinmurmeln ließ ahnen, eine empfindliche Stelle berührt zu haben.

»Machen Sie doch, was Ihnen in den Kram passt, außer Kisten mit Rotwein finden Sie nichts und hernach entschuldigen Sie sich bei mir, sonst verklage ich Sie und Ihre ganze Saubande.«

Beinahe wäre Dallmair ein Lächeln entwischt, er verdrängte es und ärgerte Kleber weiterhin mit zynischen Bemerkungen.

»Rotwein in Kisten hinter Schloss und Riegel? Da müssen ja edle Tröpfchen in Ihrem Keller lagern, dass Sie für diese Kostbarkeiten einen Sicherheitstrakt benötigen, und diese erlesenen Weine saufen Sie mit Ihren Kumpanen, das widerspricht sich schon sehr und passt so gar nicht zu Ihrem Niveau. Unsere SPUSI testet den Inhalt natürlich ebenfalls, da sind etliche Weinversteher darunter, die sich auf diesen Rebensaft ganz besonders freuen.«

Vorher noch ein leises Murmeln, nun nahm Klebers Stimme an Volumen zu.

»Pfoten weg von meinem Eigentum! Wenn nur eine Flasche von Ihrer SPUSI, was immer das für Säufer sind, fehlt, kommt eine weitere Klage auf Sie zu. Darauf können Sie Gift nehmen.«

»Nein, nein, vergiften wollen wir uns an Ihren Köstlichkeiten keinesfalls, unsere SPUSI, auch Spurensicherung genannt, hält sich da schon zurück, die hegen überall und besonders bei Flüssigkeiten großes Misstrauen.«

Endlich fühlte sich Dallmair bestätigt, Klebers Minenspiel zeigte erste Regungen, seine ausgeprägte Zornesfalte legte sich wie ein tiefer Graben zwischen seine Augenbrauen. Ungewollt tanzten seine Gesichtsmuskeln über die Backenknochen bis hin zu den Schläfen und sein bisher ruhig dasitzender Rumpf bewegte sich im Takt dazu. Nun winkte Dallmair Kommissar von Hautzenberg zu sich und überließ ihm seinen Platz, was Klebers Nervosität einen weiteren Schub verlieh. Zuerst legte von Hautzenberg seine Stifte in Reih und Glied auf den Tisch, dann zog er extrem behäbig seinen Notizblock aus der Jackentasche, schlug ihn auf, blätterte darin durch die leeren Seiten, rückte das Mikrofon noch näher an Kleber heran, um mit einem Paukenschlag loszubrüllen.

»So eine kaltblütige ... ist mir in meiner gesamten Laufbahn noch nicht begegnet. Lügen, abstreiten, andere mit Schmutz bewerfen und selbst ein widerliches ... Die unausgesprochenen Bezeichnungen können Sie sich selbst zusammenreimen. In Ihnen müssen sich Ratten und Würmer herrlich wohlfühlen, bei so viel Unrat und Dreck, der aus Ihrem Mund trieft. Gegen die eigene Schwiegertochter Hand anlegen und sie bestialisch ermorden lassen und dieser Auftragsmörder tötet weitere zwei Menschen. Mit Ihrem Ablenkungsversuch, Ihren Sohn zu überfallen, um uns zu irritieren, erhofften Sie von sich abzulenken, das schlug jedoch als Bumerang eine tiefe Verdachtsschneise. Und dann erzählt uns dieser Unmensch, wir sollen in die Zauberkugel blicken, um ihm daraus seine

Untaten zu beweisen. Herr Kleber, man kann Ihre Lage mit einem Wort umschreiben. Hoffnungslos!«

Ein Anklopfen ließ die Blicke der Anwesenden zum Eingang des Vernehmungszimmers wandern. Dallmair sah nach draußen und winkte die Wartenden herein. Eva und zwei Polizisten, in ihrer Mitte Hugo Hauser, betraten den Raum. Klebers Versuch aufzuspringen unterband Oberkommissar von Hautzenberg. Mit weit aufgerissenen Augen starrte er in die von Hauser. Ein weiteres Mal pochte es. Im Rollstuhl sitzend, die Oboe auf seinem Schoß, schob ein Pfleger David Kleber an die Seite seines Vaters. Dem fragenden Blick Davids konnte sein Vater nicht widerstehen, er wandte sich von ihm ab. Alle empfanden diese explosive Spannung, die Dallmair durch sein Schweigen und Abwarten noch verschärfte. Vollkommene Stille, nur das Ächzen von Davids Rollstuhl und das monotone Surren des Aufnahmegeräts begleiteten diese brisante Ruhe. Bei dem Versuch, Davids Hand zu berühren, zuckte David zurück und flüsterte: »Papa, du bist ab jetzt für immer allein. Ich kann dich trotz allem nicht hassen, doch es war das letzte Mal, dass ich zu dir Papa sagte, und nun befreie dich und gestehe deine Abscheulichkeiten.«

Ja, irgendwo verbarg sich noch ein Rest von Gefühl, seine Augen röteten sich, wurden wässrig, dann ergossen sich Rinnsale über seine Wangen, gefolgt von Schluchzen, das sich hin zum quäkenden Wimmern steigerte. Vater Kleber begriff, seine Familie wandte sich von ihm ab. Seinen Enkelkindern Maria, Daniel und Julia würde er nur als bösartiger Großvater in Erinnerung bleiben und bald würden sie ihn vergessen. Und seine Frau, die er einmal so liebte und die er mit so viel Leid überschüttete, sie würde endlich befreit von ihm ihr Leben in Frieden fortsetzen können. Herausgerissen aus seinen beschwerlichen Gedanken, sagte er mit fester Stimme: »Ich möchte alles offenlegen und meine Verbrechen gestehen.«

David wurde in den Nebenraum gefahren, dagegen Hauser beließ man im Vernehmungszimmer. Detlev blickte fragend zu Dallmair, dieser gab Eva ein Zeichen, den Platz gegenüber Kleber einzunehmen, und flüsterte Detlev zu: »Frauen besitzen das bessere Gespür, mit gebrochenen Männerseelen umzugehen.«

Dienstag, 21. 01. 2014, 18:15 Uhr. Geständnis von Herrn Alfred Kleber, anwesend Hauptkommissar Peter Dallmair, Oberkommissar Detlev von Hautzenberg, Vernehmungskommissarin Oberkommissarin Eva Melzer.

»Sind Sie bereit, Herr Kleber, so offenbaren Sie sich. Sprechen Sie frei drauflos und beginnen Sie mit dem Tag, der Ihr Leben veränderte.«

Kleber blickte sich suchend zu Hauptkommissar Dallmair und Oberkommissar von Hautzenberg um und äußerte sich demütig.

»Bitte entschuldigen Sie meine geschmacklosen Bemerkungen, vorher hatte ich die Absicht, Sie zu beleidigen, jetzt nachdem ich Davids Reaktion über mich vernommen hatte, begriff ich, dass ich meine Familie verlor. Verzeihen Sie, es tut mir sehr leid.« Mit einer Geste der Vergebung nahmen sie Klebers Bedauern zur Kenntnis.

»Zuerst müssen Sie erfahren, dass ich 32 Jahre aktives Mitglied der SPD war. Ausschlaggebend war die Pressemeldung am 7. August 2005, dass Oskar Lafontaine sich bei den Linken engagieren möchte und Bundeskanzler Schröder zum Rücktritt aufforderte. Damals reagierte ich so wütend über diesen ehemaligen Finanzminister, den ich bis dahin als besonders linientreu einschätzte, dass ich ihm am liebsten eine Briefbombe geschickt hätte. Als nach der verlorenen Bundestagswahl Schröder sein Mandat niederlegte und in die Dienste dieses russischen Machthabers eintrat, wurde mein Traumbild von dieser Partei total zerstört.«

Kleber hielt kurz inne, trank einige Schluck Wasser, war schon dabei, seine Geschichte fortzusetzen, als Eva Melzer eine Zwischenfrage stellte.

»Ihre Wut richtete sich doch hauptsächlich auf diese eine Person. Weswegen versuchten Sie den gesamten Staat anzugreifen? Das hat den Anschein, eine Revolution anzuzetteln.«

»Ja, sieht denn keiner die Gefahr, der die Bevölkerung ausgeliefert ist? Wo sind denn diese Vollblutpolitiker, die ihren Mund aufmachen und Klartext reden? Die wenigen, die es versuchen, werden sofort als Spinner diffamiert, doch gerade diese Wahrheitsfanatiker brauchen wir, dass uns endlich das Licht der Erleuchtung beschert wird. Mit diesem schwammigen Gequatsche in den Diskussionsrunden und im Bundestag möchte man doch nur das eine bezwecken, den mündigen Bürger zum Hampelmann zu degradieren.«

Lange hielt er sich zurück, Dallmairs Beharrlichkeit, weiter Klebers politischer Kundgebung zu folgen, endete mit seiner Zwischenbemerkung: »Herr Kleber, Ihre politische Meinung ist uns nun bekannt, kommen Sie jetzt zum entscheidenden Punkt. Weswegen diese Morde?«

Minuten verstrichen, Kleber schielte zu Hauser, der in der Ecke saß, seine verbundene Hand streichelte und ängstlich Kleber beobachtete. Die Augen der Anwesenden starrten gespannt auf Klebers Mund, seine Lippen formten bereits stumme Worte, er wischte seinen Schweiß mit dem Ärmel von der Stirn, strich sich mit der Zunge über den Mund, dann brach es aus ihm hervor.

»Einleitend erkläre ich, ich hatte niemals vor, Menschen zu töten.« Dabei schwenkten seine Augen zu Hauser, dessen Körper mehr und mehr in sich zusammensank. Kleber zögerte kurz, dann legte er los: »Vor drei Jahren begegnete ich Hugo auf dem Lengrieser Flohmarkt. Er verkaufte an seinem Stand Bundeswehrwaren, von Unterwäsche bis zu Koppelgürteln, Helme, Stiefeln, Messer und natürlich die beliebte Tarnbekleidung. Doch das interessierte mich vorerst wenig. Meine Aufmerksamkeit war auf sein Fahrzeug gerichtet, einen Unimog, bemalt mit Elefanten, Zebras, Löwen und Giraffen, ein wunderschönes Safarigemälde. Wir kamen darüber ins Gespräch, dabei erzählte er mir, dass er das Fahrzeug nur für Flohmarktbesuche benutzt, denn da muss er seine Waren zu Hause nicht immer ein- und ausladen. Auf meine Nachfrage, ob er auch eventuell Waffen in seinem Angebot führt, wiegelte er sofort ab und erklärte, es sei unmöglich, daran zu kommen, und er würde sich dabei unrechtmäßig verhalten, am Flohmarkt solche Gegenstände anzubieten. Damals schwirrte in mir bereits ein Plan, wie ich gegen die Ungerechtigkeit und Verlogenheit in unserem Staat vorgehen könnte. Ich traf mich immer öfter mit Hugo, tauschte mit ihm meine Unzufriedenheit über diese Entwicklung aus und spürte, dass auch in ihm diese Verbitterung vorhanden war. Eines Tages ließ ich die Katze aus dem Sack, weihte ihn über meine Vorhaben ein. Hugo war sofort Feuer und Flamme und konnte es fast nicht mehr erwarten, bis wir losschlugen. Wir versuchten mit Handzetteln und Plakataushängen sowie Protestbannern über Brücken, die Bürger aus ihrer Lethargie herauszuholen. Ja und dann kam uns die Idee, kleinere Anschläge auf staatliche Einrichtungen zu verüben.« Wieder richtete sich Klebers Blick auf Hauser, dem es bewusst war, was Kleber als Nächstes vorbringen würde.

»Hätte Hugo nur seine Eifersucht besser unterdrückt, wir wären zum jetzigen Zeitpunkt bereits am Ziel. Sein Misstrauen gegenüber seiner Frau warf unsere Planungen über den Haufen. Wie konnte ich wissen, dass Frau Hauser zufälligerweise eine Kollegin von David ist und sie miteinander, sagen wir mal, eine engere Beziehung eingegangen sind? Hinter meinem Rücken heckte er seine blöden Rachepläne aus. Aber warum soll ich darüber reden? Schließlich kann er seine eigenen Verfehlungen genauer darlegen.«

»Abgelehnt, Herr Krüger«, entgegnete Eva Melzer. »Zuvor machen Sie reinen Tisch, indem Sie uns das mit den geplanten Zerstörungen von Staatseigentum erklären.«

Dallmair gab Eva seine Zufriedenheit mit seiner Faust und hochgestrecktem Daumen kund. Auch Detlev klatschte Eva geräuschlos Beifall zu. Mit einem Schluck leerte Kleber sein Glas Wasser, ordnete seine Gedanken und fügte sich der Oberkommissarin, um sie jedoch noch auf die Uhrzeit hinzuweisen.

»Wir richten uns bei der Arbeitszeit nach unserer Auftragslage, die momentan eine hohe Auslastung erfährt. Soeben war es 20:15 Uhr, in 30 Minuten könnten wir Ihre Vernehmung zum Abschluss bringen, wenn Sie uns Ihre Vorhaben lückenlos erzählen.«

»O. k., das ist schnell gesagt, dazu benötige ich keine 15 Minuten. Von Anschlägen kann überhaupt keine Rede sein, eher von vorübergehenden Störungen, die wir auszulösen versuchten. So zum Beispiel an Stauwehren und Wasserkraftwerken. Mit harmlosen Sprengladungen, die bedeutungslose Schäden verursachen, ließe sich so manch kleinerer Anschlag verüben, um auf uns aufmerksam zu werden. Aber wie Sie wissen, gab es in den zurückliegenden Wochen keine Meldungen darüber.«

»Noch nicht, Herr Kleber«, hielt Eva Melzer dagegen. »Was beabsichtigten Sie dann mit den Skizzen vom Staudamm, die Sie mit eindeutigen Markierungen versahen? Hier dürfte es sich kaum um ein harmloses Druckmittel handeln?«

Verschreckt zuckte Kleber hoch, starrte entgeistert zu Hauser, der nun restlos eingeschüchtert vor dem entsetzten Blick Klebers in Deckung ging, jedoch vor Klebers Wutausbruch gab es kein Entrinnen.

»Ja, bist du voll des Wahnsinns, wie kannst du nur so blöde sein, hinter meinem Rücken ein solch irrsinniges Vorhaben zu planen? Wie weit bist du damit bereit? Du mit deinem Schwachverstand kannst dir ja überhaupt nicht ausmalen, was das für eine Katastrophe auslöst. Rede endlich, sonst prügle ich es aus dir heraus, du hirnverbrannter Idiot.«

Nur durch Einsatz von zwei Wachbeamten und Oberkommissar von Hautzenberg konnte der rasende Kleber gestoppt und wieder zum Sitzen gezwungen werden, brüllte jedoch weiterhin auf Hauser ein.

»Mach endlich dein Maul auf! Hast du einen weiteren Irren eingeweiht? Begreift dein ausgedörrtes Hirn überhaupt die Folgen deiner absurden Handlung? Spuck es endlich aus, bevor tausende von Menschen von den Fluten fortgerissen werden.«

Klebers panische Reaktion löste bei allen Anwesenden Bestürzung und grauenvolle Fiktionen aus. Oberkommissarin Eva Melzer reagierte als Erste, ließ Kleber aus dem Raum bringen und Hauser zur Vernehmung. Anfangs mit einfühlenden Versuchen, Hauser zu überreden auszusagen, dann fegte ein wahrer Tornado über ihn hinweg.

»Drei Morde sind Ihnen zu wenig, Sie möchten wohl als tausendfacher Mörder in die Geschichte eingehen. Sollte dieser Wahnsinn eintreten, keiner, aber auch wirklich keiner könnte die empörte Menschenmasse aufhalten, Sie in kleine Stücke zu zerreißen, das ist so sicher wie die Verwüstung, die Sie anrichten. Mensch, Hauser, befindet sich in Ihnen denn nirgends noch ein kleines Stückchen Mitgefühl? Denken Sie an die vielen Kinder, oder rührt Sie das ebenso nicht? Verraten Sie uns wenigstens, wann die Katastrophe eintritt? Oder halten Sie uns zum Narren und bluffen nur? Wenn Ihnen das Reden zu schwer fällt, so schreiben Sie es hier auf dieses Papier.«

Mit einem Blick der Verzweiflung sah Eva Melzer zu Dallmair, hob ihre Schultern, hatte schon die Absicht, die weitere Vernehmung ihrem Chef zu überlassen, als sie augenblicklich Detlev zu sich winkte und ihm etwas zuflüsterte. Nach einem kurzen Hin und Her akzeptierte Detlev Evas Anordnung, verließ den Raum und kehrte kopfnickend zurück. Dallmair warf Eva einen fragenden Blick zu, sie legte als Antwort den Zeigefinger auf ihre Lippen. Die Tür öffnete sich und von draußen drang Oboenmusik ins Zimmer. Mühsam und von Schmerzen gezeichnet, betätigte David Kleber mit seinen verletzten Händen die Ventilklappen seines Instruments. Anfangs noch abgehackte oder überzogene Töne, doch je länger er spielte, umso geschmeidiger bewegten sich seine Finger und runder und farbiger klang die Melodie. Jetzt war er in seinem Element, wohltuend, klangrein und melodisch schmeichelte das Dargebrachte den Ohren der Lauschenden. Die wundervolle und ergreifende Pépinot-Suite von Bruno Coulais aus dem Film »Die Kinder des Monsieur Mathieu« spielte Kleber mit voller Hingabe, die jeden faszinierte und berührte. Auch bei dem stets in eine Richtung starrenden Hauser löste sich auf einmal seine Verkrampfung, er drehte seinen Kopf zu Kleber und seine bewegten Gesichtsmuskeln formten nach und nach einen Ausdruck der Zuversicht, ja sogar der Freude. Wer bisher glaubte, Hauser könnte seine Gefühle in Schach halten, der änderte abrupt seine Meinung. Waren es Tränen, die aus seinen Augen über seine Wangen liefen, die er verlegen wegwischte? Das Instrument verstummte, Kleber setzte seine Oboe ab, von Ergriffenheit erfüllt, versäumten die Zuhörer, Kleber für dieses außergewöhnliche Erlebnis zu applaudieren. Hausers Hände zögerten noch, jetzt bewegten sie sich aufeinander zu, zuerst zurückhaltend und im langsamen Rhythmus, alsbald schneller und lauter spendete er Kleber Beifall, der auch die anderen zum Klatschen inspirierte. Als der Applaus abklang, verlangte Hauser von Eva Melzer, sich ihm wieder zuzuwenden, um die Vernehmung fortzusetzen.

»Ich bin nun bereit, Frau Oberkommissarin, Antworten auf Ihre Fragen zu geben, und beginne mit der, die Sie am dringlichsten erwarten. Seit zwölf Tagen befindet sich im Sickerwasserstollen des Staudamms eine mit Zeitzünder ausgestattete Sprengladung. Der Zugang in diesen Schacht ist von der äußeren Stützwand aus zu begehen, dort erfolgen zurzeit Baumaßnahmen, die auch nachts stattfinden. Wenn sich Ihr Räumkommando beeilt, so könnte es die Explosion noch abwenden. Die Zeituhr löst am 22. 01. um 0:01 Uhr die Sprengung aus.«

Eva Melzer und ihre Kollegen blickten entsetzt auf die Uhr, 21:25 Uhr, nur noch gute zweieinhalb Stunden, um die Katastrophe zu vermeiden. »Viel zu wenig Zeit für die Evakuierung der betroffenen Gebiete«, fürchtete Eva. »Und bis der Kampfmittelbeseitigungstrupp eintrifft, vergehen mindestens zwei Stunden.«

»30 Minuten oder früher, wenn sie mit Hubschraubern eintreffen und wir uns ebenfalls einen kommen lassen.«

Nach einer Blitzbesprechung kamen die Kommissare zu dem Ergebnis, Hauser zum Ort des Geschehens mitzunehmen. »Zwanzig Flugminuten dürften ausreichen«, kalkulierte Dallmair. »Auf dem Weg dorthin besprechen wir mit Hauser die Einzelheiten. Detlev, benachrichtige die Feuerwehren von Lengries und Umgebung, Lichtquellen zu installieren und alle zuführenden Straßen zu sperren.«

Das abgedunkelte Vernehmungszimmer verhinderte den Blick nach draußen. Geschlagene drei Stunden beschäftigten sie sich bereits mit Kleber senior sowie Hauser, ohne zwischendurch die Örtlichkeiten zu verlassen. Bewusst, welches Dilemma sie erwartete, erfuhren sie vom Einsatzleiter der Polizei-Hubschrauberstaffel.

»Ich lasse doch bei dieser Wetterlage meine Männer nicht starten, so weit sollten Sie doch Bescheid wissen, dass bei starkem Schneetreiben der gewünschte Einsatz völlig unmöglich ist.«

Dallmair riss die Fenster auf, sah die Schneemassen und den zum Erliegen gekommenen Verkehr, schloss sie sofort wieder, als der Wind riesige Flocken ins Zimmer wehte. Mit ängstlicher Stimme presste er seine innerliche Wut heraus.

»Scheiße, Scheiße. Wer von euch kann mir sagen, wie es jetzt weitergeht?«

Wie jedes Mal reagierte Eva am schnellsten.

»Siedler wohnt doch zwischen Bad Tölz und Lengries, wir müssen ihn verständigen, dass er die Entschärfung übernimmt. Er ist ja schließlich Spezialist auf diesem Gebiet.«

Dallmair wählte hastig seine Nummer, wartete und wartete, schrie: »Geh doch ran, los, heb schon ab. Der sieht sicher, dass ich es bin«, schimpfte er ins Telefon. »Ja, endlich, hör gut zu, es liegt jetzt alles an dir, diese Katastrophe zu verhindern, über die wir uns in deinem Labor unterhielten. Bevor du jetzt Einwände wegen der Straßenverhältnisse erhebst, das regle ich. Ein Schneeräumer fährt dir voraus, die Straßen sind bereits gesperrt. Absolut wichtig ist, dass dein Mobiltelefon genug Power besitzt und die Verständigung zwischen uns nicht abreißt. Hauser wird dich an die Stelle dirigieren. Die Zeituhr ist auf 0:01 Uhr gestellt. Hals und Beinbruch, viel Glück!«

22:25 Uhr. »Das Räumfahrzeug ist eingetroffen, bin auf dem Weg. Bei diesem Tempo dauert es mit Sicherheit eine Stunde.«

»Laut Hauser befindet sich zurzeit eine Baustelle an der Talseite der Staumauer. Links davon geht es in einen Stollen, wie weit du reingehen musst, sage ich dir bei Eintreffen durch.«

»Hallo, mein Gebieter, bevor mich die Engelein abholen, wäre es angebracht, uns mit den Vornamen anzusprechen«, witzelte Siedler. »Verrate mir deinen, so erfährst du meinen.«

»Fängst du schon wieder an, mich zu provozieren, seit Jahren ist er dir bekannt und deiner mir. Stimmt's, Alois?«

»Dann muss deiner wohl Peter sein, ich merke mir nämlich nur hässliche Vornamen.«

»Konzentriere du dich lieber auf die Straße, Alois, sonst tauschen wir heute das letzte Mal unsere Vornamen aus. Sag mir lieber, wo du dich jetzt befindest?«

»Bei diesem Schneesturm kann ich nur raten, müssten bald in Anger eintreffen. Bei diesen Massen hat sogar der Fahrer des Räumfahrzeugs Schwierigkeiten, die Schneelast wegzuschieben. Ja, wir sind in Anger. Die Einsatzfahrzeuge der Feuerwehr blockieren die Fahrbahn, sie stecken fest, obwohl die Fahrzeuge mit Schneeketten ausgerüstet sind. Uhrenvergleich: 23:10 Uhr.«

»Mist!«, schrie Dallmair. »Warum gerade heute? Da haben wir heuer den mildesten Winter, nirgendwo fällt Schnee und wir schlittern in eine Katastrophe nach der anderen.«

»Peter, das Jammern hilft uns jetzt auch nicht weiter, verlier die Hoffnung nicht, uns verbleiben noch volle 50 Minuten, das ist noch eine Menge Zeit. Vor uns liegen nur noch zehn Kilometer. Ich bekomme soeben eine Nachricht, dass von der nächsten Ortschaft Fleck eine Schneefräse in Kürze eintrifft.«

»Jetzt kommt Ihr Einsatz«, ermahnte Dallmair Hauser. »Erklären Sie Herrn Siedler präzise den kürzesten Weg zum Stolleneingang und den weiteren bis zur Zeituhr.«

»Hören Sie, bevor Sie die Isarbrücke erreichen, biegen Sie links ab, fahren über das Gelände bis zu dem Gebäude, in dem die Transformatoren untergebracht sind, umfahren dieses links und folgen dem Weg bis zur Isar und weiter zur Stauanlage. Hier endet die Straße, den Rest laufen Sie zu Fuß links an der Isar entlang, bis Sie vor der Wand der Staumauer stehen. Von hier erkennen Sie den Zugang. Sie werden wegen der Verschneiung keine Wege vorfinden, halten Sie sich ziemlich nahe am Isarufer. Gehen Sie 25 Meter in den Sickerwasserstollen, hier bemerken Sie eine Biegung des Weges, nach fünf Metern an der rechten Wand im Felsen befindet sich in zwei Metern Höhe eine Vertiefung im Gestein, dahinter finden Sie die Zeituhr, aus der Sie das schwarze Kabel herausziehen, das zur Sprengladung führt.«

»Habe verstanden, bei Irritationen melde ich mich. Geben Sir mir Dallmair.«

»Ja, Alois, gibt's was Neues?«

»Befinden uns wieder in Fahrt, erreichen in diesem Augenblick die Gemeinde Fleck, die bereits Vorarbeit in Sachen Schneebeseitigung leistete. Kommen nun etwas schneller voran.«

»23:28 Uhr«, verriet ihm seine in die Jahre gekommene Junghans, noch ein Weihnachtsgeschenk seiner verunglückten Frau. Er wunderte sich, dass ein Gehirn in einer solchen Stresssituation mit einem Schlag tausende und abertausende von Denkvorgängen bearbeitet, abwägt und die anscheinend perfekteste Lösungsidee als Gedanken ausspuckt. Die erregte Stimme von Alois beförderte Dallmair wieder in die Echtzeit.

»Peter, wir stecken wieder fest. Fünf, sechs oder noch mehr liegengebliebene, eingeschneite Pkws versperren die Straße, Ausweichen unmöglich, links die Felswand, rechts der Abhang zur Isar.«

Dallmairs umgehende Aufforderung hörte sich zwar brutal an, es gab dafür keinen anderen Ausweg.

»Schiebt die Fahrzeuge mit Hilfe des Räumfahrzeugs von der Straße, lasst euch nicht von den protestierenden Eigentümern aufhalten. Los, beeilt euch, die Verantwortung übernehme ich. Keine Diskussion.«

Eva flüsterte zaghaft: »23:38 Uhr«, blickte angespannt auf ihren Bildschirm, informierte die Umstehenden.

»Sie müssten sich in diesem Augenblick zwei Kilometer vor dem Ziel befinden. Das Schwierigste kommt noch auf sie zu. Die schmalen Wege, die zum Staudamm führen, sind schwer auszumachen und die letzten 20 Meter muss Siedler durch den hohen Schnee stapfen.«

Hauser unterbrach Eva Melzer und kündigte eine weitere Schreckensbotschaft an.

»Ich vergaß den Sicherheitszaun zu erwähnen, der 200 Meter davor das Gelände umgibt. Das versenkbare Einfahrtstor besteht aus massiven Stahlrohren.«

»Hallo, Peter, wir bewegen uns wieder, noch circa 500 Meter bis zum Objekt. Wir biegen ab, fahren auf das Betriebsgelände, umfahren das Transformatoren-Gebäude, rechts die Isar, sehr schwierig, den Weg auszumachen, halten an, kommen nicht weiter, das Einfahrtstor verhindert die Weiterfahrt. Das Räumfahrzeug setzt zurück und versucht das Hindernis zu beseitigen. Beschleunigt, noch 20 Meter, erreicht Geschwindigkeit, kracht in die Stahlkonstruktion. Ja, das Fahrzeug und der Lenker haben's geschafft. Räumfahrzeug zerstört, Tor kippte um. Laufe den restlichen Weg zu Fuß, von Laufen keine Rede, stapfe durch den schweren Nassschnee. Sag ja nicht, wie viel Zeit mir noch zur Verfügung steht, sonst geht in meiner Hose die Post ab. In diesem Augenblick erhellen die Scheinwerfer die Landschaft, Staudamm direkt vor mir, Zutritt zum

Stollen noch nicht sichtbar, der Pappschnee zog mir die Schuhe aus, laufe in Socken weiter. Wo steckt nur dieser verdammte Zugang?«

23:52 Uhr. »Links daneben steht eine große Buche«, schrie Hauser ins Mobiltelefon.

»Die laublosen Bäume sehen alle gleich aus«, entgegnete der schwer atmende Siedler. »Ja, ja, bin kurz davor, sehe die Öffnung bereits, noch 10 Meter, dann betrete ich das Reich des Satans. Wate durch knöcheltiefes Wasser, Taschenlampe sehr schwach, sehe nur ...«

23:58 Uhr. »Hallo, Alois, melde dich, sag etwas, los, melde dich schon«, brüllte Dallmair geschockt. »Die Verbindung ist abgebrochen«, rief er entgeistert den Umstehenden zu, deren Daumen bereits seit Minuten weiß und blutleer gedrückt wurden. Von Spannung konnte keine Rede mehr sein, ein qualvolles Martyrium versetzte die Anwesenden in bewusstloses Schweigen und Warten.

24:00 Uhr. Dallmairs Versuch, sein Mobiltelefon noch fester ans Ohr zu pressen und das andere zu verschließen, ließ nur ein hoffnungsloses Schulterzucken folgen.

24:01 Uhr. Blicke zur Decke, zusammengepresste Augen, Hände in andächtiger Pose, Eva von Detlev fest umklammert, so harrten sie auf irgendeine Nachricht. Je länger sie warteten, desto negativer bewerteten sie den Ausgang von Siedlers Himmelfahrtskommando.

24:02 Uhr. In ihren Köpfen spielten sich die fürchterlichsten Szenarien ab. Rauschende Wassermassen, fortgespülte Dörfer, eingestürzte Brücken, überschwemmte Landschaften, tausende von Ertrinkenden, zerstörte Städte.

24:03 Uhr. Die Beklommenheit schwenkte bereits in Trauer und Verzweiflung um, als wie aus dem Jenseits Siedlers Stimme auftauchte.

»Na, ihr Kleingläubigen, heute hat der liebe Gott noch einmal beide Augen zugedrückt. Na, wo seid ihr denn, habt ihr bereits den Trauergottesdienst für mich bestellt?«

Es dauerte noch, bis sie begriffen, was Siedlers Worte bedeuteten. Zuerst ein Murren, dann die befreiende Erlösung und jetzt erst setzten Jubel, Beifall und Freudengeheul ein. Mit der Hand verlegen über seine Augen wischend, noch etliche Male den Kloß in seinem Hals wegschluckend, meldete sich Dallmair.

»Hallo, Alois, wenn ich dich noch einmal auf so eine Reise schicke, bitte nicht mehr diese Folterung. Als Held vom Isartal darfst du dir nun etwas wünschen, egal was es auch ist, ich sorge dafür, dass es in Erfüllung geht.«

»Wusste ich's doch, dass du eine ausgesprochen knickrige Kreatur bist. Mit einem Wunsch lasse ich mich nicht abspeisen, ich fordere zwei. Der erste, mich auf die Schnelle ins Bett zu werfen. Der zweite: Besteht die Möglichkeit, dass wir Freunde werden?«

»Ja, Alois, das sind wir bereits seit 24:01 Uhr und von nun an bis in alle Ewigkeit. Versprochen!«

21

Von seinem Schlafzimmerfenster aus genoss Dallmair am Morgen danach die Aussicht über die Dächer von Bad Tölz hinweg, hinab zur grünen Isar. Friedlich schlängelte sie sich durch diese wunderschöne alpenländische Stadt, die nicht ahnte, was für einem Desaster sie entgangen war. Er versuchte in seiner Fantasie die umherschwirrenden schrecklichen Bilder auszublenden und sich des Anblicks der friedlichen Idylle zu erfreuen, doch sie ließen sich nicht aus seinem Kopf löschen. Auf der Fahrt zum Kommissariat nach Miesbach verfolgte ihn auch noch die Vorstellung von seiner Mitschuld, wäre die Aktion misslungen. Je näher er an sein Ziel kam, desto mehr befasste er sich mit der heutigen Vernehmung. Würde Hauser weiterhin seinen Sinneswandel praktizieren oder würde er davon abrücken und sich wieder verschließen. »Eigentlich hätten wir uns heute einen Tag der Erholung verabreichen sollen«, schoss es ihm durch den Schädel, »man lebt ja schließlich nur einmal«, hinterfragte sich aber sofort: »Lebt man wirklich nur einmal? Alois wurde doch ein zweites Leben geschenkt. Ob der das auch so sieht?« Beim Betreten des Kommissariats wehte ihm der Duft des Kaffees entgegen. Frische Croissants lagen auf seinem gedeckten Schreibtisch, dazu ein kleines Blumensträußchen ohne Nachricht. »Was haben denn meine zwei Leibwächter ausgefressen, dass sie sich einschmeicheln müssen?«, fragte er sich. »Guten Morgen, Chef«, ertönte es hinter seinem Rücken.

»Auch guten Morgen«, entgegnete Peter. »Haben wir seit heute einen Frühstücksservice im Haus?«

»Nur heute«, gab Eva zurück. »Für unseren allerbesten Kommissar, der mit seinen mutigen Entscheidungen das Isartal bis hin zur Donau vor der Sintflut bewahrt hat. Deinem neuen Freund Alois Siedler haben wir auch diese Ehre erwiesen und einen Dankgruß von dir beigelegt.«

»Wieso gebührt mir euer Dank ohne euch beide und Kommissar Linkswadl?« Hier stockte Dallmair. »Ja, wo steckt denn der? In der Klinik, als wir Hauser mitnahmen, hatte ich das letzte Mal Kontakt zu ihm.«

»Er befindet sich wieder in Behandlung«, informierte Detlev Peter. »Bei dem Angriff von Hauser im Krankenhaus platzte seine Wunde an der Schulter auf und entzündete sich.«

»Gut so, soll er sich zuerst auskurieren. Aber zurück zu euch. Wer gab mir denn den Hinweis von Siedlers Wohnort? Wer hatte denn die blendende Idee, Hauser durch Klebers Oboensolo aufzuweichen? Na, wer wohl? Genug der Huldigungen, bringt Hauser zur Vernehmung. Vielleicht können wir unserem ungeduldigen oberen Dienstherrn und unserer Frau Staatsanwältin heute bereits das freudige Ergebnis übermitteln und diesen Fall ins Archiv verfrachten. Detlev, du nimmst dir Krüger vor und steig ihm in die Fersen, damit er endlich seine Geheimnisse ausspuckt, und unsere einfühlende Oberkommissarin durchbohrt Hauser.«

Hauptkommissar Dallmair blieb zurück im Dienstraum und beabsichtigte, den Bericht über die nächtliche Aktion zu Papier zu bringen, hielt vor der Tafel der Mitwirkenden in ihrem Mordfall inne, trat drei Schritte zurück, bewegte sich wieder zur Tafel, ordnete die Namensschilder und Fotos zu einem Kreis, setzte die Opfer, Frau Kleber, Frau Hofner und Herrn Löw, in die Mitte und betrachtete die Anordnung aus der Entfernung, notierte auf einem Blatt die Namen von Christinas Eltern und fügte sie hinzu. Ein Ring von zwölf Fotos und Namen umrandete die drei Ermordeten. Dallmair war schon in Versuchung, David Kleber aus dem Kreis zu entfernen, als er von hinten die freche Stimme von Ganghoferl, dem jungen Reporter, vernahm.

»Einen fröhlichen guten Morgen, Herr Hauptkommissar. Das sieht ja aus wie ein Glücksrad, fehlen nur noch die Wurfpfeile und schon haben Sie Ihren Wunschkandidaten.«

»Und wenn der Pfeil einen Toten trifft?«, wollte Dallmair wissen.

Ohne nachzudenken, kam es aus Ganghoferl spontan heraus, so als wäre es das Selbstverständlichste:

»Ganz klar, dann ist es eben dieser der Mörder und hat sich selbst eliminiert. Das probieren wir jetzt, Sie nehmen den schwarzen und ich den roten Filzstift. Aber bitte Augen schließen und nicht schummeln, Herr Hauptkommissar.«

»Dieses Bürscherl macht mich noch verrückt«, dachte sich Dallmair. »Jetzt verwende ich sogar schon ein Glücksspiel zur Verbrechensbekämpfung«, er schloss die Augen und versuchte einen Treffer zu landen. »Wunderbar, Herr Holmes, jetzt ist Frau Kleber senior die Mörderin.«

»Unter drei Würfen geht da gar nix, Herr Sherlock. Aufgepasst, mein erster Favorit.« Der Name des Nachbarn von David Kleber, Herr Hufnagel, ließ eine rote Markierung erkennen. Dallmair hatte genug von dem Kinderspiel und machte sich über den Bericht her. Der junge Ganghoferl ließ sich nicht entmutigen und setzte noch zwei gezielte Würfe in die Mitte des Kreises. Beide auf das Foto von Löw.

»Mein Mörder steht fest«, rief er triumphierend. »Das männliche Opfer muss der Täter sein.«

Dallmair winkte verärgert ab, wollte endlich den Bericht zu Ende schreiben, blickte zu Ganghoferl, um ihm zu erklären, dass er stört. Doch dieser kam Dallmair zuvor.

»In Ihnen befindet sich keine Spur Neugierde. Und Sie wollen ein Kriminalist sein? Fragen Sie mich doch, weswegen ich bei Ihnen aufkreuze? Na gut, dann verschwinde ich und gebe unten im Polizeirevier meine Informationen ab.«

Genervt von seinem Gequatsche, rief er Ganghoferl zu:

»Sie machen doch sonst auch Ihren Mund auf, ohne dass Sie gefragt werden. Was sind denn das für ulkige Neuigkeiten, die Sie unbedingt loswerden möchten? Jetzt reden Sie doch, oder lassen Sie mich in Ruhe.«

»Verzeihung, wenn ich Ihr Nervenjackett demolierte, aber das wird sich gleich wieder von selbst instandsetzen. Ich begleitete Sie doch in das hintere Gartengrundstück des Musikers, in dem die beiden Nachbarn auf Sie warteten. Als diese mit ihren Meinungsverschiedenheiten über die Bekleidung loslegten - jeder wollte etwas anderes gesehen haben -, ließ es mir keine Ruhe und ich spielte diese Szene mit meinen Kollegen von der Journalistenakademie nach. Wir erkundigten uns beim Wetteramt, in dieser Nacht war Vollmond oder exakt gesagt abnehmender und es war fast wolkenlos. Nach drei Versuchen kamen wir stets auf dasselbe Ergebnis. Schuhe und Bekleidung konnten wir einwandfrei erkennen, bei den Gesichtern der Personen gab es unterschiedliche Aussagen. Dazu ist noch zu bemerken, bei unseren Tests war der Nachthimmel mit Wolken durchzogen.«

»Und Ihre Theorie soll beweisen, dass eine oder einer absichtlich falsche Angaben machte? Ihr kanntet doch die Ausführenden bei eurem Versuch, der damit nicht realistisch durchgeführt wurde«, monierte Dallmair.

»Also bitte, Herr Hauptkommissar, wir sind doch keine Abc-Schützen, die gerade zwei plus zwei addieren können, natürlich setzten wir da völlig unbekannte Typen ein.«

Dallmair versprach, Ganghoferls Hypothese in die Ermittlungen einzubinden, jedoch hauptsächlich darum, dass er das Geschehen des gestrigen Einsatzes endlich zu Papier bringen konnte. Den eifrigen Ganghoferl forderte er auf, die Namen Hufnagl und Wagner zu den Mitwirkenden auf der Tafel hinzuzufügen und ihn dann allein zu lassen. Dallmair begann die ersten Wörter einzugeben, löschte sie wieder, versuchte es aufs Neue, blickte entgeistert auf den Bildschirm, auf dem ihm nach wie vor eine leere weiße Seite entgegenglotzte. Entnervt schloss er seinen Klaprechner und befasste sich mit dem störenden Impuls, der seine Kopfarbeit zum Erliegen brachte. »Beginnt in mir bereits der Alterungsprozess, der mich meiner logischen Denkweise beraubt?«, grübelte Dallmair. »Zuerst vergesse ich unseren Kollegen Linkswadl und nun liefert mir dieser Grünspund Ganghoferl seine Kopfgeburt, die eigentlich meinem Profischädel entspringen müsste.« Er holte sich die Auseinandersetzung zwischen Frau Wagner und Herrn Hufnagl nochmals ins Gedächtnis zurück und musste sich schon bald eingestehen, diese beiden trugen ihren Zank sehr spektakulär vor. Beide bestanden darauf, nur ihre Beobachtungen hätten Gültigkeit. »Das ist in fünf Minuten geklärt«, sagte sich Dallmair und steuerte den Vernehmungsraum an, blickte durch das Beobachtungsfenster auf die Kleider von Hauser und stimmte der Aussage von Herrn Hufnagl zu. Nur Hausers Schuhe konnte er nicht erkennen, die verbarg er unter dem Tisch. Kurzerhand betrat er ohne Kommentar das Vernehmungszimmer, drückte Eva einen Zettel mit dem Text »Bring Frau Wagner ins Spiel« mit drei Ausrufezeichen in die Hand, beugte sich, sah die von Hufnagl beschriebenen Sportschuhe mit dem jagenden Puma und verließ das Vernehmungszimmer wieder wortlos, den stechend fragenden Blick Evas im Rücken verspürend. Dallmair war bereits in Gedanken, wie er Frau Wagner aushorchen könnte, ohne dass sie Verdacht schöpft, da packte ihn plötzlich seine Neugier, er kehrte um und verfolgte die Vernehmung vom Nebenraum aus.

Noch hielt Eva die zugesteckte Information verborgen in ihrer Hand. Es hatte den Anschein, dass die heutige Befragung »Ist Hauser der Dreifachmörder?« ins Stocken geriet. Es dauerte mehrere Minuten, bis Eva sich wieder an Hauser wandte.

»Den Mord an Christina Kleber mussten Sie gestehen, die hinterlassenen Spuren am Tatwerkzeug ließen ein Leugnen nicht zu. Aber weshalb zögern Sie mit Ihrem Geständnis bei Frau Bärbel Hofner und Herrn Ludwig Löw?«

»Wie oft soll ich mich noch wiederholen, Frau Oberkommissarin, ich hatte keine Veranlassung, ein weiteres Tötungsdelikt zu begehen, warum auch, mir sind diese beiden Personen völlig unbekannt, erst als Hauptkommissar Dallmair und nun Sie diese Namen zur Sprache brachten, erfuhr ich von deren Existenz. Bei Frau Kleber hatte ich ein Motiv. Aber weswegen sollte ich die anderen beiden töten?«

»Sagten Sie nicht, Frau Kleber bekam einen Anruf, in dem ihr eine Frauenstimme verriet, dass Sie die radioaktive Substanz besorgten, mit der Frau Kleber dann in Berührung kam? Das war auschlaggebend für Ihr Handeln. Dasselbe trifft meiner Ansicht nach auch bei Hofner und Löw zu. Beide hatten ebenfalls diese Informationen und versuchten Sie damit zu erpressen, zur Polizei zu gehen.«

»Das könnte denkbar sein, Frau Oberkommissarin, aber diese Option trifft nicht zu, genauso wenig, wenn Sie noch weitere aus Ihrem Hut zaubern. Das sind doch nur eifrige Gedankenspiele von Ihnen.«

»Aha, langsam nähert er sich wieder seiner angeborenen Sprache«, dachte sich Eva Melzer, »seine besinnliche Zeit nach Klebers Solo entschwindet wohl nach und nach.« Sie atmete nochmals ausgiebig ein und überrollte ihn mit einer Flut überzeugender Argumente.

»Jetzt nehmen wir mal Bärbel Hofner aus dem Spiel und wenden uns nur Ludwig Löw zu. Hier ergeben sich dieselben Parallelen wie bei Frau Kleber. Brutalität, starke Gewalteinwirkungen auf das Opfer, und was besonders auf Sie hinweist, Herr Hauser, die Verwendung von Alkohol, in beiden Fällen Wodka. Mir ist kein Tötungsdelikt bekannt, bei dem der Täter, um sicherzugehen, dem schon im Sterben Liegenden Wodka kredenzt hätte, und das in solchen Mengen, dass die Lunge bis zur Luftröhre hin abgefüllt wurde. Womit bewiesen ist, dass es sich in beiden Fällen um vorsätzliche Tötung handelt. Kein Richter und keine Geschworenen lassen sich davon überzeugen, hier wären zwei verschiedene Täter im Spiel. Also gestehen Sie die Tötung von Ludwig Löw.«

Gespannt lauerte Eva Melzer auf Hausers Reaktion. Dieser saß nach wie vor völlig gelöst auf seinem Stuhl, mit den Fingern die Kante des Tisches entlangstreichend, um augenblicklich zu reagieren.

»Alles Humbug, was Sie mir andichten wollen. Es gibt Fügungen und Zufälle, die eintreten und doch nicht miteinander in Verbindung stehen. Und Sie, liebe Frau Oberkommissarin, schließen eine solche Konstellation, ohne größer darüber nachzudenken, von vorneherein aus. Entschuldigung, lassen Sie sich etwas Überzeugenderes einfallen.«

»Solche Redeweisen sind mir zuhauf bekannt, Herr Hauser, mit solchen versuchen sich die mir sonst gegenüber Sitzenden herauszuziehen. Dazu benötigen Sie jedoch ein Stahlseil, das in Ihrem Fall nur aus einem Spinnenfaden besteht. Ach, da fällt mir soeben ein, wir sollten uns auch über Ihre Frau unterhalten, die mit gebrochener Nase, einer Armfraktur, Kopfplatzwunde und mehreren Blutergüssen im Krankenhaus liegt.«

Mit einem Ruck setzte sich Hauser aufrecht, ballte seine Hände zu Fäusten, was einer Drohgebärde gleichkam, und fing an über seine Frau zu lästern.

»Diese Hure hätte noch viel mehr Prügel verdient. Wie die sich aufführt, jeder Ehemann würde so wie ich reagieren. Konzerte, Proben, Überstunden, das alles glaubte ich, bis eines Tages das Misstrauen in mir explodierte und ich ihr nachfuhr. Wo und mit wem sie diese Überstunden verbrachte, konnte ich sehen, wie sie mit Kleber in das angrenzende Hotel bei der Philharmonie ging. Von Gehen konnte keine Rede sein, wie turtelnde Vögel bewegten sie sich und ich stand da wie ein begossener Hund und malte mir aus, wie sie es miteinander trieben. Am liebsten hätte ich alle zwei auf der Stelle erm…«

»Ist Ihnen aber nicht gelungen, als Sie Kleber in die Kreuzung schoben, und auch nicht als Pfarrer vom Krankenhaus. So versuchten Sie wenigstens sein Haus abzufackeln, wie Sie es bei Bärbel Hofner mit Erfolg praktizierten.« Eva blickte auf den Zettel, den ihr Dallmair zugesteckt hatte, und verschärfte ihre Ausdrucksweise. »Sie können von Glück reden, dass Ihre Frau noch am Leben ist, andernfalls hätten Sie nun vier Menschen auf dem Gewissen. Es ist schon sonderbar, dass Frauen bei Ertappen ihrer Fehltritte als Huren bezeichnet werden, bei derselben Entgleisung der Ehemänner dagegen handelt es sich nur um einen Seitensprung. Gell, Herr Hauser, so sehen Sie das mit Frau Claudia Wagner auch?«

Er versuchte, irgendein Wort zu formulieren, sein Mund stand offen, gelähmt seine Gesichtszüge, verkrampft sein Körper, reaktionslos saß er da und starrte ungläubig zu Eva Melzer, die Hausers Verfassung ausnützte und weiterhin auf ihn einsprach.

»Ihre Helfershelferin Frau Wagner und Geliebte erhoffte wohl den Mann ihrer Träume gefunden zu haben. Bei ihrer Mithilfe, das Haus von Kleber in Brand zu setzen, wurdet ihr leider vom Nachbarn Hufnagl gestört und so musste Ihre Kumpanin einen Angriff auf Sie vortäuschen. Klingt zwar grotesk, aber so war es eben. Gell, Herr Hauser!«

Wie von einem Schlaganfall gezeichnet und jeden Moment vom Stuhl kippend, saß Hauser bewegungslos da und starrte weiterhin auf Eva Melzer. Seine sonst so kräftigen Schultern sackten herab, es folgte ein stetiges Nicken seines Schädels und über seine Lippen huschte ein zaghaftes »Sie haben gewonnen«.

Ein merkwürdiges Gefühl der Leere beschlich in diesem Augenblick Eva Melzer. Signalisierten diese drei Worte Hausers Geständnis? Sollte dies das jähe Ende der Vernehmung bedeuten? Es ging ihr alles zu schnell, als dass sie sich über den überraschenden Durchbruch hätte freuen können. Um ganz sicherzugehen, hinterfragte sie Hausers Äußerung.

»Darf ich Ihre resignierende Anmerkung als Geständnis bewerten, Herr Hauser?«

Hauser wirkte, als ob sämtliche Lebenskraft aus seinem Körper entwichen wäre. Schlaff hing er im Stuhl, um Jahre gealtert, mit geschlossenen Augen ging er auf Eva Melzers Frage ein.

»Frau Oberkommissarin, für Sie hat mein Geständnis eine andere Bedeutung als für mich. Ich sehe es als eine Niederlage, einer Frau unterlegen zu sein. Aber beantworten Sie mir, wie Sie auf Claudia gestoßen sind. Sie spielte doch überhaupt keine Rolle bei meinen Verbrechen.«

»Einen solchen unverhofften Glücksfall bezeichnen wir als grandiosen Zufallstreffer, der uns von außen zugereicht wurde. Näher darauf einzugehen, verbietet der Schutz der betreffenden Person. Bereiten Sie sich morgen auf den Weg zur Staatsanwaltschaft vor. Abführen!«

Um sich zu vergewissern, die letzten fünf Minuten nicht geträumt zu haben, hörte sich die Oberkommissarin das Aufnahmeband an, während Dallmair ins Zimmer kam.

»Gratuliere zum Geständnis, du Pokerkönigin. Wer sonst als eine Frau kennt die Tiefen eines Mannes, in diesem Fall eines Verbrechers? Ich war fasziniert, wie Hauser all deine vorgebrachten, wenn auch nicht bewiesenen Anschuldigungen einfach so wegschluckte. Hochachtung, Frau Oberkommissarin.«

»Mein lieber Hauptkommissar, mein Lehrmeister steht vor mir, dieser arbeitet öfter mit solchen Blendraketen. Sie müssen jetzt gar nicht auf die Einzelheiten eingehen, mir ist bewusst, dass noch viele Fragen offen sind, die unsere Staatsanwältin nachfordern wird.«

»Sag ich's doch, sogar meine noch nicht ausgesprochenen Fragen beantwortet unsere Männerröntgenologin präzise. Darf ich dich zum zweiten Vernehmungsakt Detlev gegen Krüger einladen? Der müsste soeben in die Endphase gehen.«

»Natürlich gerne, Chef, ich möchte mein Wissen ja noch vertiefen, aber da kommen mir doch große Bedenken, ob mir männliche Kollegen dabei helfen könnten.«

»Mensch, Eva, bin ich froh, dass nur zwei Geschlechter existieren. Stell dir mal vor, es würden drei oder vier verschiedene sexuelle Kreaturen die Erde bevölkern, nicht auszudenken, was für ein Geschlechterkampf stattfinden würde.«

»Peter, auf diesem Gebiet bist du aber sehr uninformiert. Wir befinden uns soeben in einer Phase der Geschlechterbestimmungsreform, zu Frau und Mann kommt nun das dritte hinzu, das als intersexuell betitelt und auch als Frama bezeichnet werden könnte.«

»Komm, Eva, gehen wir Detlev anschaun, über dieses Thema sollten sich Spezialisten auslassen, davon verstehen wir so viel wie ein Schimpanse von der Mülltrennung.«

Sie schlenderten zum Vorzimmer des zweiten Vernehmungsraums, blickten sich ratlos an, was sie durchs Fenster sahen, kam ihnen vor wie eine Spaßveranstaltung. Detlev und Krüger lachten und verbogen sich, eine Stimmung wie in einem Bierzelt. Der Schädel des bewampten Wachbeamten befand sich kurz vorm Zerplatzen, er wieherte, als wäre die Luftzufuhr zu seinen Lungen verstopft. Nach und nach kehrte wieder Normalität ein, Detlev bat um Ruhe und fuhr mit der Befragung fort.

»Also, Sie bleiben dabei, Hauser beging alle Verbrechen ohne Ihr Wissen und ohne Ihre Mithilfe. Wie reagierten Sie, als Sie von diesen Morden erfuhren?«

»Schockiert und angsterfüllt. Die ersten Tage traute ich mich nicht aus dem Haus, befürchtete, jedem Mitwisser passiert dasselbe. Seine Anrufe boykottierte ich, ging einfach nicht ans Telefon. Am Sonntagabend vor acht Tagen klopfte er an die Haustür, klingelte Sturm, schrie: ›Lass mich rein, du musst mir helfen.‹ Um die Nachbarn nicht auf mich aufmerksam zu machen, öffnete ich ihm. Aber sein Wunsch nach Hilfe stellte sich nur als Vorwand heraus. Plötzlich stand er mit einem Messer vor mir, drohte mich zu töten, sollte ich ihn verpfeifen. Er benahm sich so verängstigt, als wenn er befürchtete, bald aufzufliegen. Stets wiederholte er, er hätte einen Fehler begangen, der ihm zum Verhängnis werden könnte, doch um was für einen es sich handelte, darüber ließ er sich nicht aus. Mein Versuch, ihn zu beruhigen, niemals ihn zu erwähnen, ließ ihn etwas ruhiger werden. Er hockte sich nieder, steckte sein Messer wieder ein, fragte noch einmal: ›Kann ich dir wirklich vertrauen?‹ Ich gab ihm dann den Rat, sich an Kleber senior zu wenden. Ob er darauf einging, ich kann es Ihnen nicht sagen.«

Bei der Erwähnung von Kleber senior stutzte Oberkommissar von Hautzenberg, »also hatte Krüger auch zu David Klebers Vater Kontakt«, ging es ihm durch den Kopf. Und da wäre noch sein ehemaliger Schulkamerad Ludwig Löw.

»Wie kam die Verbindung von Ihnen zu Herrn Kleber zustande? Bisher hielten Sie sich zurück, davon etwas zu berichten. Liegt das vielleicht daran, dass Kleber auch Sie in seine Dienste einband?«

»Herr Oberkommissar und ich dachte, ihr seid darüber bereits aufgeklärt, dass Kleber hinter allem steckt. Er war der Planer und Hauser seine ausführende Hand und ich hatte nur die Informationen zu liefern. Als Kleber damals zu mir kam, war es nicht nur die Angst, dass ich ihn verraten könnte, er war voller Panik, Kleber würde ihn aus dem Verkehr ziehen, er, der stets alles erledigte, was sein Gebieter befahl. Auf Klebers Händen befand sich niemals Blut, dafür hatte er seine Auserwählten, die für ihn die Drecksarbeit verrichteten.«

»Herr Krüger, was ich an Ihnen so schätze, dass Sie mit tagelanger Verzögerung plötzlich so offen darüber Auskunft geben. Da kommt bei mir der Verdacht auf, Sie versuchen mit allen Tricks die Schlinge um Ihren Hals loszuwerden, die Ihnen bereits das Atmen erschwert. Empören Sie sich jetzt bitte nicht, wenn ich Ihnen folgende Frage stelle. Sind Sie der Mörder von Bärbel Hofner und Ihrem ehemaligen Schulkameraden Ludwig Löw?«

Beinahe hätte Eva draußen am Beobachtungsfenster an die Scheibe geklopft, um Detlev davon abzuhalten, Dallmair hinderte sie durch sein blitzschnelles Eingreifen. Beruhigend sprach er auf Eva ein.

»Ist dir nicht aufgefallen, Hauser gestand zwar, doch was gab er zu? Er ging eigentlich nur auf den Mord an Christina Kleber ein, deine Vermutung, Löw und Bärbel Hofner wären in seinem Geständnis mit eingeschlossen, lässt sich erst durch ein weiteres Hinterfragen klären.«

»Nun reden Sie schon, Herr Krüger, die Bedenkzeit ist zu Ende.«

»Ich bin stinksauer, dass Sie mir das zutrauen, es ist beleidigend, mir so etwas zu unterstellen. Natürlich bin ich nicht der Mörder und lasse mich auch nicht als solchen ansprechen. Nur weil ihr mit euren Ermittlungen ins Stocken kommt, muss ich noch lange nicht als Täter in Frage kommen. Es ist Zeit, mir einen Anwalt zuzuziehen, der Ihnen bei solchen Fragen ein Stoppschild vor die Nase setzt.«

»Ist schon gut, Herr Krüger, habe verstanden, dass ich Sie etwas überstrapazierte, dann sagen Sie mir, wenn Sie's nicht waren, wer tötete die beiden? Kommen Sie mir aber nicht damit, Sie seien nur der Informant.«

Nein, dieses Mal vermutete Oberkommissar von Hautzenberg falsch. Ohne sich etwas zurechtlegen zu müssen, antwortete Krüger spontan, ohne vorher nachzudenken:

»Hauser, natürlich Hauser, ich sagte Ihnen doch vorher bereits, er war der Mann für solche Arbeiten. Warum auch versuchte Löw ihn zu erpressen, er musste ja darauf gefasst sein, dass das nach hinten losgehen könnte. Löw kam ins Krankenzimmer, als Hauser die radioaktive Substanz der Frau Kleber verabreichte, schlich sich aber wieder hinaus, ohne dass ihn Hauser bemerkte. Sicher fanden Sie bereits heraus, dass die Freundin von Löw ebenfalls in dieser Klinik beschäftigt ist. Na, wie ist noch ihr Name, so ähnlich wie Katzenbauer, nein, Katzenberger. Auch der Tod von Frau Hofner geht auf Rechnung von Hauser, da wollte er auf Nummer sicher gehen und fackelte ihr Haus ab, obwohl sie bereits verstorben war. Was denken Sie, wie's mir erging, als ich davon erfuhr? So grausam und bestialisch zu sterben, ich heulte vom Nachmittag bis zum Morgen.«

»Mensch, ist der blöd«, ging es von Hautzenberg durch den Kopf, »der schwafelt und schwafelt und verschwafelt sich dadurch. Nicht nur blöd, auch kaltblütig.«

»Herr Krüger, wann hatten Sie den letzten Kontakt zu Hauser?«

»Das war diesen Sonntag vor acht Tagen, als Hauser mich besuchte.«

»Und seitdem haben Sie mit ihm nicht mehr gesprochen, auch telefonisch nicht?«

»Nein, gewiss nicht, zwischen uns herrschte Funkstille.«

Detlev von Hautzenberg gönnte Krüger eine kurze Pause, um seine

Antworten noch einmal zu überdenken. Diesem wurde es aber nicht bewusst, dass er in die Verliererstraße abbog. Nun setzte von Hautzenberg zum Endspurt an.

»Ich bestätige nun, was Sie bekräftigten, Herr Krüger. Keinen Kontakt jeglicher Art zu Hauser nach dem besagten Sonntag unterhalten zu haben. Wie konnten Sie dann erfahren, dass Frau Bärbel Hofner bereits verstarb, bevor der Brand gelegt wurde? Wie konnten Sie wissen, dass Frau Bärbel Hofner am Nachmittag so grausam ermordet wurde? Dies konnte nur einer, der Täter, und das sind Sie, Herr Krüger. Sie waren auch der abendliche Besucher und Geliebte von Frau Hofner, den Zeugen erwähnten. Sie erzählten ihr von dem Erpressungsversuch von Löw an Hauser und deshalb wurden Sie von Kleber beauftragt, Bärbel Hofner zu töten. Sie dachten sich, Hauser hatte bereits zwei Morde begangen, dann werden wir ihm den dritten ebenfalls anlasten. Da hätten Sie aber dieselbe Methode anwenden müssen und nicht den bronzenen Kerzenständer. Gestehen Sie den Mord an Frau Hofner!«

Ein unsicheres Lächeln überzog Krügers Gesicht, so als hätte von Hautzenberg soeben einen Witz zum Besten gegeben, dessen Pointe er nicht begriff. Detlev legte noch mal nach.

»Ja, Sie sind der bestialische Mörder von Bärbel Hofner und nicht Hauser.«

Jetzt kapierte Krüger den Schlusseffekt von Hautzenbergs Anschuldigung, verweilte kurz noch bei seinem Grinsen, das sich rasch in eine bestürzte Leidensmiene verwandelte. Die einzige Reaktion darauf fasste er in ein Wort. »Aber ...« Sein Verstand musste ihm eingesagt haben, dass es keine Ausflucht mehr aus seiner Notlage geben konnte. Er verweilte noch ein wenig in seinem ausweglosen Zustand und sprach aus, worauf Oberkommissar von Hautzenberg lauerte.

»Ja, ich tötete Bärbel.«

Er hatte erreicht, was er sich erhofft hatte, schloss die Vernehmung, verabschiedete Hauser, genoss noch eine Weile das Alleinsein, um sich von den düsteren Eindrücken der letzten Stunden zu verabschieden, jedoch Eva und Peter verhinderten seine Erholungsphase, eilten zu ihm und sprachen ihm Glückwünsche für seine Vernehmungstaktik aus. Evas Anerkennung verspürte Detlev als Kuss auf seinen Lippen. Derweilen drängte Peter darauf, die Ursache der Lachorgie zu erfahren.

»Ihr wisst ja selbst, plötzlich kommt man an einen Punkt, wo alles ins Stocken gerät. Es fehlt an niveauvollen Fragen, das verbrecherische Visavis verweigert die Antwort, da fragte ich in die Runde, wer einen Wiederbelebungswitz vortragen möchte. Unser dickbeleibter Wachmann, der beinahe einnickte, fuchtelte mit dem Zeigefinger und rief:

›Mei, do kenn i an guadn Witz, do genga eich eiare Schuhababandl auf, so narrisch guad is dea. Möchtsn höan?‹

›Freili‹, hob i gsogt, ›aber bitte in Hochdeutsch.‹

›Aiso, nacha halt in Ausländisch. Da Ali kommt in de erste Klass. De junge engaschiate Lehrarin hält a kloane Ansprach. ›Aiso Kinda, da in unsara Klass a einige Kinda aus unterschiedlichn Ländern san, mach i folgenden Voaschlag. I geb olle Kinda deitsche Namen. Denn niemand soi wegen seines Namens ghänselt werden.‹ Alle Kinda warn einverstandn, auch Ali, dea jetzt Rolf Schmidt hoast. Wieda zu Hause ruft ihn seine Muatta: ›Ali, komm zum Mittogessn!‹ Aber Ali kommt net. Nochmals ruaft sei Muatta: ›Ali, Mittogessn!‹ Aber Ali kommt net. Nochmals ruft sei Muatta, aber jetzt wesentlich ungehaltener: ›Ali, komm endlich zum Essn.‹ Ali kommt net. Die Frau stürmt ins Kindazimma: ›Ali, hörst du nicht?‹ ›Ich heiße nicht Ali, ich heiße Rolf Schmidt.‹ Klatsch. Scho hat ea sich a Ohrfeige eingefangn. ›Aua‹, schreit Ali. ›Kaum bin i Deitscha, scho werd i von Kanaken verprügelt.‹‹«

»Und das fandet ihr so lustig, dass ihr euch wie Giraffenhälse verbogen habt?«, wunderte sich Peter und sah kopfschüttelnd zu Eva, die sich am Türrahmen stützen musste, um von ihrem Lachanfall nicht das Gleichgewicht zu verlieren.

»Wenn du den Vortrag von diesem dickwanstigen Wachbeamten gehört hättest«, sagte Detlev, »du wärst genauso explodiert.«

»Detlev, da wäre ich mir nicht so sicher, der Inhalt verärgert doch wieder einmal unsere ausländischen Mitbürger.«

»Jetzt sei doch nicht so mitfühlend«, protestierte Eva. »Denkst du vielleicht, die reißen keine Witze über uns, und ein bisschen Wahrheit darf und muss sogar erlaubt sein, wir sind sowieso ein Volk der Demütigen geworden.«

»Jetzt ist's aber genug«, entgegnete Peter. »Verschwindet und bereitet euch auf die morgige Schlussbefragung vor, da sind noch viele offene Fakten zu klären.«

Lustlos bewegte sich Dallmair zu seinem unvollendeten Protokoll, begann weitere Zeilen des gestrigen Geschehens hinzuzufügen, als Siedler ins Zimmer trat.

»Musste dich mal aufsuchen, um mich zu vergewissern, ob mein Angebot noch in deinen grauen Zellen gespeichert ist. Gleichzeitig danke ich dir für das gesponserte Frühstück und natürlich die nette Botschaft.«

»Lass mich kurz überlegen, was ich dir so voreilig versprach. Muss dir wohl sehr viel bedeuten, extra vorbeizukommen und danach zu fragen. Es passiert mir in letzter Zeit öfter, dass mir belanglose Versprechen abhandenkommen.«

Von einer Sekunde zur anderen sprang Dallmair auf, eilte zu Siedler, umarmte und drückte ihn und ließ seine dankbaren Gefühle auf Siedler einprasseln.

»Mensch, hatte ich Scheißangst um dich, suchte dich bereits auf einer Wolke, von der du runterwinkst und mit den Flügeln flatterst, aber in dieser Gestalt gefällst du mir um ein Vielfaches besser. Komm, lass uns unsere Freundschaft begießen, Alois.«

»Ja, was denkst du denn, warum ich hier bin, Peter.«

22

Pünktlich um 8 Uhr betraten Eva und Detlev das Kommissariat. Erstaunt blickten beide zu Dallmairs Arbeitsplatz, von dem heute der Morgengruß nicht erwidert wurde. »Dem hat sicher das Schreiben des Ablaufberichts so zugesetzt«, vermutete Eva. Sie besprachen inzwischen die Vorgehensweise der Befragung von Kleber senior und Hauser sowie wer die Vernehmung führen sollte. Eine Erschütterung an der Tür, ihre Augen suchten neugierig nach der Ursache. Sie öffnete sich, Dallmair torkelte ins Zimmer, winkte ihnen zu und plumpste samt Mantel auf seinen Stuhl. »Peter ist besoffen«, flüsterte Eva Detlev zu. »Der ist bis zur Oberkante abgefüllt«, gab Detlev zurück. Derweilen bewegte sich Peters Kopf dem Schreibtisch zu, sein Oberkörper kippte nach vorne und da lag er nun, unüblich für einen Hauptkommissar und Chef. Ratlos sah Eva Detlev in die Augen, doch diese blickten genauso hilflos zurück. »Kaffee«, dachte Eva, »würde Peter helfen«, sie warf die Maschine an, erhöhte die sonstige Dosierung auf das Doppelte, servierte eine Tasse und tupfte Peter auf die Schulter. »Hallo, Chef, der Kaffee ist fertig, Kopf hoch zum Frühstück.« Mühsam richtete sich der ermattete, alkoholische Düfte versprühende Körper wieder auf, um sogleich wieder die gemütlichere Lage einzunehmen. Von seinem Platz aus rief Detlev: »Der Staudamm bricht.« Jäh schoss Peter entsetzt hoch, griff sich an den Kopf, murmelte: »Lass ihn doch brechen, dann geht's ihm auch wieder besser, ich hab's schon hinter mir. In meinem Schädel laufen zwei Wäscheschleudern gleichzeitig. Nie mehr in meinem restlichen Leben biete ich jemandem die Freundschaft an. Ich möchte ja schließlich noch meine Rente genießen.« Er griff zur Kaffeetasse, nippte daran und lallte weiter: »Der Alois ist schuld, dass ich mich schon so fühle, als läge ich in der Kiste, aber dem wird's nicht anders ergehen als mir. Der Wirt an der Ecke muss heut seinen gesamten Schnapsbestand nachbestellen, wir soffen alles weg, was über 38 % Alkohol hatte. Keine Angst, auch in diesem Zustand hatte ich die Kontrolle über mich, ich schlug das Doppelbett im Dienstfahrzeug auf, aber die Nacht war schrecklich, Alois glaubte, neben ihm liegt seine Frau. Und ihr beiden, lief heut Nacht bei euch was? Wahrscheinlich nicht, der Herr Oberkommissar hat sicher seine Waffe im Spind vergessen. Oh, is mir schon wieder schlecht.«

»Sehr unterhaltsam«, lästerte Detlev. »Wenn du wüsstest, dein Mund würde dir bis Ostern offen stehen.«

Seit Minuten kramte Eva in ihrer überfüllten Handtasche, schüttete den Inhalt vor Peter aus, dem dazu nur eines einfiel. »So ein Chaos muss damals zum Urknall geführt haben.« Endlich wurde Eva fündig, zog eine Aspirin-Pille aus der Fülle ihrer weiblichen Notfallbevorratung hervor, steckte sie Peter in den Mund und schüttete ein Glas Wasser hinterher. Gleichzeitig forderte sie Detlev auf, Hauser und Kleber senior vorführen zu lassen, packte Peter, führte ihn in die letzte freie Zelle und beförderte ihn auf die Pritsche.

»Sollen wir knobeln, wer wen ausquetscht?«, fragte sie Detlev, der sich sofort für Kleber entschied. Sie besprachen noch die letzten Einzelheiten und traten zum Finish an, als ihnen Kommissar Linkswadl auf dem Flur entgegenkam.

»Bist du wieder einsatzbereit, so kannst du dich bei einem von uns beiden anschließen und dem Endspurt beiwohnen. Für heute übernehmen Detlev und ich die Leitung des Kommissariats, Dallmair betreibt heute Zellenwellness.« »Aha«, äußerte sich Linkswadl irritiert und begleitete Eva zur Vernehmung.

»Herr Hauser, heute geht es nur mehr um Details Ihrer Verbrechen. Die Täterschaft der drei Morde ist abgeschlossen, von denen Ihnen zwei zur Last gelegt werden. Was hatten Sie für einen Anlass, Frau Kleber zu töten?«

»Ich ahnte, dass diese Frage auf mich zukommt, möchte jedoch nicht näher darauf eingehen. Es muss Ihnen doch genügen, mich als Täter überführt zu haben.«

»Jetzt stellen Sie sich doch nicht so an, vor Ihrem Auftraggeber sind Sie in Sicherheit und müssen sich nicht mehr ängstigen. Wir benötigen Ihre Aussage, um dem Richter, der das Strafmaß bestimmt, die Größe Ihrer Mitschuld zu erklären. Warum fürchten Sie sich so sehr vor Kleber, der ist doch bereits in Gewahrsam? Wenn es sich bewahrheitet, dass er Sie in der Hand hatte und zum Töten nötigte, so können Sie sicher sein, dass Kleber einen Teil Ihrer Schuld verbüßen muss.«

Verunsichert, wie er sich entscheiden sollte, senkte er den Blick auf seine an der Tischkante festgekrallten Hände, als würde er daraus die richtige Eingebung erfahren, was bei ihm eine Gegenfrage auslöste.

»Ich will Ihnen gerne glauben, Frau Oberkommissarin, aber ich weiß, wie Kleber tickt, wenn der sich etwas in den Kopf setzt, da können Sie und Ihre Kollegen ihn nicht stoppen. Versprechen Sie mir, dass Kleber nicht mehr in meine Nähe kommt?«

»Hauser, jetzt reicht es mir, hätten Sie früher wie ein Angsthase reagiert, säßen Sie nicht hier. Sie ermorden bestialisch zwei Menschen, prügeln Ihre Frau krankenhausreif, töten beinahe unseren Kommissar Linkswadl sowie Kleber junior, jagen beinahe einen Staudamm in die Luft und dann spielen Sie in diesem Theater die Rolle des Gejagten. Mit mir nicht, Herr Hugo Hauser, entweder spucken Sie es aus oder schlucken Sie es runter und nehmen vor lauter Bammel die Höchststrafe entgegen, Sie Weichei. Ich gebe Ihnen fünf Minuten, in denen Sie sich entscheiden können, ob in Ihnen ein Jammerlappen oder ein Mannsbild steckt.«

Er pustete hörbar aus, als versuchte er den Schlappschwanz in sich loszuwerden, fasste sich Mut und gab preis, worauf Eva Melzer wartete.

»Na gut, Sie haben mich überzeugt. Mit Frau Kleber begann das eigentliche Fiasko, noch bevor er mit den politischen Provokationen begann. Seine Schwiegertochter Christina war ihm seit der Hochzeit mit David, eigentlich schon am Tag ihres Kennenlernens, zuwider. Nicht nur da sie aus bescheidenen Verhältnissen stammte, schlimmer empfand er die Auflehnung oder besser gesagt die Ablehnung, die sie ihm gegenüber stets zum Ausdruck brachte. Ich kann nicht beurteilen, wieweit sich das emporschaukelte, auf jeden Fall teilte er mir eines Tages, so vor fünf Monaten, mit, ich sollte mir etwas einfallen lassen, um ihr einen Denkzettel zu verpassen. Er denke da an körperliche Einschränkungen durch langsam wirkende Substanzen, die ihr Wohlbefinden beeinflussen und sie für absehbare Zeit schwächen, damit ihr Stolz eine Kerbe erhält.«

»Das ist ja alles sehr schön erklärt, Herr Hauser, doch glaubten Sie Kleber die Geschichte von Stolz und Ablehnung seiner Schwiegertochter? Ich jedenfalls hege da starke Zweifel.« Oberkommissarin Eva Melzer entnahm ein Blatt aus ihrem Notizbuch, beschrieb es und reichte es Kommissar Linkswadl, der daraufhin den Raum verließ.

»Wieso sollte ich daran zweifeln, kann ich wissen, was zwischen ihm und seiner Schwiegertochter läuft? Das klingt zwar jetzt etwas zweideutig, doch dem würde ich auch das Zweitere zutrauen, auf diesem Gebiet benahm er sich wie Casanova.«

»Und die radioaktive Substanz besorgten Sie? Solche Mittel stehen ja in jeder Klinik frei herum und jeder hat Zugriff.«

»Natürlich nicht, da benötigt man schon sehr gute Verbindungen. Darauf will ich nicht näher eingehen, richtig ist, dass ich diesen Stoff auftrieb.«

»Ich verstehe Sie schon, Herr Hauser, Sie möchten diejenige schützen, die in der Klinik mit solchen Stoffen umgeht.«

Er ahnte, dass die Oberkommissarin bereits bis an die Quelle vorgestoßen war, doch er wollte unbedingt verhindern, den Namen preiszugeben, hatte er es ihr doch hoch und heilig versprochen.

»Verstehen Sie mich doch, ich darf den Lieferanten nicht verraten und ich werde es auch nicht. Fragen Sie mich etwas über Kleber oder seinen Sohn oder sonst etwas, aber nicht nach dieser Person.«

»Dann erklären Sie, mit welcher radioaktiven Art von Verstrahlung wurde Frau Kleber infiziert?«

»Eigentlich mit dem harmlosen Radiojod, das in üblicher Anwendung nach vier Tagen wieder zerfällt, aber nicht bei sechsfacher Dosis. Es muss nicht umständlich injiziert werden, sondern wird mit Flüssigkeit oral eingenommen.«

»Und das wurde Frau Kleber von Ihnen in der Klinik verabreicht?«

»Ja. Das funktionierte am besten nachmittags, wenn der Schichtwechsel bevorstand.«

»War Ihnen bewusst, dass bei dieser überhöhten Gabe Frau Kleber wie ein wandelnder Reaktor strahlte, was besonders bei Kindern ein gesundheitliches Risiko verursachen konnte?«

»Aber Frau Oberkommissarin, so maßlos müssen Sie nun auch wieder nicht übertreiben, die Restaktivität hat doch nur einen Bestand von acht Tagen, noch dazu verbrachte Frau Kleber weitere zehn Tage im Klinikum.«

»Und gefährdete das Personal sowie die Besucher. Patienten, die einer Radiojod-Therapie unterliegen, leben in diesem Zeitraum isoliert von Personal und Besuchern und das bei einer normalen Medikation. Ihnen ist wohl noch nicht bewusst, dass Sie das Leben von Frau Kleber nicht erst mit dem Mord zerstörten, bereits durch die Verabreichung des hochkonzentrierten Radiojods entzogen Sie Frau Kleber jede Chance, glücklich mit ihrem Mann und ihren Kindern ihr Leben zu genießen. Wenn Sie mir nun noch sagen, weshalb Frau Kleber wirklich sterben musste und wo sich Ihr Safarifahrzeug befindet, schließe ich die Vernehmung ab.«

»Das war eine meiner bittersten Stunden, als ich mich bei meinem Baby-Truck verabschieden musste. Kleber bestand darauf, mich von meinem Baby zu trennen, es wäre zu knallig und zöge alle Augen auf sich. Von heute auf morgen verkaufte ich es an einen anderen Flohmarkthändler.«

Er legte eine Pause ein, veränderte seine Haltung in eine nachdenkende Pose, beäugte Eva Melzer, die ungeduldig mit den Fingern auf den Tisch klopfte und ihn mit hochgezogenen Stirnfalten und einem Nicken aufforderte zu antworten.

»Sie sind doch bereits informiert, weshalb ich die Tat verübte. Erstens aus Eifersucht, um mich an David Kleber zu rächen, da er sich meiner Frau näherte, jedoch der Befehl von seinem Vater wog noch stärker und wurde ausgelöst durch eine Bemerkung von Christina. Ihr kam zu Ohren, ich vermute, Bärbel Hofner war die Informantin, ihre schleichende Krankheit beruhe auf einem Anschlag auf ihren Körper, hinter dem sich ihr Schwiegervater verbirgt. Wie sie zu diesem Schluss kam, ich weiß es nicht.« Plötzlich hielt Hauser inne, klopfte sich an die Stirn und murmelte: »Natürlich, dieser geile Bock hatte doch ein Verhältnis mit der Schwester von der Radiologie, erst versprach er sie zu heiraten, dann ließ er sie wie eine faule Kartoffel fallen. Sie muss Frau Kleber aus Enttäuschung darüber diese Nachricht zugesteckt haben.«

»Sind Sie sicher, Herr Hauser, waren nicht Sie der Überbringer, um Kleber einen Denkzettel zu verpassen und ihm die Verstrahlung in die Schuhe zu schieben?«

»Frau Oberkommissarin, was hätte ich davon, eine falsche Anschuldigung auszusprechen, noch dazu wenn es sich nur um eine Vermutung handelt?«

»Ich sage es Ihnen nun auf den Kopf zu, dass der geile Bock Sie sind und mit Frau Katzenberger in Verbindung standen, die Ihnen die Substanzen aushändigte. Abführen!«

Keine Minute verweilte Eva Melzer im Vernehmungszimmer, zu riesig war ihre Neugier, wie es bei Detlev und Kleber senior lief. Erschrocken blieb sie beim Eintreten in den Nebenraum stehen, als sie Dallmair vor dem Beobachtungsfenster erspähte, der sie mit dem Finger vor seinem Mund darauf hinwies, Ruhe zu bewahren. Das hatte ihr gerade noch gefehlt, dass er sich in der Schlussphase einmischte, er, der noch vor einer Stunde seinen Kopf und seine Beine nicht hatte gebrauchen können. Ihre verborgenen Gedanken schienen in Dallmairs Gehirn eingedrungen zu sein, als er ihr zuflüsterte:

»Keine Angst, ich halt mich schon raus.«

Eva versuchte eine gütige Bemerkung zu erwidern, als Kommissar Linkswadl David Kleber im Rollstuhl in den Vorraum schob. Dieser bewegte sich sofort hin zum Beobachtungsfenster, durch das er seinen Vater im Gespräch mit Oberkommissar von Hautzenberg wahrnahm. Eva Melzer beugte sich zu David Kleber und erklärte ihm den Anlass seiner Anwesenheit.

»Wir sind dabei, Detailfragen zu klären, um gegenseitige Behauptungen wahrheitlich zu prüfen und eventuelle Falschaussagen demjenigen anzulasten. Ein inzwischen geständiger Straftäter sprach von erheblichen Differenzen zwischen Christina und Ihrem Vater, hatte Ihre Frau mit Ihnen darüber gesprochen?«

Die Augen auf seinen Vater gerichtet, der wie ein Häufchen Elend vornübergebeugt auf dem Vernehmungsstuhl saß, hielt sich David Kleber noch zurück, Eva Melzer zu antworten. »Was geht wohl jetzt in seinem

Kopf vor, wäre gerne mit seinen Gedanken verbunden«, wünschte sich Eva Melzer. »Er wird jetzt seine Wahrnehmungen mit den tatsächlichen Vorfällen abwägen, um daraus seine Bewertung zu treffen«, mutmaßte Eva Melzer. Er wandte sich zu ihr und gab seine Überlegungen kund.

»Mit ein paar Worten ist es mir unmöglich, auf das Missverhältnis zwischen Christina und meinen Vater einzugehen, da rumorte es bereits von Anfang an, wogegen meine Mutter sofort vom ersten Tag an von Christina begeistert war. Zuerst stelle ich fest, ich stand immer zu meiner Frau, auch wenn er noch so viele Unwahrheiten und Gründe vorbrachte, um uns zu trennen. Bereits als ich Christina meinen Eltern vorstellte, äußerte er sich kritisch über meinen Entschluss, Christina zu heiraten: »Was hast du dir dabei gedacht, eine mittellose Musikerin in unsere Familie hereinzuholen?« Damals ließ ich solche dummen Vorwürfe einfach unbeantwortet. Als er aber bei Bekanntgabe unseres Hochzeitstermins vollkommen entgleiste, gab ich ihm zu verstehen, ich pfiffe auf seine Anwesenheit, und löschte ihn von der Einladung. Kurz vor der standesamtlichen Hochzeit versuchte ich ihn zu einem Gespräch zu überreden, nicht nur dass er doch teilnimmt, ich bat ihn um finanzielle Unterstützung für unser geplantes Haus in Dietramszell. Seine Antwort: ein zynisches Gelächter, kein einziges Wort. Die Spitze seiner Verweigerung, er verbot meiner Mutter, an unserer Hochzeitsfeier teilzunehmen. Anstatt uns in Ruhe zu lassen, tauchte er zu den unmöglichsten Tages- und Nachtzeiten auf, schikanierte mich und Christina, drohte uns, gerichtlich gegen den Bau unseres Hauses vorzugehen, da er Abweichungen vom Plan festgestellt hätte. Weiter schwärzte er uns bei der Kreissparkasse an, wir hätten falsche Vermögensangaben gemacht. Dann begann die Krankheit bei Christina. Anstatt einer Besserung verschlimmerte sich ihr Leiden von Tag zu Tag. In dieser Zeit kümmerten er und meine Mutter sich wenigstens um unsere Kinder, brachten sie zur Schule, zum Kindergarten, holten sie wieder ab, nahmen sie zu sich, damit ich meiner Arbeit nachgehen konnte. Es war im Sommer des letzten Jahres im August, ich kam nachts vom Konzert und fand Christina vollkommen aufgelöst weinend im Schlafzimmer. Sie war nicht zu beruhigen, schüttelte sich, schubste mich weg, wollte nur alleine sein. Immer wieder hörte ich die Dusche, kaum war sie vom Bad heraus, rannte sie wieder hinein. Ich flehte sie an, mir ihren Zustand zu erklären, sie sah mich nur verzweifelt an, schüttelte unentwegt den Kopf, ihr Mund blieb verschlossen. Ich quälte sie mit Fragen über die Ursache ihres Zusammenbruchs, erst als ich Vater als möglichen Auslöser erwähnte, verlor sich ihr Kopfschütteln und sie sah mir hilfesuchend in die Augen. Da legte sie ihren Kopf auf meine Brust, fuhr mit ihrer Hand über meine und sprach fast unhörbar: »Schrecklich, es war so schrecklich.« Ich konnte es nicht fassen, war so in Rage, unterdrückte meinen Hass, um Christina weiterhin zu beruhigen und ihr durch meine Nähe Geborgenheit zu geben. Aber innerlich brodelte es, wenn Christina mich nicht so notwendig gebraucht hätte, ich wäre zu ihm gerast und ...«

»Und hätten ihn ermordet«, vollendete Eva Melzer. »Hat Ihre Frau später über diesen Vorfall gesprochen?«

»Was heißt später? Einen Tag danach war sie tot.«

»Herr Kleber, Sie wussten, während wir ermittelten, die ganze Zeit, dass es sich um Ihren Vater handelte, der sich hinter den Verbrechen verbarg? Ja, warum zum Kuckuck erfahren wir das so spät?«

Auch Dallmair und Linkswadl blickten fragend und entsetzt zu David Kleber, der hasserfüllt auf seinen Vater starrte, plötzlich seinen Rollstuhl in Bewegung setzte, die Umstehenden umkurvte, die Tür zum Vernehmungsraum aufstieß und schnurstracks auf seinen Vater zurollte. Mit »Du elendes Schwein« stürzte er sich auf ihn, schlug mit beiden Fäusten wie ein Irrer auf ihn ein, bis ihn der Wachbeamte wegriss. Ohne Gegenwehr auszuüben, ließ sich Kleber senior verprügeln und stammelte: »Tut mir leid, David«, was David nochmals mit Faustschlägen erwiderte und ihn anschrie:

»Bestie, Scheusal, Vergewaltiger, die eigene Schwiegertochter missbrauchen, jetzt dämmert's mir erst, du steckst hinter all den Morden und dem Anschlag auf mich. Von einem Wahnsinnigen könnte man das erwarten, doch nicht vom eigenen Erzeuger. Du hast alles zerstört und mir genommen, was mir so am Herzen lag. Warum nur, was hat Christina und ich getan, dass du uns mit solchem Hass attackierst? Am Ende bist du auch noch der Verursacher von Christinas Leiden, ja, ganz bestimmt sogar. Du hast sie nie als deine Schwiegertochter empfunden, was bist du nur für ein erbärmlicher Abschaum! Mutter wird vor Erlösung allen Heiligen danken, dass sie dich endlich los ist. In dir befindet sich kein Funken Anstand, dir wurde es nie bewusst, wie du mit deinen Weibergeschichten Mutter verletzt und gedemütigt hast. Du bist kein Mensch, nein, du bist ein Ungeheuer.«

Heulend rollte David aus dem Vernehmungsraum, wollte nur noch weg von diesem Unmenschen, der einmal sein Vater gewesen war. Er ließ sich wieder von Linkswadl nach Hause bringen. Schon während der Fahrt sehnte er sich nach seinem Musikinstrument, das ihm in traurigen und schmerzlichen Stunden half, am Dasein wieder Gefallen zu finden. In der Gemeinde Grosshartpenning stoppte sie eine Fußgängerampel, winkende Schulkinder überquerten die Straße. Wehmütig dachte Kleber an seine drei, die sich immer noch in der Obhut seiner Mutter befanden. Besonders Maria konnte es nicht überwinden, deswegen die Schule zu wechseln und sich ohne ihre Freundinnen in eine neue Umgebung einzugewöhnen. Auch andere Gedanken wühlten sich durch sein Gehirn. »Wo treibe ich Geld auf, um das Haus zu erhalten, muss die Mutter wieder entlasten, wie geht es mit meiner Musikschule weiter, kann ich überhaupt wieder im Orchester mitwirken, eine Kinderbetreuerin wäre ideal, kann sie mir jedoch nicht leisten, soll ich die Betreuung der gemeindlichen Familienhilfe beanspruchen, und in drei Tagen geht's in die Reha.« Plötzlich wurde er wieder in die Wirklichkeit versetzt, als Linkswadl von der Hauptstraße zur Auffahrt seines Hauses abbog. Zuerst erblickte er das Fahrzeug seiner Eltern, dann seine vor dem Haus spielenden Kinder, die sofort freudestrahlend auf ihn zuliefen, dann sah er Mutter in der Eingangstür stehen und auf dem Balkon goss eine junge blonde Frau die Blumenkästen. Dass er nicht träumte, spürte er, als Maria, Daniel und Julia die Autotür aufrissen, ihn umarmten und durcheinanderschrien: »Papa, Papa, das da oben ist unsere neue Freundin Traudl, sie hilft Oma und weiß so tolle Spiele, komm, komm, gehen wir zu ihr, dann kannst du sie auch kennenlernen, brauchst keine Angst zu haben, die ist echt lieb.« Daniel und Julia fanden es besonders lustig, mit ihrem Papa auf dem Rollstuhl mitzufahren, wogegen Maria ihn nachdenklich anblickte und fragte:

»Papi, musst du jetzt für immer dieses Ding benutzen?

»Nur so lange, bis meine Beine wieder lernen zu gehen, wichtiger ist jetzt, dass du mich deiner neuen Freundin vorstellst.«

»Aber Papi, die ist doch zu alt, meine Freundinnen sind höchstens acht Jahre, aber für dich wär es das passende Alter, etwas jünger als Mami, doch genauso nett.«

Nein, vorstellen musste Maria die Traudl nicht mehr, sie hatte sich den beiden bereits genähert und ihre Unterhaltung mitbekommen. Sie lachte verlegen, zeigte aber Mut, auf das Gesprochene einzugehen.

»Maria, es freut mich zwar, dass du mich so freundlich anpreist, aber dein Papa hat sicher andere Sorgen. Herr Kleber, ich bin die Traudl Leopold, wenn es meine Zeit zulässt, unterstütze ich Ihre Mutter und kümmere mich ein wenig um Ihre Kinder. Wir verstehen uns prächtig, spielen und singen miteinander, gehen spazieren und basteln Papierflieger oder bunte Windräder. Sie glauben gar nicht, wie viel Spaß und Freude wir dabei haben, manchmal kugeln wir uns vor Lachen. Warten Sie, ich schiebe Sie ins Haus, oder wollen Sie lieber zum Ausruhen in den herrlichen Garten?«

Kleber saß sprachlos in seinem Gefährt, vernahm nur von Weitem ihre sympathische Stimme, blickte unentwegt zu ihr empor, musterte ihr hübsches Gesicht, ihre blonden, zu einem Pferdeschwanz gebundenen Haare, den wohlgeformten Körper und war sich nicht bewusst, wie dämlich sein anhimmelndes Verhalten auf Traudl Leopold wirkte.

»Herr Kleber, ist Ihnen nicht gut? Das sieht ja wie ein Schlaganfall aus, Maria, hol schnell deine Oma, Papa muss sofort in die Klinik, lauf schon. Oje, dass mir so etwas passieren muss, so ein sympathischer Mann. Hallo, Herr Kleber, hören Sie mich?«

»Natürlich höre ich Sie«, entgegnete noch ein wenig abwesend Kleber. »Warum wecken Sie mich aus meinen süßen Träumen? Sind Sie verheiratet, hoffentlich nicht, und noch Single?«

Verdattert blickte Traudl auf den armen verwirrten Kleber. »Das ist ja furchtbar, so ein sauberes Mannsbild und verliert plötzlich den Verstand, ist auch kein Wunder, was der alles durchmachte«, kreischte Traudl Leopold.

»Frau Leopold, auch wenn ich auf Sie wirke, als wären sämtliche Schrauben in meinem Schädel locker, so erwarte ich doch, dass Sie meine Fragen ernst nehmen. Sind Sie verheiratet, sind Sie Single?«

»Ja und nein, nein, umgekehrt, nein und ja. Ist Ihre Krankheit ansteckend, Herr Kleber?«

»Selbstverständlich, das sind die radikalsten Viren, die sich hoffentlich in Ihrem Herzen einnisten.«